马建辉 著

人民：文艺的尺度

U0722726

中国文联出版社

图书在版编目（ＣＩＰ）数据

人民 ： 文艺的尺度 / 马建辉著．-- 北京 ： 中国文
联出版社， 2022.7
ISBN 978-7-5190-4899-0

Ⅰ．①人… Ⅱ．①马… Ⅲ．①文艺理论－研究－中国
Ⅳ．① I0

中国版本图书馆 CIP 数据核字（2022）第 119965 号

著　　者　马建辉
责任编辑　冯　巍
责任校对　汪　璐
封面设计　袁　硕

出版发行　中国文联出版社有限公司
社　　址　北京市朝阳区农展馆南里 10 号　　　邮编　100125
电　　话　010-85923025（发行部）　　010-85923066（编辑部）
经　　销　全国新华书店等
印　　刷　北京市庆全新光印刷有限公司

开　　本　710 毫米 ×1000 毫米　　1/16
印　　张　12.5
字　　数　197 千字
版　　次　2022 年 7 月第 1 版第 1 次印刷
定　　价　42.00 元

目　录

前　言

2016 年 11 月 30 日，在中国文联十大、中国作协九大开幕式上的讲话中，习近平总书记深刻指出："人民需要艺术，艺术更需要人民。""文艺创作方法有一百条、一千条，但最根本的方法是扎根人民。只有永远同人民在一起，艺术之树才能常青。"[①] 他还借用马克思在《第六届莱茵省议会的辩论（第一篇论文）》中的话说："人民历来就是作家'够资格'和'不够资格'的唯一判断者。"[②] 这些论断阐明了一个深刻的道理，即人民是文艺的尺度。

人民是文艺真实的尺度。我们常说，真实是文艺的生命。文学作品所表现的内容首先要让读者感到真实可信，只有在真实的基础上，文艺才会发挥其应有的艺术魅力；而实际上，真实性本身就始终闪烁着艺术的光辉。那么，我们如何判断或认识这个真实呢？笔者认为，这个真实主要就体现在人民对于作品思想内容的或隐或显的参与和建构上，或者说，就体现在文艺作品所实现的人民性程度上。文艺是生活的反映，这个生活的真实性何在呢？有些作家喜欢描写私人生活，喜欢展览个体体验。但如果这个私人生活或个体体验是疏离人民的，那么，这种私人生活或个人体验在其现实性上就会成为一种虚妄或虚假的个人意识。因为人民生活从来就是个体存在的基本境遇和条件。这类作品由于遮蔽了人民而在真实性上大打折扣，是难以令读者心悦诚服的。

人民也是文艺作品表现个人的尺度。从社会总体来看，单个人无法体现出真实性来，只有在人民中间，在同人民的真实联系中，才能体现出个人的真实存在。离开人民，作家不仅不能准确把握社会和历史，也不能正

---

① 习近平:《在中国文联十大、中国作协九大开幕式上的讲话》,《人民日报》2016 年 12 月 1 日。

② 《马克思恩格斯全集》第 1 卷, 人民出版社 1956 年版, 第 90 页。

确理解和表现个人。2014年10月15日，习近平总书记在文艺工作座谈会上的讲话中强调："文艺工作者要想有成就，就必须自觉与人民同呼吸、共命运、心连心，欢乐着人民的欢乐，忧患着人民的忧患，做人民的孺子牛。"① 这不是说，作家要为了人民而失去自我，而是说，作家只有跟人民在一起，融入人民之中，才会构建起真实的自我，其创作的源泉也才不会枯竭。作家、艺术家除了融入人民之中，不可能真正获取自我的真实影像，也就不可能在文艺作品中真实地表现自我。

文艺作品意蕴的厚度和穿透力在于其思想和表现的历史感，而历史感同样离不开作为历史主体的人民。人民是历史的尺度，同样，人民也是文艺作品历史感的尺度。有文艺作品要表现革命战争，写解放军在战争中取得胜利，主要写什么呢？如果只写将领们的足智多谋，或写战士们的英勇顽强，那还不是完全的历史感。要写出完全的历史感，就必须要有广大人民群众的参与和建构，特别是当时劳苦大众对于作为人民子弟兵的解放军的坚定支持和拥护。淮海战役胜利后，时任华东野战军司令员的陈毅元帅曾深情地说："淮海战役的胜利，是人民群众用小车推出来的。"② 解放军打到哪里，老乡们就把粮食推到哪里。支前群众所用的小推车，在整个淮海战役期间，总共41万辆。正是有了人民群众的积极参与和支持，解放军才有了取得最后胜利的根本保证。显然，离开了人民性内涵，文艺作品就不能真正把握和表现解放战争完全的历史感。

人民，还是作家、艺术家本身的尺度。人民作家柯岩在其创作生涯60年座谈会上的答谢词中曾这样说过："我是谁？我是劳动人民培养出来的一个普通写作者，不是精神贵族，不该有任何特权，我只有在为人民歌唱中获得生命；我是我们共和国劳动大军中的普通一员，我必须学习着像工农兵和在基层工作的所有知识分子一样，在自己的岗位上尽职尽能，奉献自己，直至牺牲。""我是谁？我是我们祖国无边无际海洋里的一粒小小的水滴，我只有和我13亿兄弟姐妹一起汹涌澎湃才会深远浩瀚，绝不能因为被簇拥到浪花尖上，因阳光的照耀而误以为是自己发光；如果我硬要轻视或蹦离我13亿海水兄弟姐妹，那么，我不是瞬间被蒸发得无影无踪，就

---

① 习近平：《在文艺工作座谈会上的讲话》，《人民日报》2015年10月15日。
② 《淮海战役的胜利是人民群众用小车推出来的》，《人民日报》2011年7月1日。

将会因干涸而中止生命——"①

　　我是谁？我想这应是每位作家、艺术家都应深切思考的问题。"在人民群众中，我们毕竟是沧海一粟。"②当代作家、艺术家必须正确认识自我，确立起真正的主体性，只有这样才能创作出人民文艺来，也才能写出真正存在的自我。不应陷入"顾影自怜"，沉溺于鲁迅先生所批评的："所感觉的范围却颇为狭窄，不免咀嚼着身边的小小的悲欢，而且就看这小悲欢为全世界。"③有的作家自以为文艺创作就是要张扬自我，排斥文艺的人民性传统和取向。但观其作品，却往往充斥着西方的话语和手法，思想情感内容也充斥着西方对于东方的拟像与想象——这样的作品何尝张扬了自我？何尝凸显了其"高贵的"主体性？

　　文艺的根是扎在民间的，这是为我国文学发展史所证明了的。当文艺也穿上西装，系上领结，或打扮成披头士，或沉浸于墙上的斑点，那么，文艺就会像乔木被拔离了泥土，除了走向枯槁将再无别的命运可以选择。我们常说创作要接地气，怎么接地气？"衣服是劳动人民，面孔却是小资产阶级知识分子"④不是接地气。劳动人民不是被动、消极、分散或孤独的个体，人民是历史的创造者，是诗人的"大堰河"⑤。人民是创造者的形象，是哺育者的形象。人民是大地，作家只有站在大地上，把根深深扎在泥土中，才能在文艺创作上行稳致远。或许正是在这个意义上，我们可以说，人民，是作家、文艺家本身的尺度。人民性在作品中的实现程度，正体现着作家本身的人民性程度。

　　毋庸讳言，当前有些文艺创作有丑化人民和歪曲人民的倾向。有的作家，虽然比较熟悉基层人民群众，熟悉他们的语言和生活，但却打心底看不起劳动人民，把劳动人民描写成生活中软弱的丑角或无知的群氓。有的作家致力于表现人民群众生物活动的一面，把人民群众的精神史表现为生物追求实现其本能的历史。有的专门从野史中寻找描写地方性恶风恶俗的

　　① 《蓦然回首——柯岩创作60周年座谈会文集》，作家出版社2011年版，第482—483页。
　　② 《列宁专题文集·论无产阶级政党》，人民出版社2009年版，第343页。
　　③ 《鲁迅全集》第6卷，人民文学出版社2005年版，第250页。
　　④ 《毛泽东选集》第3卷，人民出版社1991年版，第857页。
　　⑤ "大堰河"出自诗人艾青写于1933年1月的诗作《大堰河——我的保姆》，其中有诗句："大堰河，是我的保姆。/她的名字就是生她的村庄的名字，/她是童养媳，/大堰河，是我的保姆。/我是地主的儿子；/也是吃了大堰河的奶而长大了的/大堰河的儿子。"

素材，虚构出劳动人民的人性之恶。还有个别作家、艺术家从个人的家族恩怨出发，去否定人民追求解放的历史，以极端个人的主体性去解构人民的主体性。这样的文艺作品远离人民，甚至解构人民，因而也就成了"无根的浮萍、无病的呻吟、无魂的躯壳"①。

当前，一些文艺创作和文艺研究中，也存在历史虚无主义倾向。这种倾向最主要的表现就是对人民的虚无。在有的作家、艺术家的文艺创作中，极端个人的情绪弥漫而激昂，把个人诉求强势凌驾于人民之上。他们在以文艺作品的形式为实现个人利益开辟观念上的道路——以文艺自由的名义，自由占有了文艺，并最终侮辱了自由的文艺。实际上，人民也是文艺自由的尺度。当人民尺度取代了个人尺度，如列宁所说，文艺创作上的"名位主义和个人主义、'老爷式的无政府主义'和唯利是图"②，文艺创作上的资本控制、"依赖钱袋、依赖收买和依赖豢养"③，这些束缚就都会被解除。这时，真正自由的、公开同人民相联系的写作，就会取代伪装自由的、事实上同个人主义或利己主义相联系的写作。

"小楼一夜听春雨，深巷明朝卖杏花。"④人民之于文艺，如同春天之于杏花。人民是文艺的尺度，正像春天是杏花的尺度一样。当我们的作品充满春阳的和煦和春雨的慈悲，当我们的作品以自己的光芒去照亮读者和世界，当我们可以以作品驱除围绕在人们四周的风寒和阴暗，它的力量一定是来自大地，来自人民，来自其自身的充分的人民性。因此，一切有抱负、有追求的文艺工作者，都应像习近平总书记要求的那样——追随人民脚步，走出方寸天地，阅尽大千世界，让自己的心永远随着人民的心而跳动⑤。

---

① 习近平：《在中国文联十大、中国作协九大开幕式上的讲话》，《人民日报》2016年12月1日。

② 《列宁专题文集·论无产阶级政党》，第166页。

③ 《列宁专题文集·论无产阶级政党》，第169页。

④ 南宋陆游诗，题为《临安春雨初霁》。

⑤ 习近平：《在中国文联十大、中国作协九大开幕式上的讲话》，《人民日报》2016年12月1日。

第一章　站在人民史观的立场上

人民史观是人民文艺的哲学基础和理论基石。为什么我们要倡导人民文艺，其合理性何在？这个道理我们要到人民史观那里去寻找。因为人民是历史发展的决定性力量，优秀文艺作为生动化、形象化的历史意识的摹本，人民必然要成为其内核、准则和尺度。可以说，站在人民文艺的立场上，其实质就是站在人民史观的立场上。习近平主席在莫斯科国际关系学院的演讲中指出："人类社会发展的历史证明，无论会遇到什么样的曲折，历史都总是按照自己的规律向前发展，没有任何力量能够阻挡历史前进的车轮。"[①] 的确，尽管过程会颠簸、曲折、漫长，但历史总是顽强地以自己的方式前进，体现着人民的意志，昭示着人民的力量，朝着人民的愿望和希冀。历史终将以人民的选择为自己开辟前行的道路，因此，把握历史只有始终坚持以人民为尺度，站在人民史观的立场上，才会有更充分、更深入、更真切的理解和认识。

然而，一个时期以来，在一些历史研究中，人民史观被淡化、搁置，甚至被虚无、否定，几乎成了当前众声喧哗的历史叙述盛宴中的缺席者和失声者。一些学者偶尔也会在理论层面提及人民史观，但一进入具体的历史研究和历史叙述，就有意无意地背离了人民史观的基本原则和基本精神。我国是社会主义国家，捍卫、保障和发展最大多数劳动人民利益是其根本使命和中心任务，坚守人民史观是其必然选择和本质要求。我们不能也不应因为人民史观与西方和个别追随西方的学者所传播的史观倾向不同，就动摇或失掉我们的史观自信。当前来看，强调历史研究和历史叙述站在人民史观的立场上，不仅是相关学术研究和学科发展科学化的需要，

---

① 习近平：《顺应时代前进潮流，促进世界和平发展》（2013 年 3 月 23 日），《习近平谈治国理政》，外文出版社 2016 年版，第 273 页。

1

不仅是人民文艺创作的需要，更是时代的需要、人民的需要。

一、人民史观的内涵及其确立

人民史观是以人民为历史主体、坚持人民是推动历史前进之根本动力的历史观。人民作为历史主体和历史根本动力的地位，不是靠理论演绎或逻辑推导得来的，而是人民用自己的辛勤劳动来奠定的，是他们以自己的社会贡献与历史功绩来体现和证明的。正如列宁所说："资产者忘记了微不足道的人物，忘记了人民，忘记了千千万万的工人和农民，可这些工人和农民却用自己的劳动为资产阶级创造了全部财富。"① 人民是推动社会变革和历史进步的决定力量，他们既是人类物质财富的创造者和生产者，又是精神文化特别是先进文化无限丰富的源泉。人民是国家的精华、国家的力量、国家的未来，他们的行动、理想和愿望指示并决定着人类社会发展的前景。他们的命运，就是国家的命运，就是世界的命运，就是历史的命运。正是在这样的意义上，马克思、恩格斯说，"历史活动是群众的事业"②；列宁把人民称作"自觉的历史活动家"③，认为决定历史结局的正是广大群众；毛泽东也断言，"人民，只有人民，才是创造世界历史的动力"④。

劳动人民是历史的真正主体，他们普通得如同大地和空气一般，但我们却一刻也离不开他们。恩格斯指出："自从阶级产生以来，从来没有过一个时期社会上可以没有劳动阶级而存在的。"⑤ 没有作为生产者的劳动人民，社会一刻也不能生存发展。人民是我们的"大堰河"，我们对人民应奉上至高的尊崇和敬意。正是他们无私的奉献和付出，正是他们宽厚的脊梁与肩膀，支撑起我们的"现代性"生活、"都市化"生活、"审美化"生活。不懂得劳动人民的历史主体地位，就不能真正懂得我们自己，就不能真正懂得人和人性，就不能真正把握社会的本质，更不能真正理解历史的本

① 《列宁全集》第 11 卷，人民出版社 1987 年版，第 149 页。
② 《马克思恩格斯全集》第 2 卷，人民出版社 1957 年版，第 104 页。
③ 《列宁选集》第 1 卷，人民出版社 2012 年版，第 127 页。
④ 《毛泽东选集》第 3 卷，人民出版社 1991 年版，第 1031 页。
⑤ 《马克思恩格斯全集》第 19 卷，人民出版社 1963 年版，第 315 页。

真。可以说，人民就是历史的一切，离开人民史观必然走向空洞和虚妄。

确立起人民史观，我们不仅需要知道人民是谁，还需要知道我们自己是谁，知道作为个体的我们和人民的关系。马克思、恩格斯指出，"一个人的发展取决于和他直接或间接进行交往的其他一切人的发展"①，"只有在共同体中，个人才能获得全面发展其才能的手段，也就是说，只有在共同体中才可能有个人自由"②。这个共同体就是人民共同体，只有在人民共同体中，在和人民的血肉联系中，个人的充分发展才是现实的和可能的。我们只有融入人民，和人民一道前进，才可能最大限度地实现自我、发展自我。人民史观的树立，正是以这样的个体观或自我观为前提的。当前，一些人滑向历史虚无主义，就在于其在个体私欲与诉求面前迷失了自我，把个人利益置于人民利益之上，视自我为云霓，视人民为尘埃，视自我为精英，视人民为草芥，忘记了列宁"在人民群众中，我们毕竟是沧海一粟"的叮嘱③，沉溺于一己悲欢、杯水风波，把史学的求真热忱淹没于利己主义的冰水之中，才致使其史观迷茫、史识萎顿、史述扭曲、史德滑坡。文艺家如果没有正确的历史观，不能确立起真正的人民史观，根本无从创作人民文艺，无从使其作品体现出深厚的人民性意蕴。

二、从人民尺度视角把握历史

人民史观告诉我们，历史科学要成为真正的科学，就不能把社会发展史全部归结为帝王将相的作为，全部归结为那些肆意蹂躏他国的侵略者和征服者的行动，而应首先研究物质资料生产者的历史、劳动人民的历史，并将这一研究作为其他方面研究的出发点。"以往的理论从来忽视居民群众的活动，只有历史唯物主义才第一次使我们能以自然科学的精确性去研究群众生活的社会条件以及这些条件的变更。"④ 应该说，正是唯物史观、人民史观的确立，为所有历史科学的研究指明了正确方向。人民是社会的

---

① 《马克思恩格斯全集》第 3 卷，人民出版社 1960 年版，第 515 页。
② 《马克思恩格斯文集》第 1 卷，人民出版社 2009 年版，第 571 页。
③ 《列宁选集》第 4 卷，人民出版社 2012 年版，第 695 页。
④ 《列宁专题文集·论马克思主义》，人民出版社 2009 年版，第 14 页。

基础和柱石，研究历史而脱离其主体——人民，就像草木脱离大地、呼吸脱离空气一样，只能走向枯干和窒息。

站在人民史观立场上，从人民尺度、人民主体的视角，应如何看待我国古代的历史书呢？毛泽东晚年在谈到这个问题时指出："一部二十四史大半是假的，所谓实录之类也大半是假的。但是，如果因为大半是假的就不读了，那就是形而上学。不读，靠什么来了解历史呢？反过来，一切信以为真，书上的每句话，都被当作信条，那就是历史唯心论了。正确的态度是用马克思主义的立场、观点和方法，分析它、批判它，把颠倒的历史颠倒过来。""洋洋四千万言的二十四史，写的差不多都是帝王将相，人民群众的生产情形、生活情形，大多是只字不提，有的写了些，也是笼统地一笔带过，目的是谈如何加强统治的问题，有的更被歪曲地写了进去，如农民反压迫、剥削的斗争，一律被骂成十恶不赦的'匪'、'贼'、'逆'。这是最不符合历史的。"① 在这里，马克思主义的立场、观点和方法就是唯物史观、人民史观。"二十四史大半是假的"，是站在人民立场而非站在封建统治阶级立场做出的判断，是以人民尺度而非个体尺度做出的判断。历史真实在于历史本质的真实呈现，这个本质不在帝王将相，而在普通劳动人民。当这个本质被掩盖、抹杀或虚无，历史叙述就是颠倒的，就是"最不符合历史的"。以人民史观、人民尺度批判、分析地看待古代史书，是我们触摸和把握真实历史的必由之路。

站在人民史观立场上，从人民尺度、人民主体的视角，应如何看待新文化运动呢？它是如某些学者所言的历史虚无主义运动吗？新文化运动是一次"反传统、反孔教、反文言"的思想解放、文化革新和文学革命运动。正是在这次运动中，一些进步知识分子拆解了封建主义意识形态藩篱，寻找到被其压抑两千余年的衣衫褴褛、灰眉泥脚的历史主人，发现了推动历史进步的真正力量，并开始了进步知识分子与工农群众的伟大结合。对孔教的批判是这个拆解、寻找和结合过程的重要部分和必要条件。有人说新文化运动颠覆孔教是虚无主义，就在于他们没有看到，在这个颠覆过程中，拉开了以工农为代表的人民力量历史性崛起的帷幕，为构建人民史观清扫了"奥吉亚斯的牛圈"。另外，新文化运动否定孔教，其重点

---

① 《毛泽东年谱（1949—1976）》第 6 卷，中央文献出版社 2013 年版，第 587 页。

不在"孔"而在"教"，即被封建统治阶级工具化了的儒家文化。正如李大钊所言："余之掊击孔子，非掊击孔子之本身，乃掊击孔子为历代君主所雕塑之偶像的权威也；非掊击孔子，乃掊击专制政治之灵魂也。"[①]可见，这个否定，对于儒家文化实际上乃是一种解放——从更长历史时段看，新文化运动对于儒家文化摆脱其封建统治阶级附庸角色、成为劳动人民主动性文化滋养，有着巨大推进作用。因此，这一运动尽管有其局限性，但绝不是历史虚无主义，相反，它是中国近现代史上第一次成规模的反历史虚无主义运动，是不可磨灭的唤起人民史观的辉煌一页。

站在人民史观立场上，从人民尺度、人民主体的视角，应如何看待中国共产党领导的革命战争呢？那是一场场所谓中性的、没有对错和是非的血腥厮杀吗？中国共产党领导的革命战争是为人民的，是人民革命、人民战争，是为人民利益而战的，是争取人民解放的伟大事业。毛泽东指出，"兵民是胜利之本"，还说"战争的伟力之最深厚的根源，存在于民众之中"。[②]如果革命战争是反对人民的，那么，还敢于唤醒人民的主体意识吗？还会指望人民的积极参与吗？人民还会是胜利之本吗？恰恰相反，人民就成了败亡之本。显然，虚无这样的革命战争就是对人民尺度和人民史观的反动，就是对历史主体的削弱和遮蔽。现在有文艺家和个别研究者，把代表劳动人民利益的共产党军队和代表地主阶级与买办性大资产阶级利益的国民党军队之间展开的战争描述为"中性"的，抛开战争的人民性背景，避开为何而战、为谁而战，避开战争正义与否与人心向背，史述貌似客观、公正，实则滑向虚无主义的泥淖，无法使人们获得这些攸关中华民族前途的革命战争所带来的深刻历史启示。

三、虚无历史就是虚无人民

人民作为历史主体的地位，人民作为推动历史前进的真正动力，就决定了人民与历史的休戚与共。因此，我们可以说，虚无人民就是虚无历

---

① 守常：《自然的伦理观与孔子》，《甲寅》日刊，1917年2月4日。
② 《毛泽东选集》第2卷，人民出版社1991年版，第509、511页。

史，同样，虚无历史也就是虚无人民。人民史观是判断一个历史叙述是否是虚无主义的试金石。面对一个历史叙述，首先要考察叙述者对待人民的态度，看其是否站在人民史观立场上选择和评析史实，看其所述坚持还是抛弃、巩固还是动摇人民主体地位。人民主体往往蕴含于历史事件的背景和实质之中，因此，坚持与巩固人民主体地位，必须着力构建依托背景呈现实质的宏大叙事或总体叙事。而历史虚无主义的障眼法，就是只孤立讲细节、讲表象、讲局部，反宏大、反本质、反总体，"明足以察秋毫之末，而不见舆薪"①，以此把人民主体从历史叙述中排挤出去。脱离了人民，历史就会沦为少数人的玩偶，其庄重性和真实性都将趋于泯灭。

可以说，反对或回应历史虚无主义最有力的方法之一就是在具体的历史研究和历史叙述中贯彻落实人民尺度、人民史观。那么，怎样才能做到这一点呢？胡乔木在谈党史写作时曾说："要讲清楚党在人民中间奋斗，是在群众斗争的基础上引导斗争，密切地依靠群众取得胜利的。党的斗争不能跟人民的斗争分开。有些人民斗争跟党没有关系，这是因为党的力量不够，或者因为党的政策不对，党没有跟人民斗争去联系。这些也应该说清楚。有些不是因为我们的政策，而是因为我们的力量达不到。有些人民斗争是独立的，在我们写党史的时候，要意识到存在这样的斗争。要给读者一种印象：读了以后感到共产党是尊重人民的。他们写的历史是尊重人民的，并不是眼睛只看着自己，就像照镜子，只看到自己，而是左顾右盼。人民斗争跟党有联系的也很多，这是主体。联系也有联系得正确或不正确，联系得充分不充分的问题。人民发生什么变化，党是不是意识到跟上这个变化，这是判断党的领导是不是正确的（依据）。"② 始终以人民为中心，把人民当作历史的主人和主角，把人民的活动当作历史事件最为根本的推力和最为深厚的背景，这就是在历史研究和历史叙述中贯彻落实人民尺度和人民史观所应抱持的方法论。

历史长河滚滚向前，虚无主义者却只在几枚残贝的呻吟和几株水草的战栗中记述长河之历史。他们一会儿把自己打扮成爬梳剔抉钩沉索隐的严谨学者，一会儿把自己美化成信古疑今"拨乱世，反诸正"的传统文化和

---

① 《孟子正义》，载《诸子集成》第 1 册，中华书局 2006 年版，第 50 页。
② 金冲及：《一本书的历史：胡乔木、胡绳谈〈中国共产党的七十年〉》，中央文献出版社2014 年版，第 219 页。"依据"一词为引者所加。

古典价值的虔诚守护者；年老一点的把自己装扮成饱受创伤的历史事件的亲历者，年轻一点的把自己涂抹成西学渊深的历史正义的占有者。总体来看，这些历史虚无主义者都带有强烈的去人民史观倾向，张扬的是一种个体主义、相对主义历史观，想以小写的历史置换大写的历史，以局部的历史代替总体的历史，以私人的历史遮蔽人民的历史。更有别具用心者，把历史实用主义化，使之成为他们实现某种政治图谋的舆论工具。这不是在维护历史真实和正义，而是在颠覆它们。因为历史真实和正义，就在于其叙述倾向是否符合社会历史进程的实际和要求，是否与人民利益及其发展相一致；而要达到或实现这一点，除站在人民史观立场上，除运用人民尺度去衡估判断，别无他途。

四、"惟有民魂是值得宝贵的"

鲁迅先生在其《学界的三魂》一文中曾指出，"惟有民魂是值得宝贵的，惟有他发扬起来，中国才有真进步"[1]。如果说，人民史观在实践上意味着群众是真正的英雄、只有人民才是创造世界历史的动力，那么，在精神上，它则意味着"惟有民魂是值得宝贵的"。因此，使"民魂"发扬起来，便应成为文学艺术的崇高使命和责任。文艺家所做的正是为人民铸魂的工程，但文艺家并非无中生有地为人民造出一个灵魂来，而是把人民的固有灵魂发掘出来、唤醒过来、强壮起来、发扬起来。

任何国家、民族都不是空洞的，任何国家、民族实际上都意味着人民的存在。国家、民族只是人民存在的一种形式而已。有了人民，才会有国家、民族；有了人民，国家、民族才有意义，才有存在的价值。我们常说国家觉醒、民族觉醒，实际上，就是指人民的觉醒。只有人民觉醒，只有"民魂"发扬，国家才会觉醒，才会有真进步。人民文艺就是"民魂"发扬起来的文艺。人民文艺中的人民是觉醒的人民、崇高的人民、践行的人民。对人民文艺创作来说，其时代性出自人民，思想性出自人民，审美性出自人民，精神性也出自人民。因此，人民文艺，必然是和人民在一起的

---

① 《鲁迅全集》第3卷，人民文学出版社2005年版，第222页。

文艺，是和人民一道前进、一道去开创历史的文艺。人民文艺，呈现着人民的精神面貌、现实品格和指向人民未来的可能性。鲁迅先生说："文艺是国民精神所发的火光，同时也是引导国民精神的前途的灯火。"① 实际上，只有人民文艺才能如此，才是如此。

"人民是文艺工作者的母亲。"② 邓小平这句论人民文艺的格言，形象地喻示了文艺工作者与人民群众的深刻联系。它既阐明了文艺工作者艺术生命之所在，又道出了他们的使命与责任之所系。人民在文艺创作中是一种根柢性存在，是一种深沉而崇高的灵魂性存在，他们赋予文艺工作者以艺术生命，优秀作家成就的取得离不开人民的哺育。人民，只有人民，才是进步文艺工作者的精神故乡。

以"民魂"烛照写作，保持同人民群众之间的血肉联系，是一切进步文艺工作者的艺术生命之所在，是社会主义文艺事业兴旺发达的根本道路。列宁说："艺术是属于人民的。它必须在广大劳动群众的底层有其最深厚的根基。它必须为这些群众所了解和爱好。它必须结合这些群众的感情、思想和意志，并提高他们。它必须在群众中间唤起艺术家，并使他们得到发展。"③ 文艺发展的历史告诉我们，各类样式的文艺大都是源起于民间的，诗、词、小说、戏剧文学概莫能外。文艺与生俱来地与人民群众有着密切的联系。当一种文体距离人民生活越来越远，逐渐演变为精英或贵族文人闲暇时的消遣或娱乐时的点缀，那么，其艺术生命就将逐渐走向枯萎。虽然文艺与人民群众有着这种天然的联系，但真正自觉到这种联系，并在自己的创作中实际地、真诚地体现这种联系、密切这种联系的，只能是那些具有先进的世界观、人生观和价值观的进步文艺工作者——人民文艺家。

习近平总书记《在文艺工作座谈会上的讲话中》指出："社会主义文艺，从本质上讲，就是人民的文艺。"④ 社会主义文艺实质上是一种人民文艺。在这里，"为什么人"的问题，始终是一个根本的问题、原则的问题。

---

① 《鲁迅全集》第 1 卷，人民文学出版社 2005 年版，第 254 页。
② 《邓小平文选》第 2 卷，人民出版社 1994 年版，第 211 页。
③ ［德］蔡特金：《回忆列宁》，载［苏］列宁《论文学与艺术》（2），尼·伊·克鲁奇科娃编，人民文学出版社 1960 年版，第 912—913 页。
④ 习近平：《在文艺工作座谈会上的讲话》，《人民日报》2015 年 10 月 15 日。

人民文艺是以人民为本位的文艺，其最宝贵的品质就是充满着对沉默着的大多数的关怀、关切与关心。它懂得"人民既是历史的创造者、也是历史的见证者，既是历史的'剧中人'、也是历史的'剧作者'"[①]。它通常不会把娱乐明星写成"共和国脊梁"（当然，这丝毫不会贬低娱乐明星们存在的价值），在优秀的文学作品中，我们可以看到的恰恰是最基层的人民群众的力量。农民工这个庞大而沉默的群体，这个在权益上有时会遭背叛、在生计上有时会被欠薪、在舞台上有时会被嘲弄的群体，已经是一些文艺作品中的主角。在这些作品中，农民工们虽然还没有被描写为"脊梁"，但他们确实已经是部分文艺家关注的中心。有的文艺家已经开始转移一部分注意力到城市农民工、厂矿企业普通工人、乡间坊间的一般农户或市民那里去了，去最基层发现新的力量。他们不仅看到了农民工的艰辛，更看到了他们的美，体验到他们"像牛一样地劳动，像土地一样地奉献"的高贵，感受到劳动的美和劳动者的美。文艺家们正从基层劳动者的身上获得关于人民的新的体验，获得关于文艺作品意义的新的观点和看法。

以"民魂"烛照文艺创作，保持同人民之间的血肉联系，必须培养和增进对人民群众的感情，坚持人民立场、人民尺度，坚持以最广大人民群众为服务对象和表现主体。我们常说，文艺是生活的反映或表现，文艺来自生活。这里的生活不是仅指文艺家个人的小生活，更不是指文艺家个人的私生活，而是指人民群众的大生活，是指社会生活。有高远境界的文艺家不应只对自己的小生活有感情、有兴趣，沉溺于私人经验；而是要走出自我，培养对人民群众的大生活的感情和兴趣，摆脱私人立场、私人尺度，确立起人民立场、人民尺度。那些认为我们本来就生活着，本来就生活在生活中，不用去深入生活、体验生活的看法是偏颇的；因为生活是具体的，不是抽象的，它是一种现实的老百姓的基于特定生产关系之上的生存状态，而非一个理论上的概念或术语。作家个人的生活不能代替人民群众的生活，只有深入人民群众的生活之中，才可能真正了解人民，增进对人民群众的感情，创作出具有充分人民性品格的文艺作品来。

当前，文艺创作环境宽松，题材选择自由，但却有一些文艺家在创作时感到"底气"不足，对现实生活的主流和本质把握不住。这中间原因很

---

① 习近平：《在文艺工作座谈会上的讲话》，《人民日报》2015 年 10 月 15 日。

多，其中一个重要原因就是不"接地气"，程度不同地脱离人民群众、脱离现实生活。正如有一位报告文学作家所指出的，现在部分作家过的是一种贵族式的生活。著名作家物质条件都非常好，根本不用到现实生活中去谋生，看看网络、看看电视，过着"二手"生活、"三手"生活。生活状态不到位，情感就到位不了，作品也到位不了，出不了大作品。

文艺创作坚持人民立场，坚持人民文艺的立场，既表现于文艺家们在描写对象上的人民或人民文艺立场，能够把最基层的人民群众的生活作为自己文艺作品表现的核心和底蕴；还表现于创作中在价值取向上的人民或人民文艺立场，把人民作为价值主体，把人民利益作为文艺表现的首要的根本的倾向性。这样才能真正实现与人民群众心息相通，才能做到生活到位、情感到位、作品到位，为生产出与当前时代相匹配的大作品奠定良好的基础。

虽然文艺创作比起其他任何事情来，更需要个人才情和能力的发挥，但是，文艺作品一经发表就是公共文化产品，文艺创作从来就是社会的公共事业，而不只是个体私人的事业。因此，作家、艺术家在创作时就不能只想到个人，更要想到人民群众——文艺作品的广大的读者和受众，想到对他们的满足、肯定、教育、激励和鼓舞，要时刻想到自己的责任和自己的作品可能会产生的影响。真正优秀的文艺作品都是来自人民的，是人民意志、人民情感、人民愿望的真切表达。作家柯岩曾说："抒情言志，只要作者之志即人民之志，作者之情与人民之情相通，想人民所想，怒人民所怒，从生活出发，运用一切艺术手段，喊出时代的声音，诗，就有了强大的生命力，而诗人，也就成了人民的亲人。"[①] 作家、艺术家要自觉做人民群众的代言人，因为只有人民群众才是我们存在的根本依据，只有他们的诉求才是时代的本质诉求，只有在他们的愿望中我们才能看到真实的未来；文艺作品离开人民群众的意志、情感和愿望，就不可能正确地传达时代的要求、真实地反映现实的发展趋势。

文艺工作者的艺术生命与责任既表现在为人民服务上，同时还表现在为人民"服好务"上。怎样才能"服好务"呢？这就要求作家、艺术家重视"写""画""唱""演"等创作环节，在这些环节上狠下功夫。深入生

---

① 《柯岩文集》第 7 卷，四川文艺出版社 2009 年版，第 5 页。

活是催生精品的必要条件，而真正培育出文艺精品还需要作家、艺术家用心血去浇灌。这种勇担繁重劳动且坚韧求精的精神正是文艺工作者创作出艺术精品、更好地为人民服务的重要品质。所以，作家、艺术家既要重视深入生活，从人民的生活中采撷思想，又要重视培养自己的笔力，以极端认真的态度对待创作本身。因为只有创作的环节做好了，文艺家的思想、人民的生活才能得到更完美、更艺术的表现，其中所蕴含的历史内涵和美学价值才能更好地被人民群众接受，并转化为人民群众的精神力量——构建和巩固我们的"民魂"。

构建和巩固"民魂"，其关键之一，在于文艺创作要致力于提高人民群众精神境界。优秀的文艺作品往往会打动千千万万的读者和受众，给他们以思想、以力量、以美感。社会主义文艺之所以是人民文艺，就在于它是对人民的历史主体、价值主体和实践主体地位的充分肯定。这种肯定既是对人民群众劳动精神的鼓励、对人民精神需要的满足，也是对人民存在的某些不足和缺点的扬弃与纠正；它不是被动地顺从人民或迁就人民的某些艺术趣味，而是以先进的思想引导人民、教育人民，使人民在社会生活中能够更好地获得其主体地位。这就需要作家、艺术家对人民群众有一种高度而真诚的责任意识，"没有对人民极端负责任的思想，就不可能刻苦地深入生活，踏踏实实地充实自己，完善自己，永无止境地学习艺术技巧"[1]。从这个意义上说，严肃认真的责任意识、真诚深入的生活体验和精益求精的艺术追求是为人民"服好务"的根本，因为精致的比粗糙的、深刻的比肤浅的、完美的比残缺的能更好地、更高质量地实现服务人民的艺术诉求。

文艺经典之所以是经典，就在于其中凝聚和集结的"民魂"内涵和"民魂"品质。习近平总书记《在文艺工作座谈会上的讲话》中，谈及优秀文艺对人的影响和作用时，提到"灵魂"和"心灵"各有五次。分别用"触及灵魂""洗礼灵魂""铸造灵魂"与"开启心灵""温润心灵""沟通心灵"来揭示优秀文艺作品作用于人的特点和实质。这表明，优秀文艺作品或经典作品，其中蕴含的"民魂"是被发扬起来的自觉的"民魂"，以之来关照现实中的自在的"民魂"，就会产生唤醒和照亮效应，使其感愤

---

[1] 《柯岩文集》第 7 卷，第 411 页。

起来。"惟有民魂是值得宝贵的"，"民魂"觉醒了，人民才有未来，国家才有未来！而文艺要发挥这种"发扬民魂"的作用，唯有站在人民立场上，以人民为尺度，在情感上和人民群众打成一片，创作出真正的浸透人民精神和血液的人民文艺来。

第二章 人民文艺的审美特质

人民文艺是为人民的文艺，是属于人民的文艺。人民在人民文艺中是真正的主体，是被表现的本质性对象。因此，人民文艺的审美特质实际上就是人民的审美特质，是人民作为文艺对象的审美呈现与表征。正是由于人民作为对象的独特的审美意味，才使人民文艺成为可能。不了解人民的审美特质，就不能读懂人民，也就不能把握人民文艺的精神实质。从这个意义上说，人民文艺与其他文艺的根本性区分就在于人民文艺所蕴含的体现人民特质的美。总体来看，人民文艺的审美特质主要有如下一些方面。

一、人民文艺的真实之美

真实性是文艺的生命。任何优秀的文艺作品都具有一定程度的真实性，都具有真实之美。那么，我们这里特别指出的人民文艺的真实之美，有什么特殊之处呢？

早在 20 世纪 20 年代，我国文艺理论家潘梓年就在其著作《文学概论》中阐发了"真实非实在"（reality not actuality）的思想，指出"真实"并不像普通人所认为的那样：合乎实在的就是真，不合乎实在的就不是真。实在不可能都是真实的，真实也不一定都是实在的。他在书中写道："实在不都是真实，'实在'是混杂的，散乱的；'真'是纯粹的，清晰的。实在界里自然有真的分子，可是也混杂着一些糟粕——非真的分子。这个乱杂里的真，通常人不易（甚或不能）分别得出，须得有求真者在这混杂里，把相混糟的粕去掉，单选出'真'的来，把这'散乱的真'整理成'清晰的真'提来供给他们看时，他们才能认识。……科学不是别的，只是把枝叶删去，独捡出可以组织成真正的知识的材料；艺术也不是别的，也只是删去一切枝叶，独把真能表得出深刻的情绪的材料捡出就是了。""真实不必定要有实在，'实在'是表面上的，破碎的，'真实'是深入的，完整的。我现在只是把实在里假的分子丢开，单挑出'纯粹的真'来，还不能得'完全的真'，必得要用理想在实在界不完全的地方，添补上什么，才能有完全的真。"[①]

可以说，人民文艺的真实之美，就在于这真的本质性和彻底性。文艺真实的主要方面，体现在其对于生活的反映。而生活是分层次的，有较浅层次的生活，也有较深层次的生活。这就像大海，上面有美丽的浪花或汹涌的波涛，但这些都是相对浅层的，深层的则是深海潜流——这才是大海的真正力量之所在，是海水运动的真实面貌。本质的、彻底的真实就是表现深海潜流，而非只是采撷朵朵浪花。文艺作品当然也可以写浪花或波涛，但写这些的目的应是表现更深层的事物。而深海潜流就是人民。劳动人民既是国家的精华、国家的力量、国家的未来，也是时代的精华、时代的力量、时代的未来。文艺表现时代、反映生活离不开人民，离开人民的时代和生活是抽象而空洞的时代和生活，是没有本质、缺乏力量的时代和生活。只有人民能够代表时代，只有他们才是时代的真正本质之所在；文艺作品只有表现人民，以人民为中心，才有可能表现新时代、引领新时代，甚至创造新时代。人民文艺的真实之美就在于此。

人民文艺的真实性还是一种整体性或总体性的真。就当前的创作实际来看，比如，表现战争一般有两种模式：一种是整体模式，以这种模式展开的战争表现往往有着丰富的背景和本质性层面的揭示；另一种是局部直观模式，把战争孤立为一场场厮杀，隐匿或省略背景，拒绝本质层面的意义展示。要有效地接近真实，战争背景的展示和挖掘是不可或缺的，尤其是对我国近现代的反侵略战争和国内革命战争，不挖掘时代的、经济的、民族的、阶级的、政治的宏大背景，就无法看清革命战争的根源及其本来面目。这两场战争都是人民战争，没有人民性背景的表现，不揭示人民群众在战争中的那种或自发或自觉的支援行动和热忱态度，同样不能触摸到革命战争的深层部位，获得真实的历史感觉。

20世纪30年代，中国工农红军先后撤离中央革命根据地，他们迫于

---

① 潘梓年：《文学概论》，北新书局1930年版，第21—24页。

形势无法带年幼的孩子一起转移。红军撤离后，国民党军队进入苏区，他们开始疯狂搜查与残害红军留下的后代。为了保护他们，当地百姓，特别是那些庇护红军后代的奶妈，付出了极其惨烈的代价。以此为题材创作的长篇报告文学《滴血的乳汁》，使我们触摸到了历史的真实和厚度。在《滴血的乳汁》中，作家以其散文化的话语结构和节奏为我们发掘了杨阿桂、彭国涛、黄阿莲、朱秀香等革命奶妈们的群像。她们让自己的孩子忍饥挨饿，只是为了让红军的孩子能多吃几口；她们没日没夜担惊受怕，只是为了红军孩子的安危。在那片负重的土地上，不乏这样的例子：为了一个红军后代的生存，奶妈放弃了自己的生存，甚至牺牲了自己亲生孩子的性命。在赣南、闽西大地上，当年苏区这样的奶妈数不胜数。革命和人民军队的正义和进步性质在这样的审美情感的激荡下也得到肯定和认同。战争胜利的历史真相在这里得到了申明——这是真正的历史的真实之美。①

这就充分表明人民群众在革命和战争中所发挥的根本性作用，可以说，人民是革命军队的伟大的哺育者，是革命胜利的伟大的助产士。当前一些表现近现代革命战争题材的文艺作品，有意无意地忽视人民这个背景，孤立地来表现战斗场面。至于为何而战，为谁而战，战争会产生什么影响，人们对战争双方有着怎样的评价，等等，则一概搁置不论。可以说，重视战争中的人民群众的要素，重视民心向背得失，这是唯物史观、人民史观的一个基本体现。失去了人民性的背景，被凸显的就是个体；推动战争进程的力量就不是作为群体的人民群众，而是个体的能力和智慧。这显然是脱离人民大众的个人主义的观念。凸显个人而隐匿大众，凸显表象而遮蔽本质，就无法使人们真正认识到革命战争带给我们的深刻历史启示，也无法真正把握到革命战争的真相和实质。

恩格斯在致斐迪南·拉萨尔的一封信中认为"戏剧的未来"在于"较大的思想深度和自觉的历史内容，同莎士比亚剧作的情节的生动性和丰富性的完美融合"②。这不仅是"戏剧的未来"，也是其他体裁文艺作品的未

---

① 参见马娜《滴血的乳汁》，作家出版社 2013 年版。"人民群众用乳汁养育了人民军队。一直以来这句话大多情况下被作为文学修辞手法运用，但读了本书之后，会从心底里感到这句话也是对一段史实的真切描述。"这是该作品终审意见中的一句话。这句话足以表明一些人在理解历史时的粗率，以及这部作品的价值所在。

② 《马克思恩格斯选集》第 4 卷，人民出版社 2012 年版，第 440 页。

来。"较大的思想深度""自觉的历史内容"和"莎士比亚剧作的情节的生动性和丰富性"，都要靠有着丰富的本质性蕴涵的背景来显示。这蕴涵丰富的背景中的主角就是人民。"较大的思想深度"在于笔触是否抵达了基层的劳动人民，"自觉的历史内容"在于是否把握到了由人民力量所推动形成的社会发展趋势，"情节的生动性和丰富性"正来自人民群众的生活本身。而在这些方面，当前有些革命和战争题材的文艺作品可以说是大大地退步了，它们孤立地、片面地、"特写式"地表现战争表象，消解思考的深度和整体历史内容，更谈不上情节的生动与丰富。这样的文艺作品，不仅其所反映的真实性是不完整、不完全的，而且其表现也根本没有达到真实之美的境界。

二、人民文艺的正义之美

正义在我国传统文化体系中与"义"大体相当。东汉学者许慎在《说文解字》中解释为："義，己之威仪也。从羊从我。"[1] 这是对"义"字较古老的用法的解释。实际上，人们把"义"字更多地解释为"宜"，《中庸》就有"義者，宜也"的说法，意思是做事举止合理、妥当。清人段玉裁在《说文解字注》中指出："義之本训，为礼容各得其宜。礼容得宜则善矣。故文王、我将毛传皆曰：'義，善也。'引申之训也。""从羊者，与善、美同意。"[2]

如果单从字形上去附会的话，上"羊"下"我"的"義"字可以有三种说法：其一，古代"我"字就是"殺"（杀），义就是杀羊以分配给众人，分配要合理、妥当，要"得宜"，这就是"义"；其二，"我"字是手持武器"戈"的意思，"羊"是善、美之义，持戈以保护、卫护善、美，就是"义"；其三，"我"就是自己，就是"己"，"义"就是善由己出的意思，把善推己及人就是"义"。

可以说，正义的意思应该是合于道义、合于事理，并对于道义和事理

① （东汉）许慎：《说文解字》，天津市古籍书店 1991 年影印版，第 267 页。
② （清）段玉裁：《说文解字注》，许惟贤整理，凤凰出版社 2007 年版，第 1100 页。

进行捍卫与保护。从根本的意义上说，劳动人民既是物质财富的生产者，也是精神财富的创造者。那么在权利和利益的分配上，起码应该获得平等的待遇，体现出其作为产品或财富的生产者的贡献，这样才可以体现出正义来。劳动人民耗尽生命生产了财富，不但没有获得相应的权利和利益分配，反而终其一生被财富和财富的执掌者奴役、控制，成为自己劳动的异化者和沉默的大多数，这显然是非正义的。

在私有制占主导地位的社会，人民文艺所表现和揭示的矛盾正是劳动人民的财产（包括物质的和精神的两个方面）权利和需求与社会财产极少数人占有的现实的冲突。人民文艺的正义之美，一方面，体现于其对于劳动人民的财产权利和需求的肯定，对于基层劳动者应是财富的真正主人的肯定；另一方面，体现于对财富为少数人甚至极少数占有现象的否定，对劳动人民沦为受财富及其占有者的奴役和控制、沦为雇佣角色甚至连能否充当上雇佣角色也要受到财富力量的支配的批判。一方面，体现于对维护少数人利益的私有制度的否定，有着对这一不合理制度的批判精神；另一方面，体现于对维护大多数劳动人民利益的公有制度的呼唤，有着对这一理想制度及其不断完善的憧憬的热情。

歌剧《白毛女》是人民文艺的代表作品之一。剧中主要冲突是佃农杨白劳及其女儿喜儿和地主黄世仁之间的冲突。杨白劳和喜儿是被剥夺和被奴役的一方，在冲突中体现为正义，正义被压抑、挫折，非正义、反正义的力量占了上风。杨白劳出去躲账。新年之际，黄世仁以杨白劳拖欠租子和借款不还为名，逼迫其用女儿来抵债。可以说，黄世仁的财富家产是由杨白劳们创造的，但杨白劳及其家庭却又被这些财富及其拥有者压榨逼迫，以至于就连儿女也被其创造的财富的所有者占有。在观剧过程中，人们的义愤被激起，正义感被唤起。这样，当参加了八路军的农民之子王大春带领劳动人民打倒地主黄世仁、解放贫雇农、解救白毛女时，观众们领略到的就是这场人民革命所传达出的正义之美。

恩格斯曾称赞过德国优秀画家许布纳尔的一幅画，他说："从宣传社会主义这个角度来看，这幅画所起的作用要比一百本小册子大得多。"[①] 这幅画描绘的是一群向厂主交纳亚麻布的西里西亚纺织工人，画面异常生动有

---

① 《马克思恩格斯全集》第 2 卷，人民出版社 1957 年版，第 589 页。

力地把冷酷的富有和绝望的贫困作了鲜明对比。这里内蕴的审美特质实际上也是正义之美——是正义被压抑、桎梏而期待伸张的一种情绪趋向。

我国古代思想家墨子称："万事莫贵于义。"[①] 又说："义，利也。"[②] 这里的利不是私利，而是指天下人之利，是公共利益。墨家的正义观认为，只有维护他人的权利，为天下人谋利，才能称之为"义"，而只强调个人的权利，甚至"亏人自利"，则是违背"义"的。正义之美正由于这样的底蕴而具有一种天然的崇高美感。

三、人民文艺的集体之美

就像水滴就是水滴，只有在一定的关系下，它才成为大海；个人就是个人，只有在一定的关系下，他才成为人民。正像大海的美不同于水滴的美一样，人民的美也不同于个人的美。人民文艺所体现出来的，往往是集合之美、集体之美。这种美通过集合、集体的力量呈现出来，给人以情感和心灵上的震撼。比如，《黄河大合唱》这首不朽的人民文艺的名曲，体现出来的正是人民的集体之美。其中展现的"金涛澎湃，掀起万丈狂澜；浊流宛转，结成九曲连环""一泻万丈，浩浩荡荡""向南北两岸，伸出千万条铁的臂膀""排山倒海，汹涌澎湃，奔腾叫啸"的黄河形象，无不是集体力量的集结与呈现。人民文艺的作品当然也会有个性，但其通过个性呈现出来的，却绝不是个人主义，而是集体主义。集合或集体主体是人民文艺的重要美学原则，这一原则也是人民性在文艺作品中存在的一种基本方式。

劳动人民的历史主体和价值主体地位，要求在人民文艺中确立起人物塑造的集合或集体主体的原则。也就是说，对个体的描写不能是孤立的，要体现出人民集合作为其土壤和源头活水的存在。斯蒂芬·茨威格在评论巴比塞的小说《火线》时指出："在文学中沿袭至今的两种表现方法（客观的和主观的）之外，巴比塞选择了第三种：集体的……在巴比塞笔下，不

---

① 《墨子间诂》，载《诸子集成》第 4 册，中华书局 2006 年版，第 265 页。
② 《墨子间诂》，载《诸子集成》第 4 册，第 191 页。

断观察和感受着的我增大了许多倍，获得了新的完整性：他所说和所写的不是出自个人名义，而是代表着在战争最激烈的地方共患难一百个星期、结成一个统一体的十七位同志。由于融合在兄弟般亲密友爱的整体中，他已不再孤独地、从个人角度来认识事物，他感受到的都是十七颗心所感受的。"① 这就是集体主体原则在文艺创作中实现的典型个案。社会主义社会使人民群众在世界文学史上第一次有可能被描写成不是处于事件之外的或者只是孤独的个体在起作用的消极力量，而是用统一的集体利益把单个的意志联合起来，并在实践过程中成为推动历史不断前进的创造性力量。可以说，真正的人民文艺，其内在特质就是对集体主义精神的张扬和体现。

1949 年 7 月 6 日，周恩来《在中华全国文学艺术工作者代表大会上的政治报告》中特别强调精神劳动者要向体力劳动者学习集体主义精神，他说："精神劳动者应该向体力劳动者学习。一般精神劳动的特点之一是个人劳动……这就容易产生一种非集体主义的倾向。在这一个方面，文艺工作者应当特别努力向工人阶级的集体主义的精神学习。"② 这是对人民文艺家的一个重要要求。由此，我们可以看出，人民文艺的先进性不是也不可能是文艺家凭空独立地形成的，而是从劳动人民中获得的。从劳动人民中获得的强大精神力量，有时甚至会成为文艺工作者借此修正自身谬误观点的一种驱动力量。这就要求文艺工作者在文艺创作中要勇于违拗、破除自己的主观喜好与偏见，自觉服膺来自人民的伟大实践的先进认识和正确观念，并在文艺作品中加以艺术的表现。这样的文艺作品才能典型地呈现出人民文艺的集体之美来。

集体之美是人民文艺的一个独特品质，也是其基本价值诉求所在。然而，需要注意的是，并非所有的群体形象塑造都可以呈现出集体之美，呈现出集体之美的是觉醒的集体，是走向自觉自为的集体，而非自在的群体。1895 年 5 月 18 日，恩格斯在致斐·拉斐尔的信中曾提出"福斯泰夫式的背景"的概念③。福斯泰夫是莎士比亚在其历史剧《亨利四世》和喜剧《温莎的风流娘儿们》中塑造的一个形象。其身份是在封建制度没落时期

---

① 转引自［苏联］鲍·苏奇科夫：《现实主义的历史命运——创作方法探讨》，傅仲选等译，外国文学出版社 1988 年版，第 396 页。

② 《周恩来选集》上卷，人民出版社 1984 年版，第 349—350 页。

③ 《马克思恩格斯文集》第 10 卷，人民出版社 2009 年版，第 176 页。

由贵族社会跌到平民社会的破落骑士，他上与太子关系密切，下与强盗、流氓、小偷、妓女为伍。通过对其活动的描述和表现，莎士比亚展示了上至宫廷下至酒店、妓院等广阔的社会背景，再现了那时"五光十色的平民社会"①，为塑造人物和展开戏剧冲突提供了广阔、丰富而生动的社会背景。恩格斯认为，这是莎士比亚现实主义艺术的最杰出的成就之一。但这里呈现的并非是集体之美，集体并没有作为觉醒的力量而存在或崛起。所以这些作品是现实主义的杰出作品，但并非特色鲜明的人民文艺。

四、人民文艺的劳作之美

2015年4月28日，习近平总书记《在庆祝"五一"国际劳动节暨表彰全国劳动模范和先进工作者大会上的讲话》中指出："劳动是人类的本质活动，劳动光荣、创造伟大是对人类文明进步规律的重要诠释。"② 劳动人民的核心本质就在于其作为生产性劳动者的品质和角色，因此，劳作之美是人民文艺的核心本质特征之一。1947年，由著名音乐家马可编曲填词的劳动者名曲《咱们工人有力量》，以昂扬有力的旋律、直观热烈的劳动场景呈现出了劳作之美；1943年，由著名诗人贺敬之作词、马可谱曲的《南泥湾》则以优美抒情的曲调，歌唱劳动者把荒凉的南泥湾改造成了美丽的"江南"，从而呈现出劳作之美。这里的劳作之所以美，就是因为在这些人民文艺的作品中，劳动人民的劳作是自由的，没有压迫和摧残，没有对抗和扭曲，这个劳作是自觉的劳作，是那个时代特有的自为的劳动。这里的劳动体现的真正是劳动人民的自由本质，人民劳作不是为了果腹充饥，而是为了解放——国家的解放、民族的解放、自身的解放。正像《咱们工人有力量》歌词所说的："咱们的脸上发红光，咱们的汗珠往下淌！为什么？为了求解放！为什么？为了求解放！"

在人民文艺中，人们从劳作中感受到的不是辛苦、抱怨、痛苦，也不是可怜的、有限的、自私的乐趣，而是感到一种无私的快乐，一种对于

---

① 《马克思恩格斯文集》第10卷，第176页。
② 习近平：《在庆祝"五一"国际劳动节暨表彰全国劳动模范和先进工作者大会上的讲话》，《人民日报》2015年4月28日。

未来的憧憬和自我力量的自豪——他们明确地自觉到他们是在为自己而劳作，但更是为人民的总体命运的改变而劳作。劳作是专属于劳动人民的。一方面，劳作创造了美；另一方面，劳作也使劳作自身成为审美对象。从理论上说，人类的生产劳作作为调节人与自然关系的感性活动，具有合目的性和合规律性相统一的特质，是对人的本质力量的显现和外化。而人的本质力量的显现和外化，也就是美的实质所在。应该说，只有到了社会主义社会，当对于人的感性的异化力量趋于消失时，劳作的真正美学性质才会充分呈现出来。劳作、劳作者和社会走向、社会要求在社会主义条件下是根本一致的，比如，《创业史》中梁生宝就说"照党的指示，给群众办事，受苦就是享乐"。他的行动和忙碌不是消费性的，而是生产性，生产性是一切进步的源泉，通过表现人民活动的生产性，就会呈现出鲜明的以人民为主体的劳作之美。

劳动者的主人意识是其劳作之美的内在支撑。正如《国际歌》中所唱，"我们要做天下的主人"——人民要做社会的主人，做自己的主人，自己决定自己的命运，这是人民文艺又一个鲜明特质。这个特质是劳作之美重要的人文底蕴。社会主义建设时期，建设国家不只是国家的事情，每个人都把建设国家当作个人的事。在"十七年"文艺作品中，不乏对热烈的劳动场景的描写和表现，通过人们展现人们的劳动热情，表现出他们在劳动过程中所获得的喜悦。他们不只是为个人而劳动，更是在为集体、为建设社会主义国家伟大事业而劳动。不管是在农村大地上挥动锄头的、在工厂开动机车的，还是在油田操作钻机的，这些劳动者形象表现出的主人意识和劳作之美正是人民文艺的典型特征之一。

在一些表现全国劳动模范"铁人"王进喜的文艺作品（比如，1964年的纪录片《铁人王进喜》、1974年的电影《创业》、2010年的电视剧《奠基者》等）中，鲜明地体现了劳作之美。百度百科在"铁人"词条中对王进喜的具体叙述基本概括了这些文艺作品的核心内容："1960年2月，东北松辽石油大会战打响。玉门闯将王进喜带领1205钻井队于3月25日到达萨尔图车站，下了火车，他一不问吃、二不问住，先问钻机到了没有、井位在哪里、这里的钻井纪录是多少，恨不得一拳头砸出一口井来，把'贫油落后'的帽子甩到太平洋里去。面对极端困难和恶劣环境，会战领导小组作出了学习毛主席《实践论》和《矛盾论》的决定。王进喜组织

1205 队职工认真学习'两论'。通过学习，王进喜认识到：'这困难，那困难，国家缺油是最大困难；这矛盾，那矛盾，国家建设等油用是最主要矛盾。'1205 队的钻机到了，没有吊车和拖拉机，汽车也不足。王进喜带领全队工人用撬杠撬、滚杠滚、大绳拉的办法，'人拉肩扛'把钻机卸下来，运到萨 55 井井场，仅用 4 天时间，把 40 米高的井架竖立在茫茫荒原上。井架立起来后，没有打井用的水，王进喜组织职工到附近的水泡子破冰取水，带领大家用脸盆端、水桶挑，硬是靠人力端水 50 多吨，保证了按时开钻。萨 55 井于 4 月 19 日胜利完钻，进尺 1200 米，首创 5 天零 4 小时打一口中深井的纪录。1960 年 4 月 29 日，1205 钻井队准备往第二口井搬家时，王进喜右腿被砸伤，他在井场坚持工作。由于地层压力太大，第二口井打到 700 米时发生了井喷。危急关头，王进喜不顾腿伤，扔掉拐杖，带头跳进泥浆池，用身体搅拌泥浆，最终制服了井喷。"[①]

在以这个叙述为蓝本的那些文艺作品中，王进喜的劳作是自由、自觉的，是有着明确目标和崇高目的的。这里没有愚昧和欺骗，他知道如此地辛苦劳作，并非是为了个人，而是为了人民、为了国家，但他仍然是义无反顾。这样的英雄是真正的社会主义英雄，是劳动英雄，而不是财富英雄、资本英雄。他的劳作是个体意志的表达，但绝不是个人主义，而是集体主义，这种个体意志与社会意志、国家意志、人民意志有着高度的兼容性和一致性。这就是人民文艺的劳作之美。劳作是人民的一个重要本质，因而，劳作之美，也就是人民本质在人民文艺中的呈现和发扬。

---

① 参见百度百科 "铁人（王进喜的称号）" 词条，http://baike.baidu.com/subview/125619/11040858.htm。

第三章　走向人民的文艺大众化

20世纪30年代，左翼作家关于文艺大众化的讨论，使文艺大众化观念在革命作家中深入人心。然而，只是在毛泽东《在延安文艺座谈会上的讲话》（以下简称《讲话》）中，文艺大众化思想才真正形成了其科学、系统的理论形态。樊骏曾说："文艺大众化，在1942年延安文艺座谈会以后的抗日民主根据地——解放区才开始得到真正的普遍实现。"[①] 这不能不说是《讲话》的重大影响使然。《讲话》是中国化马克思主义文艺理论的第一篇经典之作，也是我国关于人民文艺、文艺的人民尺度的第一篇经典之作。《讲话》对文艺大众化做了充分的理论上的奠基，开启了人民文艺的崭新时代。可以说，文艺大众化就是实现人民文艺的必然路径。今天我们讲人民文艺要为人民利益代言，要贴近群众、深入群众，要走基层、转作风、改文风，实际上也都是一个文艺大众化的问题，对此重温《讲话》，一定会带给我们许多有益的启示。

一、文艺大众化的根本出发点

"为人民大众"，是文艺大众化的根本出发点和立足点。在文艺大众化问题上，毛泽东的《讲话》抓住了根本，即大众化说到底是一个创作的出发点、立足点的问题，或者说是一个立场的问题。它在根本上是内容的问题，而非仅仅形式上的问题。黎辛就认为，《讲话》的精神实质在于要求文艺工作者把立足点从"小资产阶级知识分子""转移到无产阶级这边

---

① 《中国大百科全书·中国文学Ⅱ》"文艺大众化"条目，中国大百科全书出版社1986年版，第967页。

来"①。坚持文艺大众化，实际上就是对人民群众作为实践主体、历史主体和价值主体地位的肯定与坚持，就是对马克思主义唯物史观、人民史观的肯定与坚持。《讲话》指出，文艺大众化最根本地表现在把"为人民大众"作为其根本的出发点、作为创作的基本原则，即它"基本上是一个为群众的问题和一个如何为群众的问题"②。正如贺敬之所指出的，毛泽东"在《讲话》中把作家同人民群众结合看成是最根本的东西"，他针对当时延安文艺工作者的弱点，"一针见血地指出文艺为工农兵群众服务的正确途径，而且是唯一的途径——与人民群众相结合，这是一个创举，一个里程碑"。③

《讲话》提倡的文艺创作者坚定的人民立场、坚定的工农兵立场是文艺大众化的基础。在此基础上，毛泽东提出中国的革命的文学家、艺术家，必须到群众中去，必须长期地无条件地全心全意地到工农兵群众中去的主张；提出知识分子要和群众结合，要为群众服务的主张；提出任何一种东西，必须能使人民群众得到真实的利益，才是好的东西的主张；提出革命文艺是人民生活在革命作家头脑中的反映的产物，人民生活是一切文学艺术取之不尽、用之不竭的唯一源泉的主张；提出文艺工作中的普及是向工农兵普及，提高是从工农兵提高的主张；提出一切的革命的文艺家只有联系群众，表现群众，把自己当作群众的忠实的代言人，他们的工作才有意义的主张；提出只有代表群众才能教育群众，只有做群众的学生才能做群众的先生的主张……并对延安文艺界存在的唯心论、教条主义、空想、空谈、轻视实践、脱离群众等缺点进行了严肃批评。这些系统的主张和观点形成了毛泽东的文艺大众化思想，它们都围绕"为人民大众"这一根本出发点展开，为文艺工作者将其立场转移到人民群众这边来奠定了稳固的、科学的、有说服力的理论基础。

---

① 黎辛：《〈讲话〉的历史与命运》，《文艺理论与批评》2010 年第 2 期。
② 《毛泽东选集》第 3 卷，人民出版社 1991 年版，第 853 页。
③ 《贺敬之文集（4）》（文论卷·下），作家出版社 2005 年版，第 126—127 页。

二、文艺大众化的基本内涵

"文艺工作者的思想感情和工农兵大众的思想感情打成一片",是文艺大众化的基本内涵。在《讲话》中,毛泽东对当时文艺工作者们所谈论的"大众化"下过一个简明的定义,他说:"什么叫做大众化呢?就是我们的文艺工作者的思想感情和工农兵大众的思想感情打成一片。"① 这个定义明确揭示了文艺大众化的深刻内涵。显然,毛泽东谈论的大众化不只是就文艺作品而言的,更是就文艺工作者而言的。鲁迅先生在谈到革命文学时曾说:"我以为根本问题是在作者可是一个'革命人',倘是的,则无论写的是什么事件,用的是什么材料,即都是'革命文学'。从喷泉里出来的都是水,从血管里出来的都是血。'赋得革命,五言八韵',是只能骗骗盲试官的。"② 对革命文学来说,要做革命文,必要先做革命人,起码是要有革命思想之人;文艺大众化也是如此,在文艺作品的大众化之前,必先要有一个文艺工作者的大众化。

文艺工作者如何做到大众化呢?就是要在思想感情上跟工农兵大众打成一片。毛泽东在1942年5月28日的另一个报告《文艺工作者要同工农兵相结合》中,提出知识分子、文艺家应"无产阶级化"和"工农化"的主张,他说:"就小资产阶级整个阶级来说,他们不是搞马列主义的,只有无产阶级和无产阶级化了的其他阶层的知识分子,才真正相信马列主义,实行马列主义。"③ "无产阶级化""工农化"显然与"大众化"是同等程度的概念,都是文艺大众化对创作主体提出的最为基本的要求。文艺是再现,也是表现,只有艺术家把自己工农化、大众化的思想感情渗透、表现于文艺创作,文艺作品才能体现出较为充分的大众化内容和大众化实质来。文艺大众化的重心在于内涵,所以,文艺工作者思想感情的改造,即思想感情的大众化建设是文艺大众化的基础,没有思想感情这个基础,文艺大众化就不可能;没有这个基础的大众化是沙上建塔的"伪大众化"。

① 《毛泽东选集》第3卷,第851页。
② 《鲁迅全集》第3卷,人民文学出版社2005年版,第568页。
③ 《毛泽东文集》第2卷,人民出版社1993年版,第429页。

三、文艺大众化的重要途径

"到大鲁艺去""讲老百姓的话""下决心跟老百姓学"，是文艺大众化的重要途径。大众化的基本内涵是文艺工作者在思想感情上实现转化，跟工农兵大众打成一片，那么，怎样做才能实现转化、实现打成一片、实现文艺创作的大众化呢？其路径何在呢？《讲话》指出，"要打成一片，就应当认真学习群众的语言"①。毛泽东在《反对党八股》的讲演中曾说："有些天天喊大众化的人，连三句老百姓的话都讲不来，可见他就没有下过决心跟老百姓学，实在他的意思仍是小众化。"②《讲话》还特别谈到文艺工作者要做到为人民，把人民群众当作工作对象，就必须要懂得人民群众，懂得人民，就是要懂得人民群众的语言，就是要对"人民群众的丰富的生动的语言"有"充分的知识"③。文艺是生活的反映，而生活的本质就在于人民群众，所以，可以说没有人民群众的语言，就没有人民文艺的创造。只有学习群众的语言，文艺家才能懂得人民大众；也只有学习并运用群众的语言进行文艺创作，群众也才能懂得文艺家，赏识文艺家创作的作品。实际上，《讲话》本身的语言就给我们树立了大众化的一个范本，虽然它是理论著作而非文艺作品。《讲话》没有深奥难解的术语，没有佶屈聱牙的长句，没有形式主义的套话，更没有拖沓冗长的废话，其文风通俗简洁、明晰有力、生动活泼，自然形成了与它的"为人民大众"的内容相适应的"为人民大众"的形式。脱离群众的文风，其内容也必然是脱离群众的，在实践上也会同群众隔膜。列宁说过，"最马克思主义 = 最通俗和朴实（转化）"④。显然，毛泽东的《讲话》在这方面是做出了表率的。当然，学习群众语言并非像有些人认为的那样只是形式上的问题，内容与形式是不可分的，形式是内容要求的体现，并且其本身也是内容的重要组成部分。

毛泽东在延安文艺座谈会之后，曾亲临鲁迅艺术文学院对即将离校的学生发表演讲，他说："你们快毕业了，将要离开鲁艺了。你们现在学习的

---

① 《毛泽东选集》第 3 卷，第 851 页。
② 《毛泽东选集》第 3 卷，第 841 页。
③ 《毛泽东选集》第 3 卷，第 850 页。
④ 《列宁全集》第 30 卷，人民出版社 1985 年版，第 422 页。

地方是小鲁艺，还有一个大鲁艺。只是在小鲁艺学习还不够，还要到大鲁艺去学习。大鲁艺就是工农兵群众的生活和斗争。广大的劳动人民就是大鲁艺的老师。"[①]"到大鲁艺去"，是到群众中去的形象说法，它是文艺工作者跟群众结合、向群众学习的必由之路，只有投身到群众的生活中去，与他们同甘共苦，成为他们中的一分子，才能真正做到跟他们打成一片，创作出充分大众化的文艺作品来。

四、文艺大众化的一般规律

坚持普及和提高的辩证法，把普及和提高结合起来，是文艺大众化的一般规律。大众化显然离不开普及，但这个普及应是和提高相联系的普及，是逐步提高的普及。否则，普及就对人民群众没有实质上的益处。这是《讲话》关于普及和提高的辩证法的基本思想。毛泽东指出："普及工作和提高工作是不能截然分开的。""普及工作若是永远停止在一个水平上，一月两月三月，一年两年三年，总是一样的货色，一样的'小放牛'，一样的'人、手、口、刀、牛、羊'，那末，教育者和被教育者岂不都是半斤八两？这种普及工作还有什么意义呢？人民要求普及，跟着也就要求提高，要求逐年逐月地提高。在这里，普及是人民的普及，提高也是人民的提高。而这种提高，不是从空中提高，不是关门提高，而是在普及基础上的提高。这种提高，为普及所决定，同时又给普及以指导。"[②] 因此，那种以为文艺大众化就只是文艺的通俗化，就只是文艺对群众趣味、群众鉴赏力及理解力的单纯适应的想法是庸俗大众化倾向的表现。真正的大众化既是适应又是提高，既是向群众学的向下的过程，又是教育群众的向上的过程，两个方面辩证统一，不可或缺。

1944 年 4 月 2 日，毛泽东在给周扬的一封信中，谈到对列宁的一句话的理解问题，他说："'艺术应该将群众的感情、思想、意志联合起来'似乎不但是指创作时'集中'起来，而且是指拿这些创作到群众中去，使那

---

① 转引自马瑛璋、申春编：《艾克恩文集》，中国文联出版公司 1999 年版，第 436 页。

② 《毛泽东选集》第 3 卷，第 862 页。

些被经济的、政治的、地域的、民族的原因而分散了的（社会主义国家没有了政治原因，但其他原因仍在）'群众的感情、思想、意志'，能借文艺的传播而'联合起来'，或者列宁这话的主要意思是在这里，这就是普及工作。"① 这表明毛泽东主张的普及或大众化，其要旨在于使文艺"在群众生活群众斗争里实际发生作用"②，并最终使文化成为人民大众的文化，使文艺成为人民大众的文艺。这种普及或大众化要求文艺观念、文艺理论、文艺作品不仅在文艺家中，而且能够在读者中，在广大的人民群众中发挥实际的作用和影响。这就意味着文艺工作者要有组织人民、教育人民、引领人民的责任感和担当意识，要在普及工作中提高人民群众的思想认识。可见普及本身也带有提高的使命，普及就是为了提高。当然，普及是要向下的，实际上提高也是要向下的，即提高也不能脱离人民群众。所以，文艺大众化或大众化的文艺不是小圈子、小团体的事业，而是真正的人民群众的事业。如果文艺家们"小圈子化""精英化""贵族化""去人民化"了，不愿与劳动人民为伍，看不上劳动人民和他们的艺术了，他们的作品脱离人民了，人民群众看不明白，甚或与人民群众的真实的文化利益对立起来了，那么，真正的文艺大众化或大众化的文艺也就不复存在了。

五、文艺大众化的核心标准

文艺批评的人民性标准，是文艺大众化的核心标准。把握文艺大众化的方向，遵循人民文艺的方向，必须坚持人民性标准和艺术性标准的统一，牢固确立起以人民的判断为最高裁决、以人民的选择为最高选择的文艺批评观。文艺大众化要求有人民性标准与之相契合，二者彼此推动，形成文艺大众化创作与批评的双引擎。

《讲话》谈到"文艺服从于政治"，提出"文艺批评有两个标准，一个是政治标准，一个是艺术标准"。对于这里的"政治"，毛泽东特别强调，"我们所说的文艺服从于政治，这政治是指阶级的政治、群众的政治，不

---

① 《毛泽东文集》第 3 卷，人民出版社 1996 年版，第 123 页。
② 《毛泽东选集》第 3 卷，第 858 页。

是所谓少数政治家的政治"。"革命的思想斗争和艺术斗争，必须服从于政治的斗争，因为只有经过政治，阶级和群众的需要才能集中地表现出来。"①可见，这个"政治"指的是人民的政治，是人民利益、人民需要、人民愿望和人民理想的集中表达和体现，所以，《讲话》中谈到的文艺的政治性与人民性和真实性是完全一致的，"文艺服从于政治"也就是指文艺服从于人民需要、服从于历史真实。"不认识这一点，把无产阶级的政治和政治家庸俗化，是不对的。"②实际上，大众化也必须经过人民政治的前提，才能得以真正实现。为什么真正的文艺大众化可以在当时的延安展开，而非在国统区或沦陷区展开，就是由于当时的延安已经是人民政治，是人民当权的政治形态，文艺大众化才可以进行得那样如火如荼。

　　只有政治是人民的政治，我们谈论文艺的大众化才是可能的；也只有政治是人民的政治，我们谈论文艺批评的政治标准才是有益的和有意义的。毛泽东在《讲话》中提出的文艺批评的政治标准，其实质也就是真实性标准、人民性标准、大众化标准，或者说，是文艺的真实性尺度、人民性尺度、大众化尺度。本文把文艺批评的政治标准称为人民性标准，是因为"政治"本身的歧义性容易让人产生误解和误读；而人民性标准的意义则更为确定，边界也更为清晰。人民性标准要求文艺既要站在人民群众利益的立场上描写人民，把人民群众当作文艺表现的主体，同时，人民性标准还要求把人民群众当作文艺作品的评价主体，把人民群众的意见当作评价文艺作品价值高下的重要参考。文艺大众化要求对于文艺作品的评价在关注专家观点之外，要更多地搜求群众的主张和看法，因为他们的意见才是文艺作品人民性内涵的真正的试金石，也是文艺大众化的真正的试金石。古今中外，那些流传广泛而久远的真正的文艺经典，哪一部不是人民大众选择的结果呢？它们无不在人民群众中有着广泛而深厚的基础。因此，牢牢把握大众化文艺方向或人民文艺方向，必须坚持以人民性标准为主的人民性标准与艺术性标准的统一。

---

① 《毛泽东选集》第3卷，第866页。
② 《毛泽东选集》第3卷，第867页。

第四章　人民文艺的主要理论文献（一）

　　人民文艺的主要理论文献，这里分两个部分来呈现。一部分是马克思主义经典作家的主要理论文献，一部分是我们党和国家主要领导人的重要理论文献。实际上，人民文艺的理论文献非常浩繁，我们之所以选择这些文献，就是为了使人们对于人民文艺或文艺的人民尺度的认识，在其理论基础上不跑偏。在解释学时代，相对主义盛行，如果我们不把最基本的东西选择并呈现出来作为定海神针，那么，在对现象的理解和把握上就难免失去定力，陷于混乱。本章主要选择马克思主义经典作家关于人民文艺的核心论述，来阐述和分析他们对于人民文艺的理论构建。

一、重访马克思、恩格斯的三封信

　　马克思、恩格斯的三封信是指 1859 年 4 月 19 日马克思致斐迪南·拉萨尔评论其剧作《弗兰茨·冯·济金根》的信、1859 年 5 月 18 日恩格斯致斐迪南·拉萨尔评论其剧作《弗兰茨·冯·济金根》的信和 1888 年 4 月初恩格斯致玛格丽特·哈克奈斯评论其小说《城市姑娘》的信。

　　正如柏拉威尔在《马克思和世界文学》一书中指出的："尽管马克思从来没有在文学批评的角度使用过'现实主义'一词，或者它的无论哪个派生词，在他 1844 年以后的著作中出现的关于小说和戏剧的美学观点可以毫不歪曲地称之为'现实主义的'美学。不过，不是一种'自然主义的'美学——他从来没有显示他对于那种把生活的原始材料当作文学的作法有什么喜爱。"[1] 马克思、恩格斯在三封信中所阐述的主要就是其现实主

---

① ［英］希·萨·柏拉威尔:《马克思和世界文学》，梅绍武、苏绍亨、傅惟慈、董乐山译，生活·读书·新知三联书店 1980 年版，第 550 页。

义美学思想。而马克思、恩格斯的现实主义美学思想也就是其人民文艺的思想。

为什么这么说呢？因为在马克思和恩格斯那里，现实的就是人民的，现实主义就是从人民出发的以人民为尺度的文艺创作倾向。这里的人民有两个特质，一是平民性（市民、农民等，指非官方的平民），一是先进性（其本身的发展就是对落后阶级及其代表的旧制度的否定）。马克思批评斐迪南·拉萨尔的剧作《弗兰茨·冯·济金根》时指出，济金根"是按骑士的方式发动叛乱的"，"如果他以另外的方式发动叛乱，他就必须在一开始发动的时候直接诉诸城市和农民，就是说，正好要诉诸那些本身的发展就等于否定骑士制度的阶级"。"革命中的这些贵族代表——在他们的统一和自由的口号后面一直还隐藏着旧日的皇权和强权的梦想——不应当像在你的剧本中那样占去全部注意力，农民和城市革命分子的代表（特别是农民的代表）倒是应当构成十分重要的积极的背景。"① 这里的农民和城市革命分子，就是人民。如果只表现上层的贵族们的革命，而忽略下层的、平民的革命诉求，这就不是人民文艺。同时，也正因其脱离了人民，它也就不是现实主义的文艺。

马克思第一次比较全面地表达自己的现实主义文艺观点，是在他和恩格斯合著的《神圣家族》一书中。在该著中，马克思、恩格斯通过对欧仁·苏的小说《巴黎的秘密》的批评，流露出了对文艺作品的真实性、倾向性和实践性品格的期待，而这一期待正构成了马克思、恩格斯的现实主义文艺理论的重要特质，成为人民文艺思想的重要理论资源。真实性来自被深刻理解的现实，而现实的基础和实质就在于人民；倾向性在这里不是主观的倾向性，而是指社会主义的倾向性，而人民是社会主义倾向性的天然抱持者；人民作为历史发展的最终推动力量，实践性品格也正是其重要特质。

恩格斯在1888年4月初致玛格丽特·哈克奈斯的信中，给现实主义下了一个经典的定义，他说："据我看来，现实主义的意思是，除细节的真实外，还要真实地再现典型环境中的典型人物。"② 这个"典型环境"就是人民性背景，只有在人民性背景中，文艺作品才能够正确反映出历史发展

---

① 《马克思恩格斯文集》第10卷，人民出版社2009年版，第170—171页。
② 《马克思恩格斯文集》第10卷，第570页。

和现实运动的倾向性来，从而科学预言社会的发展。恩格斯指出，在玛格丽特·哈克奈斯的小说《城市姑娘》中，工人阶级以"消极群众的形象"出现不是"恰如其分"的描写①。因为这样不能正确地表现出历史发展的总趋势，也不能使读者通过这部作品正确认识当时的社会现实特征，并做出符合历史发展的积极选择。这实际上是指出了人民文艺须体现出人民的先进性（或积极面）的要求，以先进性（或积极面）来引领人民总体的进步，来推动历史的发展。

马克思、恩格斯在文本中常常把社会生活形态概括为"市民社会"，并把它称为"整个历史的基础"。在谈到唯物主义历史观时，他们曾指出："这种历史观就在于：从直接生活的物质生产出发阐述现实的生产过程，把同这种生产方式相联系的、它所产生的交往形式即各个不同阶段上的市民社会理解为整个历史的基础，从市民社会作为国家的活动描述市民社会，同时从市民社会出发阐明意识的所有各种不同理论的产物和形式，如宗教、哲学、道德等等，而且追溯它们产生的过程。"② 可以说，重视人民社会生活本身，把它作为理解各种意识形式的基础和观念批判的旨归，在马克思主义理论中是一以贯之的，是其理论体系的核心部分，也是马克思主义哲学不同于以往传统哲学的最大特点之一。这一特点或许就可以概括为马克思主义人民文艺理论的思想基石。

在评论斐迪南·拉萨尔的剧本《弗兰茨·冯·济金根》时，恩格斯指出："我认为，我们不应该为了观念的东西而忘掉现实主义的东西，为了席勒而忘掉莎士比亚，根据我对戏剧的这种看法，介绍那时的五光十色的平民社会，会提供完全不同的材料使剧本生动起来，会给在前台表演的贵族的国民运动提供一幅十分宝贵的背景，只有在这种情况下，才会使这个运动本身显出本来的面目。"③ 在这里，现实主义不只是指文艺创作的方法，而是指只有在人民生活中，才能找到社会发展的真相和实质。只有遵循人民性原则，才能科学地理解和把握社会现实的运动本身。在马克思、恩格斯那里，现实主义本质上不是一种创作的方式或方法，而是以文艺的方式正确掌握现实的方法，是以文艺的方式准确地认识并推动社会发展趋势的

---

① 《马克思恩格斯文集》第 10 卷，第 570 页。
② 《马克思恩格斯选集》第 1 卷，人民出版社 1995 年版，第 92 页。
③ 《马克思恩格斯文集》第 10 卷，第 176 页。

一种主张。这种方法和主张的核心在于真实表现作为社会主体的人民，也就是使文艺作品体现出鲜明的人民性来。

马克思和恩格斯都主张"莎士比亚化"，反对"席勒式"。马克思在致斐迪南·拉萨尔的信中说："这样，你就得更加莎士比亚化，而我认为，你的最大缺点就是席勒式地把个人变成时代精神的单纯的传声筒。"在这里，"莎士比亚化"就是让人民以自己的现实生活来表现整个时代的精神特质。"席勒式"以主观的设想为前提和依据，没有把人民生活作为深厚的基础，其传达的时代精神就少了生动的活性和成长的沃土。"为了席勒而忘掉莎士比亚"，即是说，为了个人主观观念的倾向性，而忘记了人民活动所体现出来的社会倾向性。这显然是与现实主义文艺观，因而也是与人民文艺观背道而驰的。

恩格斯在致斐迪南·拉萨尔的信中指出，"美学观点"和"史学观点"是文学批评的"非常高的、即最高的标准"[①]。毛泽东《在延安文艺座谈会上的讲话》中也提出了文艺的"政治标准"和"艺术标准"[②]。从恩格斯和毛泽东的具体阐述里，从他们的总体性语境中，都可看出这里的"史学观点""政治标准"，实际上说的都是"人民观点""人民标准"或"人民尺度"。而马克思更是曾直接表明："人民历来就是作家'够资格'和'不够资格'的唯一判断者。"[③] 由此可见，在马克思、恩格斯的文艺思想中，人民具有核心的地位和意义。人民不仅是文艺蕴涵上的一种本质性元素，不仅是文艺艺术表现上的一种本质性元素，而且还是文艺评论上的一种最高的或第一位的评判标准和批评尺度。

二、列宁《党的组织和党的出版物》再思

我们知道，毛泽东《在延安文艺座谈会上的讲话》中谈到文艺为什么人服务时引用过列宁一句著名的话，即"为千千万万劳动人民服务"[④]。

---

① 《马克思恩格斯选集》第 4 卷，人民出版社 1995 年版，第 561 页。
② 《毛泽东选集》第 3 卷，人民出版社 1991 年版，第 868 页。
③ 《马克思恩格斯全集》第 1 卷，人民出版社 1956 年版，第 90 页。
④ 《列宁专题文集·论无产阶级政党》，人民出版社 2009 年版，第 170 页。

这句话就出自列宁写于 1905 年 11 月的《党的组织和党的出版物》（又译《党的组织和党的文学》）一文。这篇文献是马克思主义经典作家关于人民文艺的重要核心文献之一，其基本内容主要有如下两个方面。

其一，人民文艺是坚持党性原则的文艺。正像习近平总书记 2013 年 8 月 19 日在全国宣传思想工作会议上所强调的，"党性和人民性从来都是一致的、统一的"①。坚持党性，核心就是坚持无产阶级政党的根本性质，牢记全心全意为人民服务的宗旨；坚持人民性，"就是要把实现好、维护好、发展好最广大人民根本利益作为出发点和落脚点，坚持以民为本、以人为本"②。正是由于二者的高度统一，我们说，人民文艺是具有高度党性原则的文艺。实际上，只有具有了无产阶级的党性，人民性才能得以更好的、完全的实现。

列宁在文章中指出："与资产阶级的习气相反，与资产阶级企业主的即商人的报刊相反，与资产阶级写作上的名位主义和个人主义、'老爷式的无政府主义'和唯利是图相反，社会主义无产阶级应当提出党的出版物的原则，发展这个原则，并且尽可能以完备和完整的形式实现这个原则。"③这里有两个要点，一是要提出这个原则，二是要"以完备和完整的形式"去实现这个原则。

那么，要提出的这个写作或创作的原则是什么呢？就是党性原则，即"写作事业应当成为整个无产阶级事业的一部分，成为由整个工人阶级的整个觉悟的先锋队所开动的一部巨大的社会民主主义机器的'齿轮和螺丝钉'。写作事业应当成为社会民主党有组织的、有计划的、统一的党的工作的一个组成部分"④。这个原则所强调的，其实就是人民的先进性。党性不是外在于人民性的，而正是人民性内部的精华部分。

确定了人民文艺的党性原则之后，接下来就是要"尽可能以完备和完整的形式"去实现这个原则。这就意味着"无产阶级的党的事业中写作事业这一部分，不能同无产阶级的党的事业的其他部分刻板地等同起来"⑤。

----

① 《习近平谈治国理政》，外文出版社 2014 年版，第 154 页。
② 《习近平谈治国理政》，第 154 页。
③ 《列宁专题文集·论无产阶级政党》，第 166 页。
④ 《列宁专题文集·论无产阶级政党》，第 167 页。
⑤ 《列宁专题文集·论无产阶级政党》，第 167 页。

人民文艺需要以自己的独特内容和形式来实现党性原则，因为"无可争论，写作事业最不能作机械划一，强求一律，少数服从多数。无可争论，在这个事业中，绝对必须保证有个人创造性和个人爱好的广阔天地，有思想和幻想、形式和内容的广阔天地"①。

其二，人民文艺是真正自由的文艺。列宁深刻指出，在资产阶级买卖关系下的文艺创作是不自由的，与资产阶级相联系的写作自由是虚伪的或伪装的自由。而人民文艺则是真正自由的文艺。他说："摆脱了农奴制的书报检查制度的束缚以后，我们不愿意而且也不会去当写作上的资产阶级买卖关系的俘虏。我们要创办自由的报刊而且我们一定会创办起来，所谓自由的报刊是指它不仅摆脱了警察的压迫，而且摆脱了资本，摆脱了名位主义，甚至也摆脱了资产阶级无政府主义的个人主义。"②

列宁有力地驳斥和回应了资产阶级知识分子从创作自由角度对人民文艺（即遵从了党性原则的文艺）的责难和否定——"怎么！也许某个热烈拥护自由的知识分子会叫喊起来。怎么！你们想使创作这样精致的个人事业服从于集体！你们想使工人们用多数票来解决科学、哲学、美学的问题！你们否认绝对个人的思想创作的绝对自由！"③

列宁在文章中从两个方面回应了上述责难。他说："第一，这里说的是党的出版物和它应受党的监督。每个人都有自由写他所愿意写的一切，说他所愿意说的一切，不受任何限制。但是每个自由的团体（包括党在内），同样也有自由赶走利用党的招牌来鼓吹反党观点的人。言论和出版应当有充分的自由。但是结社也应当有充分的自由。为了言论自由，我应该给你完全的权利让你随心所欲地叫喊、扯谎和写作。但是，为了结社的自由，你必须给我权利同那些说这说那的人结成联盟或者分手。党是自愿的联盟，假如它不清洗那些宣传反党观点的党员，它就不可避免地会瓦解，首先在思想上瓦解，然后在物质上瓦解。"④这里，我们在理解党的时候，绝不应忘记党同人民的血肉联系，不应忘记党性和人民性在这里的高度一致。

---

① 《列宁专题文集·论无产阶级政党》，第167页。
② 《列宁专题文集·论无产阶级政党》，第168页。
③ 《列宁专题文集·论无产阶级政党》，第168页。
④ 《列宁专题文集·论无产阶级政党》，第169页。

列宁接着指出："第二，资产阶级个人主义者先生们，我们应当告诉你们，你们那些关于绝对自由的言论不过是一种伪善而已。在以金钱势力为基础的社会中，在广大劳动者一贫如洗而一小撮富人过着寄生生活的社会中，不可能有实际的和真正的'自由'。作家先生，你能离开你的资产阶级出版家而自由吗？你能离开那些要求你作海淫的小说和图画、用卖淫来'补充''神圣'舞台艺术的资产阶级公众而自由吗？要知道这种绝对自由是资产阶级的或者说是无政府主义的空话（因为无政府主义作为世界观是改头换面的资产阶级思想）。生活在社会中却要离开社会而自由，这是不可能的。资产阶级的作家、画家和女演员的自由，不过是他们依赖钱袋、依赖收买和依赖豢养的一种假面具（或一种伪装）罢了。"他明确主张，"要用真正自由的、公开同无产阶级相联系的写作，去对抗伪装自由的、事实上同资产阶级相联系的写作"。①

人民文艺将是自由的写作，"因为把一批又一批新生力量吸引到写作队伍中来的，不是私利贪欲，也不是名誉地位，而是社会主义思想和对劳动人民的同情"。"它不是为饱食终日的贵妇人服务，不是为百无聊赖、胖得发愁的'一万个上层分子'服务，而是为千千万万劳动人民，为这些国家的精华、国家的力量、国家的未来服务。"②

---

① 《列宁专题文集·论无产阶级政党》，第 169 页。列宁在致米雅斯尼科夫谈"出版自由"的信中也曾讲到这一点。他说："在全世界，凡是有资本家的地方，所谓出版自由，就是收买报纸、收买作家的自由，就是买通、收买和炮制'舆论'帮助资产阶级的自由。这是事实。任何人任何时候都推翻不了。"（参见《列宁专题文集·论无产阶级政党》，第 311 页）

② 《列宁专题文集·论无产阶级政党》，第 170 页。

第五章　人民文艺的主要理论文献（二）

本章主要阐述党和国家领导人的关于人民文艺的重要理论文献。这些理论文献主要有：毛泽东《在延安文艺座谈会上的讲话》（1942 年）；周恩来《在中华全国文学艺术工作者代表大会上的政治报告》（1949 年）、《在文艺工作座谈会和故事片创作会议上的讲话》（1961 年）；邓小平《在中国文学艺术工作者第四次代表大会上的祝词》（1979 年）；江泽民《在中国文联第六次全国代表大会、中国作协第五次全国代表大会上的讲话》（1996 年）、《文艺是民族精神的火炬》（2001 年）[①]；胡锦涛《在中国文联第八次全国代表大会、中国作协第七次全国代表大会上的讲话》（2006 年）、《在中国文联第九次全国代表大会、中国作协第八次全国代表大会上的讲话》（2011 年）；习近平《在文艺工作座谈会上的讲话》（2014 年）、《在中国文联十大、中国作协九大开幕式上的讲话》（2016 年）等。本章并不逐篇论列，仅就涉及人民文艺相关内容的部分或单篇阐述或综而论之，谈一点自己粗疏的研读心得和体会。

一、人民性：党的文艺思想的灵魂

马克思、恩格斯在《共产党宣言》中指出："过去的一切运动都是少数人的，或者为少数人谋利益的运动。无产阶级的运动是绝大多数人的，为绝大多数人谋利益的独立的运动。"[②]中国共产党的文艺思想即是这伟大运动的一个伴生物，因此，追求大多数人的利益也必然是其精神力量的发

[①]　这篇文章是江泽民同志在中国文联第七次全国代表大会、中国作协第六次全国代表大会上的讲话，后编入《江泽民文选》第 3 卷，人民出版社 2006 年版。

[②]　《马克思恩格斯文集》第 2 卷，人民出版社 2009 年版，第 42 页。

源地和归宿。毛泽东《在延安文艺座谈会上的讲话》（本章以下简称《讲话》）中强调指出，我们的文艺应当"为千千万万劳动人民服务"①。可以说，文艺的人民性正是这一核心价值取向在党的文艺思想中的集中体现。

我们知道，唯物史观是文艺人民性的哲学基础，文艺的人民性也是马克思主义唯物史观在党的文艺思想中的集中体现。人民性思想坚持人民群众是历史的创造者，文艺在人民群众生活中孕育、萌生，"人民是文艺工作者的母亲。一切进步文艺工作者的艺术生命，就在于他们同人民之间的血肉联系。忘记、忽略或是割断这种联系，艺术生命就会枯竭"②。

党的文艺思想中的人民性内涵，就在于要求文艺作品中人民群众的历史主体地位和价值主体地位的呈现和实现。这也正是党的文艺人民性思想与封建社会和资本主义社会条件下的文艺"人道主义""人文主义""人本主义"思想的一个不同之处。党的人民性思想与西方资本社会的"人道主义""人文主义""人本主义"的另一个不同之处在于，人民性强调的是一种集体优先的集体主义，而西方"人道主义""人文主义""人本主义"则偏重于强调个人优先的个人主义。周恩来《在中华全国文学艺术工作者代表大会上的政治报告》中特别强调，精神劳动者要向体力劳动者学习集体主义精神，他说："精神劳动者应该向体力劳动者学习。一般精神劳动的特点之一是个人劳动（当然歌咏队、剧社、电影厂等的许多活动是集体的），这就容易产生一种非集体主义的倾向。在这一个方面，文艺工作者应当特别努力向工人阶级的集体主义的精神学习。"③

党的文艺思想中人民性概念中的人民是历史的、具体的，这与西方"人道主义""人文主义"及"人本主义"思想中的一般的、抽象的人是有着根本差别的。毛泽东说："什么是人民大众呢？最广大的人民，占全人口百分之九十以上的人民，是工人、农民、兵士和城市小资产阶级。"④这就表明，人民的主体是占人口绝大多数的普通劳动者，他们不属于任何的特殊利益阶层。所以，党的文艺思想中的人民性所指的人民并非是所有人，它有着特殊的历史的、阶级的区分。在这个意义上，人民性是一个有着鲜

---

① 《毛泽东选集》第 3 卷，人民出版社 1991 年版，第 854 页。
② 《邓小平文选》第 2 卷，人民出版社 1994 年版，第 211 页。
③ 《周恩来选集》上卷，人民出版社 1984 年版，第 349—350 页。
④ 《毛泽东选集》第 3 卷，第 855 页。

明的阶级烙印的概念，这是毋庸置疑的，也是毋庸讳谈的。那种认为"因强调文艺的阶级性，人民性被轻视或忽略了"，或提出艺术的人民性是为了反拨对于艺术做阶级分析的观点，在这里是站不住脚的。

党的卓越领导者和优秀的人民文艺家，不仅在文艺理论上确立了人民性的主导地位，而且在实践上，即在如何实现文艺的人民性上也进行了深刻的阐述。

赋予文艺以人民性，首先必须坚持无产阶级及其政党的领导。毛泽东指出，"真正人民大众的东西，现在一定是无产阶级领导的。资产阶级领导的东西，不可能属于人民大众"[①]。无产阶级及其同盟者是人民性文艺的阶级基础，坚持无产阶级及其政党的领导是文艺属于人民的首要的前提。鲁迅先生在谈到"平民文学"时也指出，真正的平民文学是在平民开口的时代才会出现的。他说："现在的文学家都是读书人，如果工人农民不解放，工人农民的思想，仍然是读书人的思想，必待工人农民得到真正的解放，然后才有真正的平民文学。"[②] 只有坚持无产阶级及其政党的领导，平民开口的时代才会真正到来，人民文学的时代才会真正到来。由此来看，裴多菲的话——"假如人民在诗歌当中起着统治的作用，那么人民在政治方面取得统治的日子也就更加靠近了"[③]——是可以倒过来说的，即"只有人民在政治上取得了统治的地位，人民在诗歌当中起统治作用的日子才会更加靠近"。

赋予文艺以人民性，就必须要求文艺工作者真正站在无产阶级和人民大众的立场，从这一立场出发去观察、去体验、去描写、去评价。这就首先要文艺家能够真正在感情上和人民大众打成一片，真正地、自觉地把自己改造成人民中的一员，把自己当作人民群众的忠实的代言人。鲁迅先生在谈到革命文学时曾说："我以为根本问题是在作者可是一个'革命人'，倘是的，则无论写的是什么事件，用的是什么材料，即都是'革命文学'。从喷泉里出来的都是水，从血管里出来的都是血。"[④]"革命人做出东西来，

---

① 《毛泽东选集》第3卷，第855页。
② 《鲁迅全集》第3卷，人民文学出版社2005年版，第441页。
③ 《裴多菲和阿兰尼论创造人民诗歌的书简（四通）》，戈宝权、兴万生译，载《古典文艺理论译丛》第4册，人民文学出版社1961年版，第70页。
④ 《鲁迅全集》第3卷，第568页。

才是革命文学。"① 因此，要想创作出富有人民性的文艺作品，作者就必须真正是"人民的人"。

赋予文艺以人民性，还要求在批评标准上除确立起历史观点和美学观点外，还要确立起群众观点。周恩来《在文艺工作座谈会和故事片创作会议上的讲话》中一再强调"艺术是要人民批准的"，"文艺要好好为人民服务，就要通过实践，到群众中去考验。你这个形象是否站得住，是否为人民所喜闻乐见，不是领导批准可以算数的。艺术作品的好坏，要由群众回答，而不是由领导回答"②。邓小平《在中国文学艺术工作者第四次代表大会上的祝词》中也指出："作品的思想成就和艺术成就，应当由人民来评定。"③ 确立起批评标准的群众观点，并非是要艺术作品一味去被动地迁就群众，而是要有一种对群众负责的精神。正如毛泽东所说："任何一种东西，必须能使人民群众得到真实的利益，才是好的东西。"④ 对群众负责的精神，就是要"使人民群众得到真实的利益"，鼓舞、教育和指导常常比恭维和迁就更能使人民提高觉悟，推动他们去改造他们的处境，那么鼓舞、教育和指导就是负责任的表现，就是人民性更鲜明、更强烈的表现。也正是在这个意义上，邓小平强调，文艺工作者要"认真严肃地考虑自己作品的社会效果，力求把最好的精神食粮贡献给人民"⑤。

文艺的人民性观念问题主要是思想标准、政治标准的问题。周恩来指出："为谁服务是个政治标准，任何文艺都有个为谁服务的问题。毛主席指出文艺为工农兵服务，就是我们的政治标准。为工农兵服务，为劳动人民服务，为无产阶级专政制度下的人民大众服务，这只是文艺的政治标准。政治标准不等于一切，还有艺术标准，还有个如何服务的问题。"⑥ 近来，一些学者倡导"人民美学"观念，把人民性纳入到美学标准的范畴，这种拓展对于强化文艺的人民性或者说强化人民性的艺术性存在是有意义的；但也必须注意避免以人民性为美学标准来遮蔽或弱化人民性作为政治标准的情况的发生。

---

① 《鲁迅全集》第 3 卷，第 437 页。
② 《周恩来选集》下卷，人民出版社 1984 年版，第 336—337 页。
③ 《邓小平文选》第 2 卷，第 212 页。
④ 《毛泽东选集》第 3 卷，第 864—865 页。
⑤ 《邓小平文选》第 2 卷，第 211 页。
⑥ 《周恩来选集》下卷，第 336 页。

党的关于人民性的文艺思想，在党的几代领导集体的阐发中是一以贯之的，这一思想是党的全心全意为人民服务的宗旨对于文艺的基本要求，是中国共产党党性的要求，是文艺的社会主义性质的要求，是坚持社会主义先进文化方向的要求，也是坚持"以人为本""以民为本"重要思想的要求。真正的人民性文艺是把普通劳动者当作主人公来描写的文艺，真正的人民性文艺是肯定普通劳动者是时代的开拓者、财富的生产者、历史的创造者的文艺。真正的人民性文艺是来自人民的文艺，是为人民的文艺，是属于人民的文艺，是和广大劳动人民一道并肩前进的文艺。

人民性，是党的文艺思想的灵魂，是社会主义文艺创作的定海神针。不管是"欧风美雨"的激荡，还是市场经济大潮的冲击，不管是世俗化、名利场的煽动诱惑，还是西方所谓"普世价值"的拉拢渗透，在当前社会伟大变革的历史进程中，在实现中华民族伟大复兴中国梦的历史进程中，只要我们大力弘扬人民性文艺，始终坚持文艺的人民尺度，"咬定青山不放松"，使文艺的人民性品质不褪色、不霉变，使文艺的人民尺度不扭曲、不偏斜，我们的文艺就一定能够沿着中国特色社会主义的方向阔步前进。

二、只有做群众的学生才能做群众的先生

1942 年 5 月，毛泽东在《讲话》中提出文艺工作者要向人民群众学习，"只有做群众的学生才能做群众的先生"[1]。重温《讲话》中"做群众的学生"和"做群众的先生"的思想，对于我们正确理解和深刻把握毛泽东关于人民文艺的思想具有重要意义。可以说，只有把握了拜人民为师、向人民学习和教育人民、引领人民前进这两个维度，才算是完整理解了人民文艺或文艺的人民尺度的全部内涵。

（一）遵循创作规律和实现思想引领需要向人民学习

毛泽东在《讲话》中指出，文艺专门家要"吸收由群众中来的养料，把自己充实起来，丰富起来，使自己的专门不致成为脱离群众、脱离实

---

① 《毛泽东选集》第 3 卷，第 864 页。

际、毫无内容、毫无生气的空中楼阁"①。这是从文艺工作者创作作品的角度谈为什么要向人民学习：向人民学习，做人民的学生，可以密切创作同人民群众的联系，密切创作同实际生活的联系，使作品内容充实、丰富，接地气、有底气、富有勃勃的生气。我们知道，文艺是现实生活的反映或表现，对于现实生活要反映得深刻，表现得真实，就要抓住生活的主流和本质。这个主流和本质，就体现在作为推动历史前进根本动力的人民群众身上。比如，一些革命战争题材的作品，除了表现人民军队指战员的英勇作战之外，还展现人民群众热情高涨的支前活动，把人民群众的这些活动作为革命战争的积极背景，这就是为了体现出革命战争的本质——人民革命、人民战争的正义性。人民的活动在文艺作品中建构、丰富着作品的内容和意义，也使作品思想性更为深刻，穿透力更为强烈。把握社会的本质，必须熟悉和了解作为社会主体的人民。因此，向人民学习，是文艺创作揭示和反映社会本质的必然要求，也是遵循文艺创作规律的必然要求。

文艺工作者向群众学习不是目的，目的在于启发人民觉悟，教育人民提高，引领人民前进。毛泽东在《讲话》中说："只有代表群众才能教育群众，只有做群众的学生才能做群众的先生。"②所以，向人民学习，做人民群众的学生，也是文艺工作者最终要做人民群众的先生的重要前提和基本要求。当年解放区召开延安文艺座谈会，目的就是要解决文艺创作、文艺观念上存在的一些问题，更好地发挥文艺动员人民、教育人民、引领人民的作用。人们常说，"爱"是一个好老师的第一素养。要当好人民的先生，就必须爱自己的学生——人民。毛泽东指出，有些文艺工作者"他们在某些方面也爱工农兵，也爱工农兵出身的干部，但有些时候不爱，有些地方不爱，不爱他们的感情，不爱他们的姿态，不爱他们的萌芽状态的文艺（墙报、壁画、民歌、民间故事等）。他们有时也爱这些东西，那是为着猎奇，为着装饰自己的作品，甚至是为着追求其中落后的东西而爱的。有时就公开地鄙弃它们"③。这样的"爱"与"不爱"怎么能当好人民的先生呢？因此，必须首先向人民群众学习，诚心诚意做人民的学生，了解他们的感情、姿态和萌芽状态的文艺中所蕴含的更干净、更淳朴、更高尚、

① 《毛泽东选集》第3卷，第864页。
② 《毛泽东选集》第3卷，第864页。
③ 《毛泽东选集》第3卷，第857页。

更进步的东西，诚心诚意地去爱他们，把立足点转到他们一边来。只有这样，文艺工作者创作的作品才能更好地为人民所接受，才能更有效地发挥好教育和引领人民的作用。

（二）向人民群众学习语言

那么，文艺工作者要向人民学习什么呢？毛泽东在《讲话》中说得很明确、很具体，即文艺工作者要向人民群众学习语言。这可谓抓住了问题的关键。《讲话》在谈到一些文艺工作者不熟悉、不懂得作为他们工作对象的人民群众时说道："什么是不懂？语言不懂，就是说，对于人民群众的丰富的生动的语言，缺乏充分的知识。许多文艺工作者由于自己脱离群众、生活空虚，当然也就不熟悉人民的语言，因此他们的作品不但显得语言无味，而且里面常常夹着一些生造出来的和人民的语言相对立的不三不四的词句。许多同志爱说'大众化'，但是什么叫做大众化呢？就是我们的文艺工作者的思想感情和工农兵大众的思想感情打成一片。而要打成一片，就应当认真学习群众的语言。如果连群众的语言都有许多不懂，还讲什么文艺创造呢？英雄无用武之地，就是说，你的一套大道理，群众不赏识。"[①] 文如其人，言为心声，人民群众的语言包含着他们的思想、情感、心声、诉求、习惯和智慧。真正懂得了人民的语言，就真正懂得了人民，就打开了通往人民的精神世界和情感世界的大门。文艺作品，特别是文学作品，本身就是语言的艺术。向人民群众学习语言，也是人民文学艺术家的一项基本功。

与学习人民的语言相关，毛泽东还要求，"我们的文学专门家应该注意群众的墙报，注意军队和农村中的通讯文学。我们的戏剧专门家应该注意军队和农村中的小剧团。我们的音乐专门家应该注意群众的歌唱。我们的美术专门家应该注意群众的美术"[②]，进而从中汲取思想，吸收营养，为创作做储备。事实上，正是在这一思想的指导下，《讲话》之后涌现出了一大批体现人民语言特色的优秀文艺作品，代表性作品有贺敬之、丁毅执笔的歌剧《白毛女》，丁玲、赵树理等一批解放区作家的散发着泥土气息、

---

① 《毛泽东选集》第 3 卷，第 850—851 页。
② 《毛泽东选集》第 3 卷，第 863—864 页。

体现着民间风格的文学作品，还有诞生于 20 世纪 50 年代、后来成为世界名曲的小提琴协奏曲《梁祝》（这个音乐作品的主要创作者之一何占豪说："这首曲子并非一个或几个作者写的，它是我们浙江农民原创的！因为里面很大部分运用了越剧的表演元素。"①）等。这些都是文学艺术家们向民间学习、向人民学习所取得的杰出成果，也表明了向人民群众学习语言的有效性。正如有学者所指出的，《梁祝》这样一部具有中国民族特点的交响音乐作品，用中国人民的音乐语言，演绎了中国一个优美而悲怆的民间故事，使广大中国听众真正听懂了交响音乐，开创了中国音乐历史上的新篇章。这些充分显示了人民多样丰富的艺术语言的活力和魅力。文艺工作者向人民群众学习，特别是向人民群众学习语言，是创造出具有鲜明民族特色的本土原创性文艺作品的必要条件和重要基础。

（三）把从人民那里学来的东西转化为文艺作品

拜人民为师，做人民的学生，必须诚心诚意。对文艺工作者来说，就是这种学习不能只是停留在理论上、口头上，必须发自内心，体现在创作实践之中，把从人民那儿学来的东西转化为优秀的文艺作品。在《讲话》中，毛泽东批评了那些只"在理论上，或者说在口头上"认同工农兵群众的现象。他认为，"对工农兵还更看得重要些"应体现在"实际"和"行动"上。这"实际"和"行动"就是文艺工作者的具体创作。毛泽东指出，有些作家的创作"在许多时候，对于小资产阶级出身的知识分子寄予满腔的同情，连他们的缺点也给以同情甚至鼓吹。对于工农兵群众，则缺乏接近，缺乏了解，缺乏研究，缺乏知心朋友，不善于描写他们；倘若描写，也是衣服是劳动人民，面孔却是小资产阶级知识分子"②。这样的写作就是没有做到在"实际"和"行动"上以人民为师，即便到群众中去观察、体验和学习了，学到的也只是表面上的东西，没有真诚地深入到人民的内心，更没有看到人民群众改造世界的伟大力量。因此，是否真诚地向人民学习了，是否发自内心地认同人民，归根结底要看文艺家的作品，看

---

① 《〈梁祝〉问世 50 周年　原创者应该是农民伯伯》，《羊城晚报》2009 年 8 月 9 日。
② 《毛泽东选集》第 3 卷，第 856—857 页。

看他们的作品中到底有多少人民性的内涵，有多少从人民那里转化来的东西。

实际上，也只有把从人民那里学来的东西转化为文艺作品，文艺工作者才有可能最终完成从人民的学生到人民的先生的角色转换，并实现对人民的教育和引领。一旦广大文艺工作者把自己诚心诚意从人民那里学来的东西转化为文艺作品，那么，一个崭新的人民文艺的时代就到来了。我国现当代文学史的发展充分证明了这一点。毛泽东指出："人类的社会生活虽是文学艺术的唯一源泉，虽是较之后者有不可比拟的生动丰富的内容，但是人民还是不满足于前者而要求后者。这是为什么呢？因为虽然两者都是美，但是文艺作品中反映出来的生活却可以而且应该比普通的实际生活更高，更强烈，更有集中性，更典型，更理想，因此就更带普遍性。革命的文艺，应当根据实际生活创造出各种各样的人物来，帮助群众推动历史的前进。例如一方面是人们受饿、受冻、受压迫，一方面是人剥削人、人压迫人，这个事实到处存在着，人们也看得很平淡；文艺就把这种日常的现象集中起来，把其中的矛盾和斗争典型化，创作成文学作品或艺术作品，就能使人民群众惊醒起来，感奋起来，推动人民群众走向团结和斗争，实行改造自己的环境。"[①] 这段经典论述，实际上阐述的就是"转化"的问题：一方面，是文艺工作者把从人民那里学来的东西"转化"为文艺作品；另一方面，则是文艺工作者通过他们创作的优秀作品实现了由人民的学生向人民的先生的"转化"，即由学习人民向引领人民"转化"。正由于人民的东西、人民的愿望和意志融入了作品，这些人民文艺才焕发出巨大的引领力量。在这样的文艺作品中，人民的本质得到新的证明和新的充实，人民不仅从中发现了真实的自己，看到他们自己的真实的社会处境，而且还看到了自己的力量和未来，看到了可以由他们自己开创出来的美好生活的前景，所有这些都将启示并召唤着人民去创造一个真正属于他们的全新的世界。

---

① 《毛泽东选集》第3卷，第861页。

三、人民是文艺工作者的母亲

邓小平《在中国文学艺术工作者第四次代表大会上的祝词》（本节以下简称《祝词》）中最精粹的文艺思想，就体现在"人民是文艺工作者的母亲"这一重要论断上。邓小平指出："由谁来教育文艺工作者，给他们以营养呢？马克思主义的回答只能是：人民。人民是文艺工作者的母亲。一切进步文艺工作者的艺术生命，就在于他们同人民之间的血肉联系。忘记、忽略或是割断这种联系，艺术生命就会枯竭。人民需要艺术，艺术更需要人民。自觉地在人民的生活中汲取题材、主题、情节、语言、诗情和画意，用人民创造历史的奋发精神来哺育自己，这就是我们社会主义文艺事业兴旺发达的根本道路。"[①] 这里从社会主义文艺发展根本道路的高度来肯定人民对于文艺的根本意义，正显示了社会主义文艺与人民文艺的高度一致性。

人民是文艺工作者的母亲，首先要求文艺工作者要为人民放歌，以高品质的文艺创作满足人民精神生活多方面的需求。邓小平指出："我们的文艺属于人民。我们的人民勤劳勇敢，坚韧不拔，有智慧，有理想，热爱祖国，热爱社会主义，顾大局，守纪律。几千年来，特别是五四运动以后的半个多世纪来，他们满怀信心，艰苦奋斗，排除一切阻力，一次又一次地写下了我国历史上光辉灿烂的篇章。任何强大的敌人都没有把他们压倒。任何严重的困难都没有把他们挡住。文艺创作必须充分表现我们人民的优秀品质，赞美人民在革命和建设中、在同各种敌人和各种困难的斗争中所取得的伟大胜利。"[②] 可以说，这个为人民放歌的过程，也就是文艺工作者发现人民的力量和品质的过程，是他们向人民汲取营养的过程。

应该说，孩子本身的存在对于母亲而言就是一种满足。在孩子身上，寓寄着母亲的基因，寓寄着母亲的血脉，寓寄着母亲的希望，母亲在孩子身上看到另一个自己，因此，孩子本身可以给母亲以满足，特别是精神上的满足。文艺工作者满足人民的精神生活需求也是如此，要在作品中植下人民的基因，传递人民的血脉，寄托人民的希望，让人民在作品中看到自

---

① 《邓小平文选》第 2 卷，第 211—212 页。
② 《邓小平文选》第 2 卷，第 209 页。

己的积极的影像。当然，这个满足是一种引领性满足，而非迎合性满足。这就需要文艺家要树立起高度的责任感，"始终不渝地面向广大群众，在艺术上精益求精，力戒粗制滥造，认真严肃地考虑自己作品的社会效果，力求把最好的精神食粮贡献给人民"①。我们的文艺工作者，要通过自己的创作，在满足人民多方面精神生活需要的同时，提高人民境界，启发人民觉悟，鼓舞人民前进。

可以说，以进步的精神力量感召人民、鼓舞人民，是人民文艺的一个基本功能和特征。面对灾难和挫折，人们需要坚强和勇气，需要振作和信心，而优秀文艺作品鼓舞和激励人民的效果是无与伦比的。《红岩》《红旗谱》《创业史》等红色文学经典，鼓舞了亿万人民的社会主义革命和建设激情，创造了很高的社会效益。早期的苏联电影《钢铁是怎样炼成的》《乡村女教师》等也给当时的中国人民以极大的鼓舞，很多人就是看了苏联电影毅然奔赴战场、乡村、戈壁、边疆的，而小说《钢铁是怎样炼成的》更是新中国几代有志青年的枕边书。透过优秀文学作品，长征精神、红岩精神、延安精神等我国传统革命精神也得以发扬光大，成为人民艰苦奋斗、建国创业伟大实践的巨大支撑力和推动力。

其次，人民是文艺工作者的母亲，要求文艺工作者始终站在人民的立场上，为人民的发展和长远利益去考虑。这就"应当在描写和培养社会主义新人方面，付出更大的努力，取得更丰硕的成果"。文艺工作者要通过"塑造四个现代化建设的创业者，表现他们那种有革命理想和科学态度、有高尚情操和创造能力、有宽阔眼界和求实精神的崭新面貌。要通过这些新人的形象，来激发广大群众的社会主义积极性，推动他们从事四个现代化建设的历史性创造活动"②。

人民是与社会主义祸福相依的，我们的人民文艺就是社会主义文艺，社会主义文艺也就是人民文艺。因为只有社会主义文艺才能反映、代表和维护人民根本利益。邓小平要求我们的社会主义文艺，"要通过有血有肉、生动感人的艺术形象，真实地反映丰富的社会生活，反映人们在各种社会关系中的本质，表现时代前进的要求和历史发展的趋势，并且努力用社会

---

① 《邓小平文选》第 2 卷，第 211 页。
② 《邓小平文选》第 2 卷，第 209—210 页。

主义思想教育人民，给他们以积极进取、奋发图强的精神"①。这正体现了人民文艺的基本精神。

因此，塑造社会主义"新人"形象，就成为人民文艺的一个本质要求，也是"人民是文艺工作者的母亲"这一命题的本质要求。当然，新的时代也呼唤着"新人"形象的出场。的确，一个时期以来，有些文艺作品给人太多的"压抑、沉闷的刺激"和"搞笑、苍白的娱乐"，以柔靡不振、颓废消沉、虚无解构、矮化精神去磨灭人的生活意志，动摇人的生活信心，戕害美好人性。这就会模糊人们对事物本质的认识和对发展规律的科学把握，在逆境到来时，陷入悲观的泥淖。因此，"新人"形象的出场，不仅是人民的需要，是文艺自身健康发展的要求，更是时代潮流对于清新刚健性格的创造和雕塑。

社会主义"新人"形象塑造，要遵循"三贴近"的原则，因为塑造这样的形象不是要回到过去的"高大全"模式，也不是要塑造远离现实世界的"超人"，只有贴近实际、贴近生活、贴近群众，才是真实的、现实的形象。这样的形象来自群众，其作为"新人"的特质是在人民群众中酝酿、提升出来的，而非来自作者自己脱离现实的主观臆想。恩格斯说过，"由整个社会共同经营生产和由此而引起的生产的新发展，也需要完全不同的人，并将创造出这种人来"②。文艺的使命是发现生产发展和时代潮流创造出来的群众英雄，并以富有意味的艺术形式把他再现出来。这样的"新人"形象就能赋予人坚强和力量，而这种坚强和力量，正是来自人民群众，来自文艺家对人民群众的深刻了解、高度信任和无限热爱。

塑造"新人"形象，要着重体现"五种革命精神"。邓小平指出，在新时期仍然要发扬在长期革命战争时期形成的五种革命精神，即革命和拼命精神，严守纪律和自我牺牲精神，大公无私和先人后己精神，压倒一切敌人、压倒一切困难的精神，坚持革命乐观主义、排除万难去争取胜利的精神。他提出，要"把这些精神推广到全体人民、全体青少年中间去，使之成为中华人民共和国的精神文明的主要支柱"③。有了这"五种革命精神"，"新人"形象就能冲破各种人生坎坷，发挥其感染人、教育人、引

① 《邓小平文选》第 2 卷，第 210 页。
② 《马克思恩格斯选集》第 1 卷，人民出版社 1995 年版，第 242 页。
③ 《邓小平文选》第 2 卷，第 368 页。

导人、鼓舞人的积极社会效果。文艺作品应重在表现"五种革命精神"的形成过程，可以说这些精神不是在舒适安逸的社会环境中自我修养形成的，而大都是在极为恶劣的环境，甚至是在挑战生存极限的环境中磨炼出来的；这些精神的形成也显然并非自然史的进程，它与受动主体的思想觉悟、精神境界密切相连。塑造这样的新人形象必须在深入体验生活的基础上，掌握好落笔的分寸和角度。

塑造时代"新人"形象，要发掘和表现出人民的自信力。鲁迅先生在《中国人失掉自信力了吗？》一文中指出："我们从古以来，就有埋头苦干的人，有拼命硬干的人，有为民请命的人，有舍身求法的人……虽是等于为帝王将相作家谱的所谓'正史'，也往往掩不住他们的光耀，这就是中国的脊梁。"他还说："自信力的有无，状元宰相的文章是不足为据的，要自己去看地底下。"[①] 从"地底下"发现并真切地去表现当代"中国的脊梁"，并以"中国的脊梁"激励人民去追求幸福美好的生活，追求一个光明的未来，是文艺发挥其鼓舞人民的功能的又一个重要路径。"脊梁"是人民自信力的象征，有了"脊梁"，中国才能站立，人民才能站立，文艺才能站立。人民的自信力是踏踏实实、默默无闻的，优秀文艺能鼓舞人民，主要是在于人民心中本已存在的自信力被唤起，而自信力一旦被唤起，就会激起人民极大的积极性和创造力，更为自觉地以自己的不懈努力去改变命运、创造未来。

再次，人民是文艺工作者的母亲，要求文艺创作要具有一种批判精神，辨清和克服那些损害人民利益（包括物质利益、文化利益和精神利益）的思想主张、社会思潮。邓小平提出："文艺工作者，要同教育工作者、理论工作者、新闻工作者、政治工作者以及其他有关同志相互合作，在意识形态领域中，同各种妨害四个现代化的思想习惯进行长期的、有效的斗争。要批判剥削阶级思想和小生产守旧狭隘心理的影响，批判无政府主义、极端个人主义，克服官僚主义。要恢复和发扬我们党和人民的革命传统，培养和树立优良的道德风尚，为建设高度发展的社会主义精神文明做出积极的贡献。"[②] 意识形态领域的错误倾向损害到社会主义发展，也就

---

① 《鲁迅全集》第 6 卷，人民文学出版社 2005 年版，第 122 页。
② 《邓小平文选》第 2 卷，第 209 页。

从根本上损害到人民的利益，作为人民利益自觉反映的人民文艺，不可能容许这样的错误倾向存在。因此，人民文艺往往是具有强烈批判性质的，它是战斗的、革命的文艺。

另外，人民是文艺工作者的母亲，还要求文艺工作者在对待自己作品的时候，要更多地去倾听人民的声音，倾听来自劳动人民的评价。邓小平在《祝词》中说："作品的思想成就和艺术成就，应当由人民来评定。虚心倾听各方面的批评，接受有益的意见，常常是艺术家不断进步、不断提高的动力。"[1] 对于这一点，周恩来《在文艺工作座谈会和故事片创作会议上的讲话》中也有过明确要求，他指出："文艺要好好为人民服务，就要通过实践，到群众中去考验。你这个形象是否站得住，是否为人民所喜闻乐见，不是领导批准可以算数的。艺术作品的好坏，要由群众回答。"[2] 专家的意见当然很重要，但不少专家的缺陷是个人性比较强，其评价与个人趣味和个人价值取向联系紧密。他们作为知识分子的趣味和价值倾向，有时是与劳动人民的趣味和价值取向有差异或隔膜的。因此，不能以专家评论代替人民评论，文艺家要到人民中去，到读者、观众或听众中去，倾听他们对于作品的意见。这是人民文艺中人民主体地位得以确立的一个重要体现。

四、在人民的伟大中获得艺术的伟大

密切文艺与人民的关系，是党的文艺思想的核心与灵魂。胡锦涛同志在第八次文代会、第七次作代会上的讲话中，强调一切有理想有抱负的文艺工作者都要密切同人民群众的血肉联系时，提出了"在人民的伟大中获得艺术的伟大"的重要论断。这一论断体现了党对艺术与人民关系的一贯认识，是对党的人民性文艺思想在新形势下的丰富、综合和发展，对于文艺工作者坚持"二为"方向，推动社会主义文艺的繁荣与发展具有重要的现实意义和理论意义。

---

[1] 《邓小平文选》第 2 卷，第 212 页。
[2] 《周恩来选集》下卷，第 336—337 页。

胡锦涛同志指出："一切受人民欢迎、对人民有深刻影响的艺术作品，从本质上说，都必须既反映人民精神世界又引领人民精神生活，都必须在人民的伟大中获得艺术的伟大。"[①] 这一论断深刻阐明了艺术与人民的密切联系，揭示出艺术作品获得艺术伟大的两个重要原因：一是艺术作品反映了人民的伟大，二是艺术作品由于其精神引领作用而直接参与建构了人民的伟大。

人民的伟大在于他们推动历史前进的伟大实践，这一伟大实践也以对象化的方式体现着人民的本质力量。"一切有成就的文艺家，都注重在时代进步的伟大实践中汲取创作灵感，都注重反映和引导人民创造历史的壮阔活动。"[②] 把握人民的实践、反映人民的实践、引导人民的实践，并因而作为人民群众伟大社会实践的一部分，是所有伟大艺术作品的共有特征。文学是人学，但人的本质不是单个人所固有的抽象物，如果把人仅仅理解为单纯的个体，而不是把个体与人民、与人民的实践联系起来，那么文艺作品就不能正确反映现实的人的本质，就不能真正揭示和把握个体存在的社会意义和价值。人民的伟大还在于在人民的伟大实践进程中所体现出来的人民的创造精神、奋斗精神和奉献精神。在文艺作品中发现、表现、突出、强化这些精神，并以之教育人民、鼓舞人民、鞭策人民，是文艺参与建构人民的伟大，并因而也使自己变得伟大的光荣使命。之所以在强调文艺源于生活时还要阐明文艺高于生活，就是因为在人民的现实生活中蕴含着高于生活的精神要素，正是这些精神要素的激励和引领使人民群众能够不断地获得推动历史前进的精神动力。

"一切进步文艺，都源于人民、为了人民、属于人民。"[③] 文艺的伟大源于先进，先进源于人民。先进文艺是作为实现社会和谐精神动力的先进文化的要素，其先进性不是抽象、空洞的，而是建立在同人民群众的血肉联系之中的。文艺是否具有先进性在于文艺是否反映了最广大人民群众的根本利益、愿望和要求，这一鲜明而强烈的人民性正是先进文艺的本质所

---

① 胡锦涛：《在中国文联第八次全国代表大会、中国作协第七次全国代表大会上的讲话》，《人民日报》2006 年 11 月 11 日。

② 胡锦涛：《在中国文联第八次全国代表大会、中国作协第七次全国代表大会上的讲话》，《人民日报》2006 年 11 月 11 日。

③ 胡锦涛：《在中国文联第八次全国代表大会、中国作协第七次全国代表大会上的讲话》，《人民日报》2006 年 11 月 11 日。

在。坚持文艺的"二为"方向是文艺先进性的基本特征，文艺为人民服务和文艺为社会主义服务都同样要求文艺反映最广大人民群众的根本利益、愿望和要求，因为实现最广大人民群众的根本利益、愿望和要求是社会主义本质的基本要求。因此，密切文艺与人民群众的联系，"在人民的伟大中获得艺术的伟大"，是坚持文艺"二为"方向的基本要求，是保持文艺先进性的基本要求。关注人民命运、响应人民召唤、讴歌人民业绩、激励人民前进，与人民同心同德，把自己当作人民群众的忠实代言人，这样的文艺作品才合乎先进性的要求，才有可能向着伟大的艺术迈进。

劳动是人民的重要本质，作为劳动者的人民不仅使外物发生了形式上的变化，同时，还在对外物的改造中实现着自己的目的。把人民群众的劳动视为创造而加以描写和歌颂，是社会主义文艺的最重要的特征之一。胡锦涛同志特别指出，文艺工作者"要贴近实际、贴近生活、贴近群众，深入改革开放和现代化建设第一线，深入企业、乡村、社区、军营、校园生活最前沿，不断创作出让人民满意的优秀作品，满足人民群众多层次、多样化、多方面的精神文化需求"①。深入到改革开放和现代化建设第一线、深入到生活的最前沿，就是要求文艺工作者深入到人民群众宏大而火热的劳动场景中去；只有这样，才能真正把握到人民的劳动本质，切实做到真情热爱人民、真正了解人民、真诚理解人民，也才能在文艺创作中体现出先进性导向，从而获得先进艺术创造的不竭动力和源泉。

"在人民的伟大中获得艺术的伟大"，要求文艺工作者在文艺生产中始终坚持人民的历史主体和价值主体地位，这是坚持文艺的社会主义先进文化方向的根本保证。"过去的一切运动都是少数人的或者为少数人谋利益的运动。无产阶级的运动是绝大多数人的、为绝大多数人谋利益的独立的运动。"② 社会主义文艺思想即是这伟大运动的一个伴生物，因此，追求大多数人的利益也必然成为其精神力量的发源地和归宿。毛泽东《在延安文艺座谈会上的讲话》中引用列宁的话，强调革命的文艺工作者应当"为千千万万劳动人民服务"③。"在人民的伟大中获得艺术的伟大"所体现出来的文艺的人民性特质，

---

① 胡锦涛：《在中国文联第八次全国代表大会、中国作协第七次全国代表大会上的讲话》，《人民日报》2006 年 11 月 11 日。
② 《马克思恩格斯选集》第 1 卷，第 283 页。
③ 《毛泽东选集》第 3 卷，第 854 页。

正是党的为人民服务的宗旨在文艺思想上的集中体现。

唯物史观是"在人民的伟大中获得艺术的伟大"这一命题的哲学基础，"在人民的伟大中获得艺术的伟大"也是唯物史观对于文艺的基本要求。文艺在人民群众生活中孕育、萌生，随着人民群众生活的不断前进而不断进步、发展，"人民是文艺工作者的母亲。一切进步文艺工作者的艺术生命，就在于他们同人民之间的血肉联系。忘记、忽略或是割断这种联系，艺术生命就会枯竭"①。胡锦涛同志要求广大文艺工作者"一定要坚持以人为本，牢固树立人民群众是历史创造者的历史唯物主义观点，培养和增进对人民群众的感情，坚持以最广大人民为服务对象和表现主体，关心群众疾苦，体察人民愿望，把握群众需求，通过多种多样的艺术创造，为人民放歌，为人民抒情，为人民呼吁"②。这既是对文艺生产中人民作为历史主体的肯定，也是对文艺生产中人民作为价值主体的坚持；既是社会主义核心价值体系基本内容在文艺中的具体体现，也是文艺对社会主义核心价值体系的自觉维护与建构。

坚持以人为本，是中国特色社会主义的本质特征，也是构建社会主义和谐社会必须遵循的基本原则之一。在文艺生产中，坚持以人为本就是要坚持人民的历史主体和价值主体地位，不断推动人民文艺在新时代呈现出新的风貌和气象。

人民群众的历史主体和价值主体地位，要求在文艺创作中确立起人物塑造的集体主体的原则，也就是说，对个体的描写不能是孤立的，要体现出人民集体作为其土壤和源头活水的存在。胡锦涛同志在讲话中指出，"人民创造历史的活动，是文艺创作的丰厚土壤和源头活水"；"脱离了人民，文艺创作就会成为无本之木、无源之水"。③这一论述宏观上是对文艺和人民之间不可分割的联系的揭示，具体到文艺作品或文艺创作上则是阐明了集体主体原则对于描写和塑造人物的重要意义，集体主体原则是人民性在文艺作品中存在的基本方式。我国当代军旅诗人王久辛在其长诗《致

---

① 《邓小平文选》第 2 卷，第 211 页。

② 胡锦涛：《在中国文联第八次全国代表大会、中国作协第七次全国代表大会上的讲话》，《人民日报》2006 年 11 月 11 日。

③ 胡锦涛：《在中国文联第八次全国代表大会、中国作协第七次全国代表大会上的讲话》，《人民日报》2006 年 11 月 11 日。

大海》中，为我们塑造了因冻饿而倒毙于长征途中的红军军需部长的感人形象："那天雪花格外美丽／那天雪花亲吻着他的脸／那天他饥饿的胃对他说／口粮给别人我们会饿死的／／那天 那天他必定这样回答／我是军需部长 我必须先饿死／他说的 是必须啊／是必须 先 饿 死……啊啊 那天的雪花啊／像白蝴蝶在他的眼前狂飞乱舞／那天啊他受冻的身体对他说／棉衣给伤病员我们会冻死的／／那天啊 他一定是这样回答／那我们就 先 冻 死／只有这样／我才是无愧于人的军需部长"。这是"惊天地的扑倒"，"泣鬼神的牺牲"。物质的极度缺乏可以夺去战士的生命，夺不去的是对崇高原则的坚定信念。军需部长是一个个人，但他是为集体的个人，因而，在这里体现出来的是集体主义精神的高扬。

可以说，文艺作品的先进性不是也不可能是其自身独立形成的，而是从人民集体中获得的。从人民集体中获得的强大精神力量，有时甚至会成为一种文艺工作者借此修正自身谬误观点的驱动力量。这就要求文艺工作者在文艺创作中要勇于违拗、破除自己的主观喜好与偏见，自觉服膺那来自人民的伟大实践的先进认识和正确观念，并在文艺作品中加以艺术的表现。

密切文艺和人民的联系，"在人民的伟大中获得艺术的伟大"，还要求在文艺评价上要确立起群众观点。胡锦涛同志指出，文艺作品要接受人民群众的检验，要能够经受住人民的检验。周恩来曾一再强调"艺术是要人民批准的"，"艺术作品的好坏，要由群众回答"。[1] 邓小平也指出："作品的思想成就和艺术成就，应当由人民来评定。"[2] 确立起文艺批评的群众观点，就要求文艺工作者心中要时刻装着人民，要有一种对群众负责的自觉意识，而并非要一味地去迁就群众的某些趣味。"任何一种东西，必须能使人民群众得到真实的利益，才是好的东西。"[3] 对群众负责的精神，就是要"使人民群众得到真实的利益"，鼓舞、教育和引导常常比恭维和迁就更能使人民提高觉悟，推动他们去改造他们的处境，那么鼓舞、教育和引导就是负责任的表现，就是人民性更鲜明、更强烈的表现。也正是在这个意义上，邓小平强调文艺工作者要"认真严肃地考虑自己作品的社会效果，力

---

① 《周恩来选集》下卷，第336—337页。
② 《邓小平文选》第2卷，第212页。
③ 《毛泽东选集》第3卷，第865页。

求把最好的精神食粮贡献给人民"①。

艺术的伟大既离不开文艺工作者的创作才能，更源于文艺工作者的社会责任感和历史使命感。在胡锦涛同志的讲话中，"人类灵魂的工程师"，这一优秀文艺家的荣誉称号，被具体化为一切有理想有抱负的文艺工作者都要积极履行的职责。这是对切实加强和实现优秀文艺雕塑人格、养成品德、陶冶情操、导引人生作用的强调。为此，胡锦涛同志要求文艺工作者，"必须加强思想修养，积累丰富知识，提高精神境界，培养高尚人格，始终牢记艺术工作的社会责任"②。只有严肃认真地考虑自己作品的社会效果，肩负起"传播先进文化，弘扬人间正气，塑造美好心灵"的责任，才有可能创作出无愧于时代、无愧于人民的优秀文艺作品。

可以看出，"在人民的伟大中获得艺术的伟大"，不仅强调了艺术要表现人民，而且也阐明了艺术应该如何表现人民；既表明了人民对于艺术的意义，也表明了艺术对于人民的意义。在艺术与人民这对关系中，艺术是否伟大，取决于艺术对于人民的意义的大小；而艺术对于人民的意义的大小，又取决于人民对于艺术的意义在艺术中的实现程度。这是每一个响应时代召唤、立志"在人民的伟大中获得艺术的伟大"的文艺工作者必须把握的一个基本原则和规律。

胡锦涛同志指出："繁荣社会主义先进文化，建设和谐文化，为构建社会主义和谐社会作出贡献，是现阶段我国文化工作的主题。"③这就要求文艺的当代发展必须融入和推进构建社会主义和谐社会的伟大历史进程，以艺术的方式，为构建社会主义和谐社会提供精神上的支撑和动力。为构建社会主义和谐社会做贡献，要求文艺工作者"坚持先进文化的前进方向，按照建设和谐文化的要求，自觉投身亿万人民创造幸福生活和美好未来的伟大实践，用自己熟悉和擅长的文艺形式，努力生产出为人民群众喜闻乐见的文艺作品，努力创作出符合时代要求的精品力作，积极推进我国

---

① 《邓小平文选》第 2 卷，第 211 页。

② 胡锦涛：《在中国文联第八次全国代表大会、中国作协第七次全国代表大会上的讲话》，《人民日报》2006 年 11 月 11 日。

③ 胡锦涛：《在中国文联第八次全国代表大会、中国作协第七次全国代表大会上的讲话》，《人民日报》2006 年 11 月 11 日。

文艺创新和繁荣"①。在构建社会主义和谐社会的伟大历史进程中，人民群众正在不断地谱写新的辉煌篇章，这为文艺工作者实现自己的抱负，"在人民的伟大中获得艺术的伟大"创造了新条件，提供了新契机，展现了新图景。

胡锦涛同志的文艺思想，充分而深刻地阐明了文艺和人民的关系，对于繁荣社会主义文艺、科学理解文艺人民性内涵、深化人民性理论研究都具有深远的指导意义。"在人民的伟大中获得艺术的伟大"这一重要论断，必将推动人民文艺在新的时代阔步前进，为科学发展观指导下的社会主义和谐社会建设做出新的贡献。

五、坚持以人民为中心的创作导向

2014年10月15日，习近平总书记《在文艺工作座谈会上的讲话》中，勉励文艺工作者要"坚持以人民为中心的创作导向，努力创作更多无愧于时代的优秀作品"②，并对如何落实这一创作导向进行了深入阐发，为在新的历史条件下密切文艺与人民的联系提出了新的具体要求，也为人民文艺创作和人民文艺事业发展指明了方向。两年后，《在中国文联十大、中国作协九大开幕式上的讲话》中，习近平总书记要求文艺工作者"坚定文化自信，用文艺振奋民族精神"③，其中也蕴含着丰富而深刻的人民文艺思想。

（一）坚持以人民为中心的创作导向，首先要反映人民的心声，把握人民的精神文化需求

习近平总书记指出："社会主义文艺，从本质上讲，就是人民的文艺。文艺要反映好人民心声，就要坚持为人民服务、为社会主义服务这个根

---

① 胡锦涛：《在中国文联第八次全国代表大会、中国作协第七次全国代表大会上的讲话》，《人民日报》2006年11月11日。

② 习近平：《在文艺工作座谈会上的讲话》，《人民日报》2015年10月15日。

③ 习近平：《在中国文联十大、中国作协九大开幕式上的讲话》，《人民日报》2016年12月1日。

本方向。这是党对文艺战线提出的一项基本要求，也是决定我国文艺事业前途命运的关键。"① 人民心声是来自人民心底的呼喊，是他们心灵深处最急迫、最真诚的声音。认真倾听人民呼喊，深切感受人民愿望，才能了解人民的真正需要是什么，人民心声才能在作品中自然而然地反映、流露出来。把坚持"二为"方向落到实处，就是要反映人民心声——不仅是反映，而且还要反映好。怎样才能反映好人民心声呢？笔者的理解是，一要反映得真实、真诚，二要反映得深刻、充分，三要反映得让人动心、动情。时时处处把人民的冷暖悲欢放在心中、诉诸笔端，文艺作品就会生发出巨大的感染力，因为人民从这样的作品中能够看到他们真实的自己。表现人民自己命运的文艺影像往往更容易激发起人民的共鸣，使人民在对自我影像的观览中获得真切的警醒、激励和鼓舞。在当代文艺创作中，许多关注当下现实的作品是这方面的优秀代表。它们直面人民生活，展现人民的生存境遇、奋斗历程和现实期待，是人民心声的直接流露和表达。实际上，正是人民群众的一个个蒲公英一样的朴素心声和希望，书写着中国的未来。人民是国家发展的力量源泉，创作无愧于时代的优秀文艺作品不能不以人民为中心。

　　人民的精神文化需求是随着时代和社会前进而不断变化发展的，把握人民的精神文化需求就要在发展中科学认识并正确处理文艺的普及与提高的辩证关系，这是能否坚持以人民为中心的创作导向的关键。在文艺创作上，提高，是从人民现有的精神文化需求水平来提高；普及，是基于人民现有的精神文化需求水平的普及。因此，只有深入了解人民的精神文化需求水平，文艺创作才可以据此把握好普及与提高的尺度，从而更好地满足人民的接受期许和欣赏期待。正如习近平总书记所说，"随着人民生活水平不断提高，人民对包括文艺作品在内的文化产品的质量、品位、风格等的要求也更高了"②。一般而言，当普及不再成为文艺创作的主要困扰时，提高的工作就会凸显出来。当前来看，文艺创作的主要挑战是实现提高和实现怎样的提高的问题。这需要文艺创作及时感应时代进步和社会发展，"苟日新，日日新，又日新"，跟上人民精神文化需求的成长与发展，从人

---

① 习近平：《在文艺工作座谈会上的讲话》，《人民日报》2015 年 10 月 15 日。
② 习近平：《在文艺工作座谈会上的讲话》，《人民日报》2015 年 10 月 15 日。

民的精神文化需求水平出发切实地去提高，创作更多优秀的文艺作品，不断提升人民的审美品位和人文情怀，不断提升人民的道德境界和精神境界，不断强化人民追求真善美的自觉意识，使人民的精神文化生活迈上新台阶。

（二）坚持以人民为中心的创作导向，要从人民中汲取营养，要始终和人民在一起

"问渠那得清如许？为有源头活水来。"[1] 习近平总书记强调，"人民是文艺创作的源头活水"，他要求文艺工作者"要虚心向人民学习、向生活学习，从人民的伟大实践和丰富多彩的生活中汲取营养，不断进行生活和艺术的积累，不断进行美的发现和美的创造"。[2] 可以说，自觉地向人民学习，向生活学习，在人民中发现美、创造美，从生活中汲取诗情画意，用人民群众创造历史的奋发精神来哺育自己，这是我们文艺事业兴旺发达的根本道路。正像鲁迅先生所说的那样，"文艺是国民精神所发的火光，同时也是引导国民精神的前途的灯火"[3]。从人民生活中汲取营养，是为了给人民以营养；用人民的精神来哺育创作，是为了能够以优秀作品去反哺人民。人民是伟大的哺育者和奉献者，可以说，我们的国家、我们的民族每前进一步，哪怕是很微小的一步，都有人民的辛勤哺育和慷慨奉献。对于一位文艺工作者来说，如果脱离了人民，将永远失去自我。这是因为人民就是包括内容和形式在内的我们的一切，脱离了人民，失去了来自人民的滋养，我们剩下的将只是一个虚妄的存在。文艺工作者只有让自己的灵魂经受洗礼，才有可能在其创作的作品中表现人民的灵魂、人民的精神。从人民中汲取营养，就是要寻找到我们的根，寻找到我们的生命和灵魂的坚实的依托。正是在这个意义上，习近平总书记强调："一旦离开人民，文艺就会变成无根的浮萍、无病的呻吟、无魂的躯壳。"[4]

习近平总书记指出，"艺术可以放飞想象的翅膀，但一定要脚踩坚实

---

[1] 南宋朱熹诗，题为《观书有感》。全诗为："半亩方塘一鉴开，天光云影共徘徊。问渠那得清如许？为有源头活水来。"

[2] 习近平：《在文艺工作座谈会上的讲话》，《人民日报》2015 年 10 月 15 日。

[3] 《鲁迅全集》第 1 卷，人民文学出版社 2005 年版，第 254 页。

[4] 习近平：《在文艺工作座谈会上的讲话》，《人民日报》2015 年 10 月 15 日。

的大地。文艺创作方法有一百条、一千条,但最根本、最关键、最牢靠的办法是扎根人民、扎根生活","自觉与人民同呼吸、共命运、心连心"。①始终和人民在一起,与人民同心同德、同舟共济、同忧共乐,心灵才会被理想的阳光照亮,个人主义偏执的阴霾才会被驱散,私欲膨胀的虚妄坚冰才会被融化。始终和人民在一起,就会从人民的角度来看待和认识事物,文艺家内心感受到的就不再只是一己之偏见,而是具有共性的经验。这样,在文艺家的作品中,人民群众才有可能不被描写成消极或者孤独的个体,并坚定人们对美好希望的憧憬和信心,鼓励人们在实践过程中成为推动历史前进的创造性力量。电影《杨善洲》《焦裕禄》传达给我们的,正是和人民在一起所形成的力量,这样的文艺作品体现出来的就是以人民为中心的创作导向。

习近平总书记强调,"文艺不能在市场经济大潮中迷失方向,不能在为什么人的问题上发生偏差"②。如果创作被资本所绑架,放任资本所主导的消费主义和个人主义倾向成长为"闯进瓷器店的公牛",一切只遵循市场的选择,只着眼于货币的增值,那么低俗就会上位,欲望就会横流,单纯刺激感官的娱乐就会成为文艺创作的"金科玉律"。泰戈尔写道:"在鸟翼上系以黄金,鸟便不能飞翔于天空。"③ 如果我们只懂得欣赏财富或权力所装饰起来的富丽的光彩,不懂得欣赏劳动或汗水凝结起来的素朴的荣光;只懂得欣赏浮游于高空的云霓,却不懂得欣赏沉默于足下的大地;只注重养眼,却不注重养心;只知道"肥皂剧"明星们的表演,却淡忘了思想家鲁迅们的呐喊……人民性被轻视,信仰之美、崇高之美被冷落,在为什么人的问题上发生偏差,被怠慢的或许不只是艺术的真谛,更是民族的灵魂。

习近平总书记指出,"推动文艺繁荣发展,最根本的是要创作生产出无愧于我们这个伟大民族、伟大时代的优秀作品","文艺工作者应该牢记,创作是自己的中心任务,作品是自己的立身之本","必须把创作生产

---

① 习近平:《在文艺工作座谈会上的讲话》,《人民日报》2015 年 10 月 15 日。
② 习近平:《在文艺工作座谈会上的讲话》,《人民日报》2015 年 10 月 15 日。
③ 〔印度〕泰戈尔:《飞鸟集》,郑振铎、冰心译,译林出版社 2010 版,第 46 页。文中引文根据此书译文略作修改。

优秀作品作为文艺工作的中心环节"。① 坚持好以人民为中心的创作导向，最根本的或者说最终的检验标准，在于是否涌现出了一大批坚持以人民为中心的创作导向的优秀文艺作品。这就要求文艺家既要有为人民服务的精神，还要有辛勤耕耘、不懈创造的实践，坚持以人民为中心的创作方向，并在这一方向的引领下不断地创作精品力作。可以说，以人民为中心的创作导向为思想精深、艺术精湛、制作精良的文艺精品提供着创作的源泉、基础和保障。文艺发展的历史和现实都一再表明，什么时候坚持这一创作导向，文艺创作就会健康发展、不断繁荣；什么时候背离了这一导向，文艺创作就会出现病态、停滞和颓败。文艺工作者应确立导向自信，在伟大的人民中去创造崇高的作品，也在崇高的作品中去表现人民的伟大。这是历史和时代赋予广大文艺工作者的职责和使命。

（三）坚持以人民为中心的创作导向，要高扬文化自信的人民主体意识，为文艺创作立心铸魂

习近平总书记《在中国文联十大、中国作协九大开幕式上的讲话》中，要求文艺家坚定文化自信，用文艺振奋民族精神。他深刻指出："文化自信，是更基础、更广泛、更深厚的自信，是更基本、更深沉、更持久的力量。坚定文化自信，是事关国运兴衰、事关文化安全、事关民族精神独立性的大问题。没有文化自信，不可能写出有骨气、有个性、有神采的作品。"② 这些论述透辟而深刻地阐明了树立人民文化自信对于人民文艺创作的重要意义。

文化是"民魂"的重要哺育者。坚定文化自信是文艺创作的立心铸魂工程，文艺作品的骨气、个性、神采无不是文化自信的体现。在一个较长时期，我国思想文化领域历经欧风美雨强势激荡，一些文艺创作虽然操着国语的形式，但其实质却似乎得了"软骨病"，无精打采、失魂落魄，成了文化上的寄宿者、精神上的异乡人。这样的欠缺主体意识的作品，显然无法承担振奋民族精神的重任。所以，对于文艺创作而言，强调坚定文化自信显得特别重要。

---

① 习近平：《在文艺工作座谈会上的讲话》，《人民日报》2015 年 10 月 15 日。
② 习近平：《在中国文联十大、中国作协九大开幕式上的讲话》，《人民日报》2016 年 12 月 1 日。

我们的文艺创作，必须确立中国主体意识和中国文化的主体意识。中华民族伟大复兴，必然伴随着包括文化主体意识在内的中华民族主体意识的自觉和高扬。中国共产党带领中国人民开辟了中国特色社会主义道路，在这一伟大实践中，中国的主体意识得以鲜明伸张和发扬。而一些文艺创作者和社会科学研究者，不仅忽视中国主体性，还盲目地"以洋为尊""以洋为美""唯洋是从"，这是与中国特色社会主义建设的伟大实践背道而驰的。

没有中国文化主体意识的确立，就没有文化自信。那么，中国文化的主体意识在哪里呢？如何建构自觉的而非盲目的文化自信呢？笔者认为，我们的文化自信来自运用马克思列宁主义在中国文化原野上所发现、唤醒和构建起来的人民文化，我们的文化自信正成长在人民文化的沃土之上。

在习近平总书记的重要讲话中，文化从来都不是抽象的。他明确指出："在5000多年文明发展中孕育的中华优秀传统文化，在党和人民伟大斗争中孕育的革命文化和社会主义先进文化，积淀着中华民族最深沉的精神追求，代表着中华民族独特的精神标识。"① 文化在这里显然不是抽象的泛指或空洞的能指。中华优秀传统文化，大都是具有鲜明人民性特质的。革命文化和社会主义先进文化，人民性更是其最本质特征。习近平总书记所强调的文化自信，正是对于人民文化的自信。中国主体性，在本质上也正是中国人民的主体性。习近平总书记强调要坚定文化自信之后，紧接着讲要"坚持服务人民"，二者之间的联系值得深思。或许正是在人民文化或文化的人民主体的维度上，才可以正确理解"文化自信，是更基础、更广泛、更深厚的自信，是更基本、更深沉、更持久的力量"。

文艺的心如何立，魂如何铸？其关键就在于文艺家应确立起坚定的对于人民文化的自信。"惟有民魂是值得宝贵的，惟有他发扬起来，中国才有真进步。"② 人民文化是民魂的图谱，唯有人民文化振起，确立起对人民文化的自信，文艺家才有可能筑就中华民族伟大复兴时代的文艺高峰。

文化认同是文化自信的基本前提。文化自信首先来自对中华文化的深刻理解和建立在深刻理解之上的真诚认同。有的文艺家在内容表现、创作

---

① 习近平：《在中国文联十大、中国作协九大开幕式上的讲话》，《人民日报》2016年12月1日。

② 《鲁迅全集》第3卷，第222页。

手法、技巧使用上过于倾向于学习和模仿西方，仿佛只有这样才能走向世界，而对我国优秀传统文化和审美精神则很隔膜，或理解得不准、不深、不透。没有文化认同，文化自信便无从确立。因此，要善于从中华文化宝库中萃取精华、汲取能量，保持对自身文化理想、文化价值的高度信心，保持对自身文化生命力、创造力的高度信心，只有坚定了这样的文化自信，文艺创作才能具有中国主体性，才能有中国根、中国心、中国魂。

文化自信，本质上是价值观自信。核心价值观是一个民族赖以维系的精神纽带，是一个国家共同的思想道德基础。如果没有共同的核心价值观，一个民族、一个国家就会魂无定所、行无依归，遑论文化自信。因此，文艺家要把培育和弘扬社会主义核心价值观作为根本任务，自觉将其转化为生动的艺术形象和精彩的中国故事，用中国人独特的思想、情感、审美去创作具有鲜明中国风格的时代佳作。确立价值观自信，同样需要从优秀传统文化的价值观中汲取营养和力量。我国优秀传统文化中的价值取向，比如天下为公、民胞物与、义以为质等，其内涵经过科学理论的阐释和发展，就会如马克思所说，"在一种高级的形式下复活"①，并体现为一种具有民族文化底蕴的当代价值取向。

民族自豪感、国家荣誉感是文化自信的重要源泉。文艺家要把歌唱祖国、礼赞英雄作为创作的永恒主题，要高扬爱国主义主旋律，以优秀文艺作品去激发人们的民族自豪感和国家荣誉感。中华民族的英雄是中华儿女的优秀代表，是民族脊梁、祖国骄傲。对英雄，文艺家要心怀崇敬，浓墨重彩记录英雄、塑造英雄，让英雄精神得到传扬，引导人民树立正确的历史观、民族观、国家观、文化观，绝不做亵渎祖先、亵渎经典、亵渎英雄的事情。

正确的历史认知是文化自信的根基。文艺家要正确认知和表现中华民族历史。没有历史感，就很难有丰富的灵感和深刻的思想。文艺家结合史料进行艺术再现，必须有史识、史才、史德，不能用无端的想象去描写历史，更不能使历史虚无化、娱乐化。立文化自信，必先立其史。只有尊重

---

① 《马克思恩格斯文集》第3卷，人民出版社2009年版，第572页。马克思1881年在给维·伊·查苏利奇的复信（初稿）中借用摩尔根著作中的话说："现代社会所趋向的'新制度'，将是'古代类型社会在一种高级的形式下（in a superior form）的复活（a revival）'。因此，不应该过分地害怕'古代'一词。"

历史，自觉传承，才能创作出有根基、有底蕴、有血脉、有文化的文艺作品。文艺的创新性也应与历史感相结合，着力实现中华禀赋的时代化。文艺创新不是隔断历史，而是传承创新、推陈出新。在文艺创新中，文化血脉得以延续，文化精神得以巩固，文化精粹得以弘扬。这样的创新，才能为人类提供独特的历史启迪和正确的精神指引。

"破山中贼易，破心中贼难。"以人民文化自信为文艺立心铸魂，从一定意义上说，就是要破除"心中之贼"，破除各种虚无文化、虚无历史、虚无价值、虚无人民、虚无英雄的思想倾向和创作倾向。坚定文化自信，就是要为文艺创作补钙壮骨、益气养心，确立起以人民为中心的创作导向，使文艺作品具有鲜明而顽强的民族精神独立性，充分发挥其振奋民族精神、助力民族复兴的作用和力量。

第六章　关于人民性与人性、阶级性、党性之关系的理论探讨

在文艺学范畴内，人民性与人性、阶级性、党性之关系的理论探讨，是改革开放新时期以来，我国文艺学学者在对文艺人民性意义的分析和理解上所形成的几个聚焦点。对这些聚焦点的理论探讨，也加深了人们对人民性意义科学内涵的把握。在实际的探讨过程中，学者们的意见是多样化的，对同一个聚焦点的理解也是歧见丛生，并未达到理想化的一致状态。本章从唯物史观的视角和人民史观的立场出发，力图将一些意见集中起来，或许可以从中窥见文艺人民性意义生产与发展的多维度的历史形态。

一、关于人民性与人性之关系的理论探讨

《在延安文艺座谈会上的讲话》中，谈到"人性论"问题时，毛泽东深刻指出："有没有人性这种东西？当然有的。但是只有具体的人性，没有抽象的人性。在阶级社会里就是只有带着阶级性的人性，而没有什么超阶级的人性。我们主张无产阶级的人性，人民大众的人性，而地主阶级资产阶级则主张地主阶级资产阶级的人性，不过他们口头上不这样说，却说成为唯一的人性。有些小资产阶级知识分子所鼓吹的人性，也是脱离人民大众或者反对人民大众的，他们的所谓人性实质上不过是资产阶级的个人主义，因此在他们眼中，无产阶级的人性就不合于人性。"[1] 由此可以说，文

---

① 《毛泽东选集》第 3 卷，人民出版社 1991 年版，第 870 页。

艺的人民性，就是对于无产阶级人性、人民大众人性的集中反映。无产阶级人性、人民大众的人性，是人民性的一个基本的内涵，没有这样的人性，人民性就会失去其全部的丰富性和生动性。

改革开放新时期，一些学者开始基于人民性来探讨人性问题，或者在探讨人民性时也关注到了其与人性相契合的方面。当时，人们研究人性问题往往与"共同美"问题联结起来，比如，美学家朱光潜就有论文《关于人性、人道主义、人情味和共同美问题》发表[1]。1980年底，文艺理论家程代熙发表了《人民性及其他——周恩来文艺思想学习札记》一文，在文章中，他认为，"共同美也好，共鸣也好，在这里主要的一个词是'共'字，'共'是基础……这个基础是什么呢？就是人民性"[2]。这表明，在程代熙那里，人民大众的人性是与人民性相一致的。其观点也意味着，人民性是人性中更为基础的方面，遮蔽这一方面，便不能真正认识到"共同美"和"共鸣"的源泉所在。

文艺评论家林焕平则指出了人民性与人性在特定条件下的同一性。他在其主编的《文学概论新编》一书中指出，在原始社会和未来的共产主义社会中，"在阶级形成以前和阶级消灭以后，人民性就是人性"[3]。这个论断表明，人民性朝向人性的发展或人性朝向人民性的发展是一种规律性趋势，二者的同一是一种理想状态。而在阶级社会里，社会上的消极因素和不利条件阻碍了这种同一的实现。

应该说，自20世纪80年代开始，人们对文艺的审美特质越来越重视，与之相伴的则是在理论上掀起了一场影响深广的"美学热"。在当时的不少学者看来，人民性不仅满足了人民群众创造历史的社会需要，也满足了人民群众的体现为审美情趣的精神需要。而这种精神需要，主要被理解为是一种向内转的需要———一种内在的需要——人性的需要。赵文增、蔡毓莘主编的《文学概论》认为，社会主义文艺的人民性就包括既能"歌颂人民创造新生活的历史主动精神，直面现实的矛盾"，又能"满足人民

---

① 朱光潜：《关于人性、人道主义、人情味和共同美问题》，《文艺研究》1979年第3期。

② 程代熙：《人民性及其他——周恩来文艺思想学习札记》，《文学评论丛刊》第6辑，中国社会科学出版社1980年版。

③ 林焕平主编：《文学概论新编》，广东教育出版社1986年版，第98页。

群众多方面的审美需要等等"。① 陆学明、戴恩允主编的《文学原理新编》也指出："确定一部作品的人民性，要看它是否适合人民群众艺术情趣、审美要求。"② 这里的"审美需要""艺术情趣""审美要求"，在当时一些文艺理论研究者那里，实际上都是更多地同个体的"人性"关联在一起的，也是"与后来语境中的人性与人性美密切关联在一起"的③。当人性的需求需要人民性来实现时，也就意味着人民性需要人性（即人民大众的人性）来丰富和充实。

在这些理论探讨中也有一些认识上的误区。比如，有的学者把人民性等同于人性，同时又把人民性同阶级性、党性对立起来。再比如，有研究就认为，"由于作家们的生活环境、经历、个性、爱好、学识、技艺等等的不同，他们的创作也是千姿百态的。他们有壮丽磅礴的火热斗争生活的浓墨重彩的热情高歌，也有轻盈柔美的'小桥流水'风景的夜莺般的缠绵吟唱。虽然有些作品不直接描写社会斗争和反映政治生活，并没有什么鲜明的阶级性、党性，但它们引人入胜，陶冶性情，给人以美的享受，我们从人民性角度去看，它们照样是好作品，是不可多得的珍珠玛瑙"④。这里就是把人民性直接当作了人性的同义语，并将其与阶级性、党性对立起来。这实际上既没有看到人民性内涵的丰富性，也没有看到阶级性和党性内涵的丰富性。

还有一类学者的观点则相反，他们把人民性同人性对立起来，将人民性和阶级性当作同类的概念。有研究者这样写道："大约从小学语文课开始，我们就养成了一套分析欣赏诗文的固定程序，那就是先分析中心思想（或曰'主题''思想性'之类），再分析其写作特点（或曰'写作手法''艺术性'之类）。在对思想性的分析中又把阶级性、人民性、现实主义、爱国主义摆在突出的位置，凡具有这些思想内容的作品，不管其艺术性如何，皆予以肯定；另一方面（此四字为引者加），则冷落和贬低具有自然美、人性美的诗文作品，这一类作品，不论其艺术成就怎样，多要指

---

① 赵文增、蔡毓莘主编：《文学概论》，辽宁教育出版社1986年版，第64页。
② 陆学明、戴恩允主编：《文学原理新编》，吉林教育出版社1988年版，第92页。
③ 杨厚均、戴黄：《20世纪80—90年代关于文学的人民性的再阐释》，《云梦学刊》2017年第1期。
④ 李巍明：《文学人民性之我见》，《内蒙古电大学刊》1991年第1期。

出其思想内容的消极性和不足。"① 这段文字最后把人性美的作品与"思想内容的消极性和不足"联系起来，令人觉得其底气不足。确乎如此，离开人民性的人性之美是虚弱和空洞的，这已被文学创作证明为不争的事实。

把人性（当然，这里的人性是历史的、具体的人性，而非抽象为永恒的普遍原则的所谓"人性"）引入人民性，在解释人民性时引入人性的维度，或者把人民性引入人性，在解释人性时引入人民性的维度，对于更好地把握人民性和更好地阐释人性，都是极为有益的。总体来看，"人民性"在新中国成立之初，是我国学者用以阐释古代文艺现代价值的核心范畴之一。发挥了重要的社会主义意识形态建构功能和科学的中国文学史建构功能。然而，由于历史条件和人们认识上的局限，其丰富的含义并没有完全被揭示出来，以致它几乎完全排斥了人性的维度，似乎人民始终只是个"总体"，其中没有个体的自由与个性的空间。于是，改革开放新时期以来，人性维度被人们一再提出，在一些学者那里参与到人民性意义的建构之中，成为丰富人民性蕴涵的一个重要而基本的方面。

二、关于人民性与阶级性之关系的理论探讨

人民性是历史范畴，也是政治范畴、价值范畴。正像"在阶级社会里就是只有带着阶级性的人性，而没有什么超阶级的人性"② 一样，在阶级社会里也只有带有阶级性的人民性，而没有什么超阶级的人民性。马克思在写于 1847 年的《"莱茵观察家"的共产主义》一文中曾提出："人民，或者（如果用个更确切的概念来代替这个过于一般的含混的概念）无产阶级……"③ 列宁在写于 1905 年的《社会民主党在民主革命中的两种策略》一文的"补充说明"中认为："马克思在使用'人民'一语时，并没有用它来抹煞各个阶级之间的差别，而是用它来概括那些能够把革命进行到底的一定的成分。"④ 毛泽东《在延安文艺座谈会上的讲话》中也指出："真正人民大众

① 周健：《开拓诗歌鉴赏的新领域——〈诗词鉴赏概论〉评介》，《名作欣赏》1997 年第 4 期。
② 《毛泽东选集》第 3 卷，第 870 页。
③ 《马克思恩格斯全集》第 4 卷，人民出版社 1958 年版，第 210 页。
④ 《列宁选集》第 1 卷，人民出版社 1995 年版，第 636 页。

的东西，现在一定是无产阶级领导的。资产阶级领导的东西，不可能属于人民大众。新文化中的新文学新艺术，自然也是这样。"① 经典作家们的这些论述都表明，阶级意识、阶级属性在人民范畴意义规定中的基础性和根本性地位。从这个意义上说，人民的最本质属性或最核心属性就是其无产阶级性。因此，对于人民性而言，阶级性也应是其本质的或核心的方面。

另一方面，正如鲁迅先生在谈到文学的阶级性时所说："若据性格感情等，都受'支配于经济'（也可以说根据于经济组织或依存于经济组织）之说，则这些就一定都带着阶级性。但是'都带'，而非'只有'。"② 人民性意蕴丰富，并非只有阶级性一个维度可以概括，但在阶级社会里，阶级性是人民性的意义根基则是毫无疑问的。实际上，即便是文学艺术上的阶级性，也不是只意味着干巴巴的对立斗争。在人们日常使用的意义上，对阶级性的理解是严重简单化了的，即直接把阶级等同于阶级斗争，把阶级性直接理解为对抗性。这个倾向有时也反映到了文艺理论中，反映到了人们对于文艺人民性与阶级性之关系的理解上，是需要引起我们注意并加以纠正的。

程代熙在《人民性及其他》一文中，从周恩来的文艺思想推演出"人民性和阶级性是可以划等号的"结论，认为"人民性是可以等同阶级性的"。③ 如果从人民性和阶级性的全部丰富性上去理解的话，这样的话实际上并没有大错。有研究者把周恩来的文艺人民性思想的意义概括为"人民性与阶级性的统一""人民性与艺术性的统一""人民性与实践性的统一""人民性与创造性的统一""人民性与求真性的统一"。④ 这里是五个"统一"，显然没有单一地从阶级性的视角去看待周恩来的文艺人民性思想。然而，如果从阶级性的全部丰富性来看，这五个"统一"也大体是可以涵容进去的。

人民性与阶级性有时常常是对同一个对象的不同表述，因此对二者做严格的划界区分是困难的。蒋国田在《文艺的人民性与阶级性初探》一

---

① 《毛泽东选集》第 3 卷，第 855 页。
② 《鲁迅全集》第 4 卷，人民文学出版社 2005 年版，第 128 页。
③ 程代熙：《人民性及其他——周恩来文艺思想学习札记》，《文学评论丛刊》第 6 辑，中国社会科学出版社 1980 年版。
④ 董芳、管俊明：《略论周恩来文艺思想的人民性》，《湖北教育学院学报》1994 年第 1 期。

文中认为："无产阶级的阶级性正体现了人类历史上最广泛、最真实的人民性；同样，今天我们所说的人民性，又是以无产阶级为代表、为主体的人民性。这就是说，我们所讲的阶级性和人民性是完全统一的，而不是相互对立的，它们是互相渗透、互相融合的而不是绝然排斥的。尽管在不同的时期，会有不同的侧重，但是，我们不应该将两者截然对立起来，或是只讲阶级性，不讲人民性，或是只讲人民性不讲阶级性。否则，就是片面性，就是形而上学的观点。"[①] 这些论述较为准确地把握住了人民性与阶级性的密切联系。

有一种观点认为，人民性是对抗阶级之间的共同性和一致性。比如，"包公戏和海瑞戏，虽说它直接维护的还是封建统治阶级的根本利益，但因其揭露和打击了贪官酷吏，减轻了人民的某些疾苦，体现了人民的某些起码的要求、希望和理想，这些作品的阶级性在一定程度上同人民性也是一致的"[②]。人民性在这个论述里其实就体现为封建统治阶级与作为被统治阶级的劳动人民之间的共同性和一致性。还有学者认为，"某一阶级的文学，有时候它不仅代表着所属阶级的阶级利益，同时在不同程度上也代表着人民的利益。比如，历史上当资产阶级处在上升时期……这个时期的资产阶级文学艺术作品，具有丰富的人民性，而且文学的资产阶级阶级性和文学的人民性有着暂时的一致性。但一旦当资产阶级的利益发展成为特殊阶级的利益，资产阶级文学的阶级性和人民性便处于对立状态中了"[③]。这些话清楚地表明，在该学者看来，在剥削与被剥削的对抗阶级之间存在着某种共同性，即人民性。

学者廖钦指出了上述主张的偏颇，并提出了批评意见。他写道："我们在论述人民性的时候，常常出现只强调一方面而忽视另一方面的倾向。'四人帮'极'左'时期只强调人民性是对抗阶级的对立性一面，而忽视人民性还有对抗阶级的共同性的一面，甚至把人民性当作资产阶级人性论加以批判和否定。粉碎'四人帮'以后，拨乱反正，对人民性作了许多正

---

① 蒋国田：《文艺的人民性与阶级性初探》，《学术研究》1980 年第 2 期。

② 程代熙：《人民性及其他——周恩来文艺思想学习札记》，《文学评论丛刊》第 6 辑，中国社会科学出版社 1980 年版。

③ 十四院校《文学理论基础》编写组：《文学理论基础》，上海文艺出版社 1981 年版，第91—92 页。

确的论述，但有的同志在论述人民性与阶级性的关系问题时，却又出现另一种片面性的倾向，只强调人民性是对抗阶级的共同性的一面，而忽视人民性还有对抗阶级的对立性的另一面。"① 应当说，这个批评是中肯的。在文艺人民性和文艺阶级性关系的理解和把握上，也必须坚持二者对立统一的辩证观点。同时，在讨论文学中的人民性的时候，如文艺理论家黄药眠所说，"阶级的分析是十分必要的"。只有从阶级分析的方法入手，"即对于作家所处的时代和他所参与的社会矛盾诸关系的分析"，才能正确把握人民性的内涵和发展②。

在一些学者们的探讨中，既正确地反对了把人民性简单等同于被简单化理解了的阶级性的倾向，也正确地反对了忽视阶级性和人民性的密切联系，只把文学理解为"人种学"意义上的"人学"的倾向。文艺理论家董学文认为，"文学是人学"这一命题中包含着人民性、阶级性等重要因素，有些人有意无意去除掉这些因素片面理解"文学是人学"的命题是不科学的。他说，理论界有种意见，认为"文学是人学"是高尔基对文学的最后科学界定，这是不确切的。高尔基不赞成文学"担负'地方志'和人种学的任务"。他进一步指出，"文学是人学"这个提法，还包括着丰富的内涵，一些研究者至少"忽视了其中的阶级性、人民性和民族性"，③ 等等。确乎如此。还有学者指出，"人学"在这里实际上更接近于"民学"，应是民众之学、人民之学和民族之学的意思④。而于此，阶级性无疑也就成了其题中应有之义。

---

① 廖钦：《试论文艺的人民性与阶级性的关系》，《贵州社会科学》1983 年第 5 期。
② 黄药眠：《论文学中的人民性》，《文史哲》1953 年第 6 期。
③ 董学文：《两种文学主体观》，春风文艺出版社 1992 年版，第 214 页。"文学是人学"这一命题后经考证，并非高尔基的原话，是我国学者误译和有所发挥所致。高尔基的原话应为："不要以为我把文学贬低成了'方志学'，（顺便说一句，'方志学'也是非常重要的事情）不，我认为这种文学是'民学'，即人学的最好的源泉。"（转引自刘为钦《"文学是人学"命题之反思》，《中国社会科学》2010 年第 1 期）
④ 于春泽：《论文学是"民学"，即人学——高尔基文学论著学习札记》，载《马列文论研究》第 11 集，中国人民大学出版社 1991 年版。

三、关于人民性与党性之关系的理论探讨

文艺的党性原则，一般认为是由列宁最早明确提出的。1905 年 11 月，列宁发表《党的组织和党的出版物》（又译《党的组织和党的文学》）一文，提出了无产阶级文艺的党性原则①。在我国，1942 年 5 月，毛泽东《在延安文艺座谈会上的讲话》中在谈到"文艺工作者的立场问题"时，对此也有专门的表述。他指出："我们是站在无产阶级的和人民大众的立场。对于共产党员来说，也就是要站在党的立场，站在党性和党的政策的立场。"② 从列宁和毛泽东在上述文本中的具体表述来看，人民性和党性是高度统一的。2013 年 8 月，习近平总书记在全国宣传思想工作会议上的讲话中，更是明确指出："党性和人民性从来都是一致的、统一的。"③

改革开放新时期以来，在文艺理论领域，党性和人民性的一致性是被不少学者认同的。有学者指出："社会主义时期的文学的党性和人民性是完全一致的。从一定程度上说，人民性愈强烈，就愈符合文学的党性要求。"④ 涂途、方家良在《新编文艺原理》一书中也指出，无产阶级文艺的阶级性、党性和人民性是高度统一和结合的，坚持无产阶级的阶级性、党性原则的文艺，同时也是真正真心实意、全心全意为人民的文艺。⑤

显而易见，这里的党性是有确指的，即无产阶级政党的党性。而在一些研究者那里，党性被一般化、广义化地理解了，这反而给出了人们把握人民性和党性关系的一个新的视野和角度。他们认为，在阶级社会里绝大多数的文艺都具有党性，而反动阶级政党的党性不仅与人民性不相一致，反而是敌对的。邢煦寰在《文艺理论浅说》一书中指出，在历史和现实中，反动文艺的阶级性、党性是和文艺的人民性根本对立的。这是由反动阶级和政党与人民群众的根本对立的关系所决定的，所以反动阶级的文艺只带有反动阶级的阶级性和党性，无人民性可谈。他还指出，只有到了现在无产阶级政党领导广大人民群众进行革命的时代，我们文艺的阶级性、

---

① 《列宁专题文集·论无产阶级政党》，人民出版社 2009 年版，第 166—167 页。
② 《毛泽东选集》第 3 卷，第 848 页。
③ 《习近平谈治国理政》，外文出版社 2014 年版，第 154 页。
④ 朱建良、周桐淦：《论社会主义文学的党性和人民性》，《扬州师院学报（社会科学版）》1983 年第 2 期。
⑤ 参见涂途、方家良《新编文艺原理》，上海交通大学出版社 1994 年版，第 76 页。

党性和人民性才有可能达到完全或者高度的统一。因为无产阶级的利益与广大人民群众的利益是完全一致的，而党又集中反映了无产阶级和广大人民群众的利益，所以无产阶级的阶级性、党性和人民性是高度统一的。①应该说，这样的观点，对我们历史性地看待和思考党性问题以及其与人民性的联系，还是很有裨益的。

刘叔成在《新编文艺学概论》一书中也指出，文艺的党性是社会发展到资本主义时代的随行者，既有资产阶级文艺的党性，也有无产阶级文艺的党性。两者都是阶级斗争尖锐化的产物，资产阶级文艺的党性同文艺的人民性格格不入，而无产阶级文艺的党性同文艺的人民性是完全一致的。为了文艺的健康发展，我们需要加强而不是削弱无产阶级政党的正确领导，将文艺的党性同文艺的人民性有机统一起来。②

然而，即便是有无产阶级政党的领导，其党性和人民性也不是天然地和谐统一于社会主义时代的文艺作品中的，它需要文艺家自身的党性修养和创作中的党性自觉达到一个较高的程度。十三校《文学概论》编写组编写的《文学概论》一书就认为，社会主义文艺只有以共产主义思想作为指导，坚定地站在无产阶级立场上，和广大人民群众息息相通，感应着历史前进的时代脉搏，才能创作出具有无产阶级党性和深刻人民性的高度和谐统一的作品。③

还有学者认为，文艺的阶级性是阶级社会中文艺的共性，文艺的党性则是更明确、更自觉的阶级性，是文艺的阶级性的集中表现。这二者之间一般是协调一致的。他们由此出发进一步分析了阶级性、党性二者与人民性之间的关系，并且指出文艺的阶级性、党性与人民性之间由于时代的不同而处于不同的关系之中。无产阶级的运动是绝大多数人的、为绝大多数人谋利益的独立的运动。无产阶级以解放全人类为己任，无产阶级的利益代表着最广大人民群众的根本利益。无产阶级文艺的党性原则实质上是彻底地为人民服务的文艺原则，它与社会主义文艺的人民性是完全一致的。历史上的剥削阶级，其阶级性、党性与人民性相对立，文艺在内容上与形式上都远离人民，为一小撮反动统治者所垄断。因此其文艺的党性、阶级

① 参见邢煦寰《文艺理论浅说》，新疆人民出版社 1981 年版，第 43 页。
② 参见刘叔成主编《新编文艺学概论》，中央广播电视大学出版社 1996 年版，第 110 页。
③ 参见十三校《文学概论》编写组《文学概论》，甘肃人民出版社 1984 年版，第 106 页。

性与人民性相对立。而社会主义文艺，既是具有无产阶级阶级性和党性的文艺，同时也是最富有人民性的文艺。①

我国近代文学研究专家管林既分析了党性与人民性的一致性，同时也指出二者的不同。他在《谈谈文艺作品的"人民性"》一文中指出："在现代文学中，凡是具有共产主义党性的作品，必然是具有高度人民性的作品。共产主义党性，是广大劳动人民利益的最深刻最充分的表现。正确地表现共产主义党性，就是达到了人民性的最高形式。正是在这个意义上，我们说社会主义文学的人民性与党性是一致的。提倡人民性，不但没有取消列宁主义党性原则，而且是更全面更具体地贯彻了列宁主义党性原则。当然，人民性毕竟与党性是两个不同的概念，它的内涵，要比党性宽广得多。具有人民性的作品，不一定都具有共产主义党性。因此，如果认为在社会主义文艺中人民性的概念完全包括在党性的概念之中，或者把这两个概念看作是完全相同的概念，那就不正确了。"②

从文艺人民性范畴的运用史来看，毛泽东《在延安文艺座谈会上的讲话》中曾指出："无产阶级对于过去时代的文学艺术作品，也必须首先检查它们对待人民的态度如何，在历史上有无进步意义，而分别采取不同的态度。"③ 在这一正确观点的指导下，文艺研究者首先把人民性范畴运用于古代文学研究，并取得了巨大成就。

在"文化大革命"期间，由于一些别有用心的人认为人民性意味着"全民性"，是"全民性"的同义词，文艺作品的"人民性"被斥为取消列宁主义党性原则的东西，是"资产阶级人性论的概念"；还有人认为，"文学的'人民性'概念，是一个十分含混模糊的非阶级的概念"，袭用"人民性"的概念，是"以图改变无产阶级思想运动、文艺运动的性质"，"人民性概念的风行一时，正是修正主义思潮用来冒充马克思主义文艺观的一种反映"。文学的人民性问题，就成了文艺理论领域的"禁区"之一，"人民性"这一概念，在文艺论著中也就销声匿迹了。④

---

① 参见魏天祥、谢武军编著《文艺理论基础》，中共中央党校出版社1986年版，第37—38页。

② 管林：《谈谈文艺作品的"人民性"》，《学术研究》1978年第4期。

③ 《毛泽东选集》第3卷，第869页。

④ 参见管林《谈谈文艺作品的"人民性"》，《学术研究》1978年第4期。

改革开放新时期以来，人民性概念重新兴起。但其意义内涵却显得众声喧哗：有人主张人民性与党性、阶级性有着高度的一致性、同构性，以此作为人民性重新出场的合理化依据；有人则指责过去片面强调文艺的党性和阶级性是极左，现在要重提与党性和阶级性相区别甚至对立的人民性，使文艺发展走上正途；还有一些人借人民性概念的躯壳，为"人性论"还魂、招魂，在具体阐发人民性范畴时，操的是"人性论"枪法；等等。

因此，在正确把握人民性概念的含义，在正确理解人民性与人性、阶级性、党性的关系上，要保持理论和立场的定力，始终坚持以马克思主义为指导，始终站在人民史观、人民文艺、人民尺度的立场上，既不失文艺人民性内涵的主魂、主脉，也不失其丰富性和多样发展的可能性，从而为人民性在新时代、新世纪的高扬和发展开辟出新的更为广阔的路径和前景。

第七章　西化思潮中文艺的民族性与人民性

人民性与人民文艺是密切关联着的，但具有人民性的文艺并不一定就是人民文艺。人民性是人民文艺的基因，人民文艺则是那些自觉的、人民性充分发展了的文艺。所以，对于一般文艺作品或文艺现象的讨论，人们往往更多地使用人民性的概念。人民性概念在今天的重要意义是跟西化思潮牵扯在一起的。从一定意义上，可以说，西化已经形成一种世界性语境，文化、文艺正是在这个语境中发展变化的。这种发展变化的一个明显特征，就是人民性正成为一个被时代召唤崛起的文艺要素，这也是人民文艺发展的一种新的趋势。

一个时期以来，当人们看到西化的征兆愈来愈明显，日益感觉到后殖民倾向的危险性时，人们开始更加强调民族性了。如何使自己的民族在西化浪潮中不被淹没而具有足以与其他强势民族分庭抗礼的特色与力量，如何使自己的民族、民族文化具有强韧的解殖、化殖或抗殖能力，已经作为一个严峻的课题摆在了人们面前。在文艺领域，这一问题更为敏感而明显，对文艺的民族性的强调几乎成为一种共识。笔者认为，重振文艺的人民性，是时候了——因为文艺的人民性是文艺民族性的精髓与灵魂；因为除了人民，没有任何人、任何事物更能代表一个民族，"在文学中，人民性是描写民族的东西的最高艺术形式"[1]。

一、西化思潮对文艺民族性的影响

西化，常常是披着"世界性"的外衣而四处游走的。实际上，早在

---

① ［俄］谢皮洛娃：《文艺学概论》，罗叶等译，人民文学出版社1958年版，第61页。

一个半世纪以前，马克思和恩格斯就宣告了"世界性"的来临，同时，也宣告了"世界文学"的来临。而在一些人看来，今天喧嚣膨胀的西化浪潮不过是"世界性""世界文学"进程中的一个"新"的阶段而已。即便在马克思、恩格斯那里，"世界性"从来也都是具有两面性的。这个两面性对于文艺民族性的影响相应有两个方面。一是肯定的方面，主要指"世界性"进程带给文艺的这种因素。它鼓励文艺民族性中积极的、进步的东西，从整体（内容与形式的整体）上营养着、丰富着民族的文艺，纠正着民族性的狭隘与偏颇；它赞赏而不企图消灭文艺的民族特性，它从"世界性"角度强化而非弱化文艺的民族性，同时它也从这个民族性的文艺中汲取优秀的成分并以之去丰富、纠正其他民族的文艺，从而使这个民族的文艺加入到"世界文学"之中，使之成为"世界文学"的有机因子。二是否定的方面，即"世界性"进程对弱势民族文艺中的民族性的压抑、贬低与解构。这既体现在强势民族文艺对弱势民族文艺的绝对同化与遮蔽和对其本土文艺的绝对的自负与自我欣赏，也体现在弱势民族文艺对强势民族文艺的一味欣羡与鹜趋和对本土文艺的一味的不自信和自我嘲讽；既体现在强势民族文艺中消极、腐朽的东西对弱势民族文艺的侵蚀、渗透，也体现在弱势民族文艺中优秀、进步的东西被弃置、被消解。当然，肯定的方面与否定的方面在世界性进程中是交混融合在一起的。这就要求民族的文艺在汇入"世界性"的历史进程中要接受"世界性"对民族性中进步因素的肯定的方面，同时，还要明确分辨与坚决抵制那些对之否定的方面；有冷静、有理智的热情和有区辨、有批判的接受应是我们对待"世界性"的基本态度。

然而，对当前文艺领域随"世界性"趋势而摇摆的现象，我们似乎还应抱有更多的警惕，因为它包含着很多非"世界性"因素，在某种程度上，甚至是反"世界性"的，是一种表现为真西化倾向的假"世界性"。马克思和恩格斯认为："过去那种地方的和民族的自给自足和闭关自守状态，被各民族的各方面的互相往来和各方面的互相依赖所代替了。物质的生产是如此，精神的生产也是如此。各民族的精神产品成了公共的财产。民族的片面性和局限性日益成为不可能，于是由许多种民族的和地方的文学形成了一种世界的文学。"① 因此，判定是否是真正的"世界性"文艺或者"世界文学"就要看其中的各民族性存在是平等的还是不平等的、是多元的还是一元的，其方式是双向或多向度交流对话还是单向度灌输，其效果是消弭民族的片面性和局限性还是助长民族的片面性和局限性，或者是以一种片面性取代另一种片面性、以一种局限性取代另一种局限性。只有前者才是真正的"世界性"文艺，而后者则是西化的或假的"世界性"文艺。真正的"世界性"文艺是必须建基于对西化和假"世界性"的批判、否定与超越之上的。虽然民族性在"世界性"进程中存在着被否定和解构的危险，还面临着伪"世界性"的威胁，但是它汇入这一进程则是历史规定好了的，是无可逃避的。实际上，这也是其超越自身并在更大程度上实现自身所必须经历的过程。正如别林斯基所言："'人民性'……和任何真实的概念一样，它本身是片面的，只有和它对立的一面调和起来才成为真实的。'人民性'的反面是具有'世界性'意义的'普遍性'。……显然，只有又是世界性的、又是人民性的文学，才能是真正人民性的文学。有此无彼，则不该存在，也不可能存在。"② 民族性需要世界性，正像世界性需要民族性一样。所以，问题的关键在于融入"世界性"时，如何保持自己民族文艺的优秀的特色与个性，使其成为一种不可剥夺、不可掩盖的世界性存在。而要真正做到这一点，离开文艺的人民性是不可能的。

二、文艺的人民性与民族性

人民，是一个民族最具生命力的部分，是一个民族的活力之源。因此，可以说，文艺的人民性也是其民族性的最具生命力的部分，是其民族性的活力之源。"对一个作家的民族意义的估计永远依赖于他的创作的人民性这个问题的解决"③，"'人民的'是'民族的'之中最优秀的东西"④，对

---

① 《马克思恩格斯文集》第 2 卷，人民出版社 2009 年版，第 35 页。其页下注释："文学"一词德文是"Literatur"，这里泛指科学、艺术、哲学、政治等方面的著作。

② 《别林斯基论文学》，梁真译，新文艺出版社 1958 年版，第 75—76 页。这里人民性即是指民族性。

③ ［俄］谢皮洛娃：《文艺学概论》，罗叶等译，第 564 页。

④ ［苏］季摩菲耶夫：《文学原理》，查良铮译，平明出版社 1955 年版，第 148 页。

人民性的疏离或拒斥是文学的民族性苍白萎顿、丧失活性与个性，终至于在西化浪潮中迷失自我、惊惶无措的根本原因。

文艺的人民性之于民族性如此重要，那么，什么是人民性？其具体内涵是什么呢？杜勃罗留波夫认为："我们（不仅）把人民性了解为一种描写当地自然的美丽，运用从民众那里听到的鞭辟入里的语汇，忠实地表现其仪式、风习等等的本领……可是要真正成为人民的诗人，还需要更多的东西：必须渗透着人民的精神，体验他们的生活，跟他们站在同一的水平，丢弃等级的一切偏见，丢弃脱离实际的学识等等，去感受人民所拥有的一切质朴的感情。"① 季摩菲耶夫认为人民性的特征是："作家所提出的全民性的问题，从人民的立场对问题的阐明，有助于人民的精神成长的人的描写，确保为人民大众所接受的形式的民主性。"② 他引用列宁的话说："艺术，必须把它最深的根植于最广大的劳动群众的深处。它必须为这个群众所了解和爱好。它必须和这个群众的情感和思想结合起来，从而提高他们。"③ 由这些论述可以看出文艺的人民性就是指由有着民主性的文艺形式所揭示、体现或流露出来的一种进步的情感、态度、精神或倾向，它站在人民大众的立场上，客观地具有对人民的关怀、纠正与精神提升效果，渗透于所深刻描述的现实生活图景之中。

之所以说人民性是由文艺形式揭示、体现或流露出来的，而不说是创作主体本身所具有的，是因为很多作家主观上有时并没有自觉的人民性倾向，甚至有时是反人民性的，但却能以他们对生活的敏感、对现实的深刻洞察与真实描绘而不自觉地创作出富有人民性的作品来。"绝对专制的维护者"④ 巴尔扎克站在贵族的立场上，果戈理"把人民性简直看做洪水猛兽"⑤，可他们都写出了有着丰富人民性的文艺作品，也正是这种人民性决定了他们作品的伟大的民族性。文艺的人民性，一方面要求"吐露或者

① 《杜勃罗留波夫选集》第 2 卷，辛未艾译，上海译文出版社 1983 年版，第 184 页。
② ［苏］季摩菲耶夫：《文学原理》，查良铮译，第 154 页。
③ 转引自［苏］季摩菲耶夫：《文学原理》，查良铮译，第 148 页。这段话在《列宁论文学与艺术》中的译文是："艺术是属于人民的。它必须在广大劳动群众的底层有其最深厚的根基。它必须为这些群众所了解和爱好。它必须结合这些群众的感情、思想和意志，并提高他们。它必须在群众中间唤起艺术家，并使他们得到发展。"（参见［德］蔡特金：《回忆列宁》，载［苏］列宁《论文学与艺术》(2)，尼·伊·克鲁奇科娃编，人民文学出版社 1960 年版，第 912—913 页）
④ 《葛兰西论文学》，吕同六译，人民文学出版社 1983 年版，第 161 页。
⑤ ［苏］季摩菲耶夫：《文学原理》，查良铮译，第 150 页。

表现在人民中间有一种美好的东西"①，表现人民的优秀的品性（如鲁迅先生的《一件小事》等）；另一方面，也要求站在人民的立场上对人民的缺点进行揭示和批评，从而纠正提高他们（如鲁迅先生的《药》等）。在这两方面还都有一个人民性程度的问题。如果只是歌赞服饰和风习，而看不到人民的精神、人民的进步性，看不到人民的"最深沉的愿望"②，那就是肤浅的；同样，如果只是展览愚昧和陋习，而不能看到它们对人民的损害和人民对它们的纠正与超越的强烈愿望，那还不是真正的人民性，也是极为肤浅的；而一味津津乐道于保守的农民性、"时髦的市民性"，则更是文艺人民性的显在误区。可以说，人民性的深刻程度是判定其是否真正人民性的重要尺度。也唯有具有这种深刻的人民性的文学作品才可能具有较为充分的民族性，才有资格走向世界。而那些肤浅的作品或非人民性的东西则不仅本身是软骨的，而且还会带来对民族性的损害。当然，正像人民不等于民族一样，人民性也不就等于民族性，因为"在一个民族中，除'大众'外，还有次多数的'小众'和文化生活也不能没有关系"③，这就说明文艺的民族性既包括"大众"性（即人民性），也包括"小众"性，"大众"性的文艺与"小众"性的文艺一起构成民族的文艺。这里之所以要在"大众"与"小众"后面加上"性"字，是因为大众的文艺有的不一定就具有"大众"性即人民性，而也许会具有"小众"性，小众的文艺有的也不一定就具有"小众"性，而或许会具有"大众"性，加一"性"字表述得可能就比较契合。这也说明文艺民族性中人民性存在情况的复杂。但是，不管怎么说，文艺的民族性的强健肌体必然也只能有赖于文艺的人民性，因为只有它才构成了文艺民族性的"核"与"质"，而富有人民性的作品也会广为人民所喜爱、接受，如卢卡奇所说："马克西姆·高尔基是俄国人民的儿子，罗曼·罗兰是法国人民的儿子，托马斯·曼是德国人民的儿子。他们作品的内容和音调……都产生于他们人民的生活和历史，都是他们人民发展的有机产物。因此，尽管他们作品的艺术造诣都很高，但作

---

① 《杜勃罗留波夫选集》第 2 卷，辛未艾译，第 187—188 页。
② 《葛兰西论文学》，吕同六译，第 56 页。
③ 茅盾：《通俗化、大众化与中国化》，《反帝战线》1940 年第 3 卷第 5 期。新时期又重载于《新疆社会科学》1983 年第 2 期。

品的音调却能够在广大人民群众中引起反响，并且也已经引起了反响。"①

因此，我们现在似乎不必再四处搜求，文艺甚至文化领域中，人民性就是西化思潮中汹涌的对民族性否定性力量与殖民化倾向的天然抗体。

三、人民性：西化思潮中民族文艺的必然选择

文艺的人民性作为抗体的性质，是在西化思潮作用力日益扩张的情形下呈现出来的。要想说明这一点，我们必须先来看几个潜在的问题。

其一，西化思潮化什么、化谁的问题。化什么——在文艺领域中，西化思潮更多地表现为化观念、化思想、化观念及思想的表现形式；化谁——当然首先是化文艺家、化那些对文艺创作有着举足轻重影响的作为观念与思想生产者的思想家。当一个民族的知识或文化精英们把他民族的观念思想及其形式坚定地接受下来并传输介绍给本民族的时候，"化"就在那里开始了。这里，知识或文化精英们，对待异域的思想观念及形式与本民族文学人民性的关系的态度与倾向，有着至为关键的意义。在这一对关系中，如果以前者为主导，使后者无条件地服从于前者，那么，就必然会以牺牲人民性或民族个性为加入到"世界性"中去的代价，从而也使"世界性"成为一种片面的"世界性"。如果以后者为主导，使前者按照后者进步的现实需要进入到后者的思想观念与形式体系中去，并成为其中有机的组成部分，这就能开创出"世界性"进程中人民性、民族性健康发展的途径。实际上，西化思潮最终还是要化人民的，而人民素朴、现实、固守本土和家园的强烈倾向性，就自然地使这一"化人民"的过程趋于消解，甚至转化为"人民化"的过程。这样，在人民那里，异域的东西也就成了民族的东西。从这种意义上说，文艺或文化在"世界性"进程中的殖民倾向的实现，在人民那里比知识分子那里或许有着更小的可能性。

其二，民族性究竟在何处的问题。当感觉到片面的"世界性"（即西化）对文艺民族个性的潜在威胁的时候，当看到民族个性渐被不辨真伪的"世界性"阴影所掩盖或遮蔽的时候，有识之士就开始了对文艺的民族

---

① 张黎编选：《表现主义论争》，华东师范大学出版社 1992 年版，第 176 页。

性的思索与找寻，并力图以之为契机消解"世界性"给民族性带来的负面效应。然而文艺的民族性到底在哪里呢？人们更多地把目光转向传统文化、传统审美意识和地域文化以及与之相适宜的传统形式。诚然，民族性离不开传统，也跳不出地域，但我认为民族性更为重要、更为根本的是在于由作为主体的一个民族的人民群众所结构起来的现实，或者说是在于现实的人民性。因为现实本身就是传统的现实，传统之所以存在正是由于现实，脱离现实的传统与脱离传统的现实都是虚无的。传统的民族特性只有在当代的民族现实性上才有意义，当代的民族性必然也只能存在于当代的民族社会现实之中，现实的人民性存在即当代的民族性的存在。从这个意义上，可以说，真正深刻的民族性不在于刻意的"寻根"，不在于作为传统文化的儒、释、道，也不在于单纯的方言和地域风情，而是在于现实的人民性在文艺作品中的渗透程度和呈现程度。文艺的人民性，是其民族性实质的真正根脉、灵魂和家园。

其三，当前文艺还缺点什么的问题。当前文艺还缺少什么呢？内容苍白吗？形式贫乏吗？几乎没有哪个时代的文艺能在内容与形式的多姿多彩与新颖独特上和今天相比。是思想的肤浅吗？现在的一些文艺家在写作时出于思想上的考虑似乎比出于艺术上的考虑更多。是缺少借鉴，缺少异域文艺、文化的吸收和刺激吗？现在在文艺方面，异域的东西已几乎成为人们的一种精神上的重负，在它的压迫下人们已几乎丧失了对自己原创本领与能力的信心……当前文艺缺乏的不是这些，它缺乏的是一种如前所述的真正而深刻的人民性。的确，当前我们也有不少写人民、为人民的作品，但它们大多无论是在深度上、在真诚的程度上，还是在美学的程度上，都与真正深刻的、充分的人民性有着不小的距离。而那些为消闲的作品、小市民的"奢侈的艺术品"以及缺乏"铁质"和"磷质"的"点心式的软性读物"[①]，则更是匮缺人民性的典型的精神泡沫。

在人民性问题上，也许我们可以说某位文艺家的等身著作还不如鲁迅先生的一篇不足千字的杂文更有价值、更有意义、更有力量。由这一点看来，当前文艺创作的丰富，在某种程度上，是一种虚假的丰富，是繁盛掩盖下的一种贫困——人民性的贫困。由此可见，文艺的人民性，不仅是抵

① 《茅盾全集》第 20 卷，人民文学出版社 1990 年版，第 413 页。

制西化思潮影响的要求、构建与强化民族性的要求，而且还是文艺自身健康发展的内在要求。然而，它却一度被幻彩的泡沫文艺、被迷乱的快感文艺、被快餐式的消费性文艺遮蔽着。只是到了这个所谓的"世界文学"的时代，由于缺乏人民性的文艺其民族性的贫弱，以至于在某些异域文艺的冲击面前不能坚守与直立的状况，人民性才重新飘扬成一面旗帜。

　　人民性对"世界性"的否定方面进行抗拒的利器，无疑是其现实主义精神。贝托特·布莱希特说："'人民性'与'现实主义'这两个口号就自然地结合在一起。文学提供忠实于现实的生活摹写，这符合人民即广大劳动群众的利益，而忠于现实的生活摹写事实上也只服务于人民和广大的劳动群众。"① （因为在阶级社会，统治者总是在设法粉饰、掩盖现实，站在他们的立场生产的"瞒"与"骗"的文艺就是明证）可以说，没有任何社会集团能比人民——普通劳动群众更看重现实，他们身处一个社会的最基层、最底层，因而他们也就最贴近现实、最具有现实精神，文艺中的现实主义正契合了这种精神，所以，充分的现实主义文艺也往往是具有充分的人民性的文艺。在西化思潮中，让那些被"化"过的知识或文化精英回过头来看看那些他们曾经蔑视的东西，或者由于强势民族的蔑视他们便也跟着蔑视的东西，或许不无启示。这也许就是所谓反思的意义吧。与当前的西化思潮戏剧性地形成悖论的是：在"世界性"进程中，一个呼唤民族个性、呼唤人民性、呼唤现实主义精神的新的文艺时代正在来临。

四、一些文艺作品对人民性的抽离与扭曲

　　受西化思潮特别是抽象人性论的长期激荡和影响，我国一些文艺家对人和人性的理解产生了严重偏差。当前来看，在一定范围内，这些偏差已经成为文艺表现人民和人民性的重要阻碍。"去人民""去人民性"创作倾向在一定范围内泛滥，使一些本来蕴涵丰富的人民性元素在部分文艺作品中被消解、被抽离、被改造、被扭曲。

---

　　①　张黎编选：《表现主义论争》，第309页。

英雄，本是一个崇高的字眼，体现着一种精神上崇高的价值观念。英雄作为个体，也是人民群众的优秀代表。在英雄身上，往往寄托着人民对于正义的向往和期待。现实生活中并不缺乏英雄的故事，但如何讲述英雄故事却在文艺作品中成为一个问题。有的文艺作品对见义勇为的英雄进行了全面解构。比如，有作品讲一个所谓的"见义勇为"的英雄的故事：一辆中巴车冲入护城河，见到大家都跳进河里救人，这个"英雄"也就稀里糊涂地跟着跳了下去。他不会游泳，就喝水沉下去。这时感觉踩到一个圆咕噜噜的东西，当时他的脑袋还清醒，想这是什么地方啊，护城河啊，肯定有古董，于是就挑了个大个儿的抱了起来。这时候有人往上拽他、救他，然而，这个古董越来越沉，实在没办法了就吧唧一扔，扔掉了。令他没想到的是，他搬起的是块大石头，更没想到的是这块石头被扔掉时正巧砸中了落水中巴的挡风玻璃。这为营救工作争取了时间，使危难中的八名乘客和司机顺利脱险。他也因此成了"见义勇为"的"大英雄"。

　　显然，这里的"英雄"成为英雄，不是主观上的舍己救人、无私无畏，而是在无意中，甚至是在自私、贪婪的利己行为中，一不小心成了"英雄"。这样的滑稽"英雄"、笑料"英雄"，就使"英雄"一词体现出来的崇高伦理原则荡然无存了，人民对于英雄的美好期待完全落空。这个文艺作品实际上是从心理学、从抽象人性出发去把握英雄的结果：英雄可能做出了壮举，但其内心并非一颗英雄的心，在这个作品的作者和表演者那里，人心和人性，不管是英雄的还是普通人的，都被抽象为自私自利的、利己主义的。这对人民性价值取向来说，无疑是一种歪曲和诋毁。

　　同样，在革命战争年代，为了救亡图存，为了建设一个美好的理想社会，慷慨赴死的英烈们是代表了那个时期的人民的核心利益的。如果忽略这一点，在文艺作品中把英烈之死表现为与庸人之死，甚至是与敌人之死相同的"人性"环节，肯定在死亡面前的"人性"表现——被动与恐惧的一致性，那么这就是对历史和人民性的严重背离。

　　有的文艺作品肯定性地表现凶犯的善心、汉奸的人性、暴君的美德、欺诈者的诚实、剥削者的仁慈、侵略者的人道；把富人描写成穷人的救星，把穷人描写成获救发迹后又反咬救星一口的小人；把在财富和权力上占有优势的群体，全部描写成站在品德和道义高地的偶像，而丧失了历史主体地位的人民则成为等待拯救和启蒙的群氓。这些作品可能忽略了：当人性失去了历史本质的整体意义维度，"人"就成了需要重新定义的生物。这种现象就是承认支流、否定主流，肯定偶然、否定必然，渲染现象、忽略本质，孤立地分析历史中的某个细节而否定整体性，在实质上是唯心史观的一种体现。对历史细节和支流的把握是重要的，问题的关键是要在历史整体性的意义上去把握支流和细节，以细节和支流显示出整体性的历史规律来，这才是细节和支流作为历史现象的意义所在。就像一片叶子，只有在树的整体性上去分析它才有意义。那些进入文艺作品的历史生活，如果没有作为整体性的人民性的观照，就会陷入事实判断和价值判断上的混乱，甚至成为利益驱动下的虚假意识形态演示。文艺创作表现个人如果疏离了人民尺度和人民性，就会失去其自身的历史性、现实性建构，必然成为被歪曲的或被虚化的个体。

在文艺作品中，以张扬人的生物性本能为表象的所谓"人性"表现，是解构文艺作品中人民性的一个重要方式或手法。有这样一部剧作，讲在1935年冬季北盘江江畔的一个小镇。在船工梁安生与盘秀儿的新婚之夜，恰逢红军长征经过，与保安军发生枪战。畏于兵乱，梁安生跳江逃走，生死未卜。红军号兵陈运江身负重伤撞入盘秀儿家中，秀儿不顾失夫之痛，机智地骗过了保安军的搜捕，救助并收留了陈运江。此后盘秀儿又拾得一个被红军遗弃在野外芭蕉树叶下的婴儿（后取名为蕉叶儿）。由于丈夫梁安生生死不明，为了掩护伤残的陈运江和红军遗孤，对付白军的搜查盘诘，她不顾蒙受乡亲们的误会和羞辱，与陈运江、蕉叶儿三人组成了一个名义上的家庭，含辛茹苦，相依为命。伴随着全国解放，死里逃生最终投奔红军的梁安生又以中国人民解放军县武装队队长的身份回到了阔别十五年的江畔小镇。他误以为盘秀儿改嫁陈运江，并生下女儿，由此与盘秀儿产生了感情矛盾。后经多方证实，盘秀儿终得清白。

这个剧目的故事情节本来蕴含着一种体现着强烈的人民性并高于人间夫妻常情的更神圣、更永恒、更纯洁的高尚情感，而剧本最后却通过红军伤病员陈运江之口这样解释了他们之间所保持的清白关系：原来红军伤病员当年中的那枪打到了他的命根子上，他是一个没有性能力的男人。剧中最关键的这个情节把这个剧作所可能具有的"崇高"感全部消解掉了。这就意味着，保持这种高尚的情感生活，是情非得已；而摧毁这种高尚的情感生活，不是不想，而是不能。表面上看，这是在写"人性"的所谓"深度"与复杂，其实是用人的原始本能、生物本能消解掉了崇高的精神价值倾向，把精神性的东西完全生理化了。

解构或颠覆人民性的作品，大都具有两个比较突出的特征：一个是"去社会化"特征，即把人的精神追求"本能化""生理化"，或把精神追求的动力与动机"本能化""生理化"，使本能或生理的需求超越社会的、历史的规定；二是"抽象化"特征，即把历史的、具体的人性，抽象化为一般的、普适的、恒定的人性。我们知道，人性是一个历史的、发展的、不断生成的过程，是随着社会关系的变化而不断变化发展的。"抽象化"特征孤立地宣扬永恒不变的人性，把人的本质设想为某种固定不变的东西，比如人类的善良天性或人类的理性等，并通过这种抽象的人性来理解和把握历史和现实。应该说，历史观点与人性观点之间的关系是单向派生的，历史观点派生人性的观点，可以用历史观点去解释人性观点，通过历史去把握人性，而不是相反。有学者提出，中国文学史也就是人性发展过程的历史，是"朝人性指引的方向前进"的历史 ①。这就颠倒了历史观点与人性观点的关系，完全背离了唯物史观。

抽象化的人性描写，其自觉或不自觉的效果，就是在作品中改写或颠覆人民性倾向。为什么这么说呢？因为抽象人性论者在文艺作品中常常夸大抽象人性的作用，甚至把人性作为推动历史前进的动力，把人性解读成社会变化的根本性原因。这就以人性遮蔽了人民，以人性化颠覆了人民性。有些文艺作品，尤其是一些以近现代史实为题材的历史剧，在艺术表现上就对各种人物形象都进行了所谓"人性化处理"，以之消解人物作为社会关系承担者的本质。比如，有的影视剧表现慈禧，着重于其善良人性的描绘；有的文艺作品把解放战争时期某个国民党特务的弃暗投明，描写成情爱感化的结果，把恋人之情描写成敌我斗争中起了决定性作用的因素；还有文艺作品浓墨渲染抗日战争时期汉奸的"人性"，同情他们的情感遭遇，称道他们的情感方式；等等。这样的"人性"其实都带有"非人民"或"反人民"的特征，在其现实性上，是虚假人性，是特定意识形态的迷人的圈套，是人民观、历史观、价值观上的虚无主义表象。如果文艺家以这种抽象人性去把握历史和现实的话，必将陷于幼稚主义和温情主义

① 章培恒、骆玉明主编:《中国文学史》(上)，复旦大学出版社1996年版，第61页。

的迷雾，难以看清历史的本来面目和社会现实发展的根本特质。

应对文艺创作对人民性进行稀释和消解，还必须注意和警惕一些文艺作品的描写或叙事所体现出来的"中性化"风格。在文艺创作上，只要稍微留心一下，就不难发现以抽象人性论作为理论根基的"中性化"描写，正在成为时下甚为流行的人物塑造模式。在不少文艺作品中，正面人物与反面人物被混淆，没有了基本的善恶、美丑的界线。"中性化"描写，表面上似乎客观地展示了人物性格的复杂性、多面性，而其实这样的复杂性和多面性，往往掩盖或歪曲了作为一定现实关系必然反映的人物性格的核心本质。这种笔调，实际上也是作家对笔下人物的评价趋于"中性化"的一种体现。这种所谓的"中性化"评价，就是对过去长期被否定的人物或人物性格的某些方面不再完全否定，甚至转为某种程度上的肯定；对过去多半肯定的人物或人物性格的某些方面也不再完全肯定，甚而转化为一定程度上的否定。其实，这就是以"无评价""零态度"的姿态，来颠覆过去的体现为历史尺度和人民尺度的"非中性化"评价。

这里有一个基本态度的变化。比如，对一个资本家的描写，可能以前是侧重写他对于工人的压迫、剥削，写他压制工人运动的卑劣行径；而现在，则更多的是通过对其奋斗历程的描写去赞美他对财富的攫取，欣赏他解决劳资矛盾的技巧和能力。以前，描写资产者的奢侈淫靡的生活，是为了批判或揭露其腐朽寄生的本性；而现在，则是通过展示他的富贵生活来激起人们的羡慕与向往，激起人们追逐财富的欲望，完全失去了批判的眼光。再比如，写一个工人，以前要写他的不幸和反抗，写他对于剥削者生活的厌恶与破坏；而现在，要写的恐怕是他白手起家追求财富的辛苦创业历程，写能像资本家那样生活成为他的毕生的理想和愿望。这样，工人的本质与资产者的本质，就以"假定"的方式获得了空前的一致性，人民性于此则荡然无存。

无疑，在一些文艺作品中，工农身份的自豪感被卑微感所取代。他们的主人翁意识被消解，建设国家、建设社会主义的劳动热情和理想被扑灭，取而代之的是挣钱的热望与发财的梦想。集体主义被个人主义取代，劳动群众的奋发向上的精神被矮化。作品崇拜的不再是劳动英雄、奉献英雄，而是财富英雄、权力英雄。普通劳动者作为历史主体的主人公地位，在这些作品中又一次让与了帝王将相与商贾富豪。劳动女性的形象也被"小资"女性所取代,成了财富和权力的点缀与陪衬。

在这样的文艺作品中,真正的、积极的人民被颓废的、消极的个人所取代,历史的人民被分解为世俗化的和欲望化的个体,人民性在一些文艺作品中重新成为空白,显示出一些作家、艺术家对文艺表现中的人民性进行了一次冷酷的扭曲和巧妙的抽离。

第八章 21世纪文艺人民性研究的几种倾向

我们知道，文艺人民性是我国马克思主义文艺理论与批评中的一个基本范畴。20世纪五六十年代和80年代前后的几年，在我国文艺理论和批评领域，围绕人民性范畴，一些学者相对集中地讨论了人民和人民性的内涵、人民性与阶级性的关系、人民性与党性的关系、人民性与人性的关系等问题，通过这些讨论，人民性范畴的基本含义被大体确定下来。21世纪以来，随着时代和文学观念的新变，随着文学创作的多元和多样，一些学者开始对文艺人民性范畴进行新的概括、解读和评价，认为其含义应该有新的侧重的有之，认为其意义和功能已经有了新的改变的有之，认为这一概念应该被其他概念所取代的亦有之。当然，也有一些文章对文艺人民性既有意义进行了辩护和捍卫。2004年至2007年间，《文艺报》《文艺理论与批评》《文艺争鸣》等报刊陆续刊登了不少相关论争文章，文艺人民性这一范畴再次为人们所关注和聚焦。总体来看，新世纪我国文艺人民性研究中，比较有代表性的大体有如下三种倾向，值得我们加以关注和辨析。

一、人民性被窄化的倾向

对人民性意义做窄化理解的倾向，主要体现在研究者对"新人民性"的论述上。近年来，有学者提出"新人民性文学"的观点。持论者认为，新人民性是由别林斯基所表述的人民性发展而来的。在别林斯基那里，人民性的确切内涵是"表达一个国家最低的、最基本的民众或阶层的利益、情感和要求，并且以理想主义或浪漫主义的方式彰显人民的高尚、伟大或诗意"。而"文学的新人民性是一个与人民性既有关系又不相同的概念"。"新人民性"，是指文学不仅应该表达底层人民的生存状态，表达他们的思想、情感和愿望，同时也要真实地表达或反映底层人民存在的问题。在揭示底层生活真相的同时，也要展开理性的社会批判。维护社会的公平、公正和民主，是"新人民性文学"的最高正义。在实现社会批判的同时，也要无情地批判底层民众的"民族劣根性"和道德上的"底层的陷落"①。

这个论述，显然对别林斯基的人民性思想概括得不够准确。别林斯基虽然认为"'人民'，总是意味着民众，一个国家最低的、最基本的阶层"②，但其人民性却是以对于现实生活的忠实描写作为判断标准的，他认为，凡是忠实于现实生活的描写，就必然是人民的，是具有人民性的。他反对对于人民性的"伪浪漫主义"式的庸俗化理解，似乎"在有教养的人中间不能找到一点儿类似人民性的影子"，幻想真正的人民性只隐藏在农民衣服下面和烟熏的茅屋里，好像"纯粹俄国的人民性只能从以粗糙的下层社会生活为其内容的作品中找到似的"。③ 在别林斯基看来，文学的人民性在于表现"人民的意识""人民的精神""人民的使命"；人民性是同批判专制制度和农奴制度的现实主义分不开的④。因此，把人民性只理解为"底层性"，把人民性只理解为表达底层人民思想情感和批判底层民众的"民族劣根性"以及道德上的"底层的陷落"，显然是不全面的。

可以说，人民在中国化马克思主义的思想理论传统里，从来就是一个联盟，是一条在特定原则下包容广泛的统一战线。人民是具有特定的阶级内容的，不是全体国人，但也不是只有单纯的某一种成分，而是一个集合体、联盟体，是指那些推动特定历史阶段社会进步的基本阶层及其同盟力量。20 世纪 40 年代，毛泽东《在延安文艺座谈会上的讲话》中就指出："什么是人民大众呢？最广大的人民，占全人口百分之九十以上的人民，是工人、农民、兵士和城市小资产阶级。所以我们的文艺，第一是为工人的，这是领导革命的阶级。第二是为农民的，他们是革命中最广大最坚决的同盟军。第三是为武装起来了的工人农民即八路军、新四军和其他人民武装队伍的，这是革命战争的主力。第四是为城市小资产阶级劳动群

① 孟繁华：《新人民性的文学——当代中国文学经验的一个视角》，《文艺报》2007 年 12 月 15 日。
② 《别林斯基论文学》，梁真译，新文艺出版社 1958 年版，第 82 页。
③ 《别林斯基论文学》，梁真译，第 83—85 页。
④ 参见吴元迈《略论文艺的人民性》，《文学评论》1979 年第 2 期。

众和知识分子的，他们也是革命的同盟者，他们是能够长期地和我们合作的。这四种人，就是中华民族的最大部分，就是最广大的人民群众。"①毛泽东在对人民的分析中强调"最广大""占全人口百分之九十以上""最大部分"，这就突出了人民的"广大性"②；强调"同盟军""同盟者"则突出了其他阶层与基本阶层的联盟关系。就此而言，在意义指向上，把人民性只表述为底层性就是一种对人民性的窄化的理解。

文艺人民性的基本内涵应在唯物史观和人民史观的意义上去把握。人民性是文艺作品所表现出来的人民群众作为推动社会发展的积极因素和主要力量的艺术意蕴和精神，在根本的意义上，他们发挥着主导历史前进和社会进步的作用。所以，文艺作品是否具有人民性，既在于写什么——是否把人民群众的生活实践活动作为事件发展的积极背景，更在于怎么写——人民群众在历史进程中被描写为消极的存在还是革命性、决定性的力量。具有人民性的文学作品，当然可以描写底层的缺陷和弱点，但描写这缺陷和弱点不是为了着重于批判人民，而是要着重于批判形成这些缺陷和弱点的传统和境遇，把社会批判和启蒙人民结合起来，最终促成人民作为历史主体、实践主体和价值主体的自觉。因此，揭示、批判底层的"问题"和"陷落"，如果与教育人民群众，促使人民力量的觉醒和自觉结合起来，当然就是文艺人民性的题中应有之义；但如果因此而把底层人民描写成消极的群体、颓废的群体，或者表现底层人民生活在效果上只是激起了读者的轻蔑或怜悯，看不到作为国家支柱的底层劳动者促成社会变革的伟大力量，那就不是站在人民群众的立场，而只是以精英意识看待民众的结果，而这是与文艺的人民性背道而驰的。

鲁迅先生对于民众，无疑有着深刻的国民性批判（包括对形成这种国民性的社会环境和文化传统的批判）。但其批判不是为批判而批判，更不是为了展览丑陋以引起蔑视和嘲笑，而是为了改造，为了"立人"，为了唤醒民众，启发民智，发挥民众力量，来改造社会，创造历史，创造真正属于人民大众的别样的新生活。同时，鲁迅先生对于人民大众的基本品质和根本精神又是充分肯定的，他说："惟有民魂是值得宝贵的，惟有他发

---

① 《毛泽东选集》第 3 卷，人民出版社 1991 年版，第 855—856 页。
② 参见严昭柱《关于文艺人民性的思考》，《文艺理论与批评》2005 年第 6 期。

扬起来，中国才有真进步。"① 鲁迅先生还指出："文艺是国民精神所发的火光，同时也是引导国民精神的前途的灯火。"② 这可谓是对于人民文艺的肯綮之论了，人民文艺就是人民大众的根本精神——"民魂"发散出来的火光。这火光可能会在某个时期被覆盖和压制（国民性的弱点实际上就是这种覆盖和压制的一种体现），但它始终存在，并且始终顽强，最终必将冲破这覆盖和压制。在这样的人民大众面前，我们可以有批判，但这种批判必须是怀抱希望的批判，是肯定性的批判。显然，这就要求文艺家不仅要有启蒙民众的睿智，更要有"榨出皮袍下面藏着的'小'来"③ 的勇气。因此，仅仅主张启蒙，批判人民的劣根性，却反对被人民启蒙，拒绝接受来自人民的教育和启示，这在人民性的理解上则是另一种意义上的窄化了。

二、人民性被泛化的倾向

泛化理解人民性的倾向往往是借落实人民性、发展人民性，来引申出自己的见解和主张的。这样的见解和主张认为，在现时代，人民性必须落实到公民性上，把人民性发展为公民性。持这一观点的学者称："人民就是公民共同体，公民则是国家和社会生活的主权者，因而人民就是主权者的联合。将人民概念落实到具体处，我们看到的就是作为缔约者和主权者的公民。属于人民的权利归根结底属于公民，人民性在现代文化语境中最终显现为公民性。人民不是无个性的群集，而是联合中的公民。正如人民性来自于公民性一样。对人民的真正关怀也必须落实为对公民的普遍关怀。这种关怀不是居高临下的代言和安慰，而是让所有公民意识到自己的主权者身份，作为主权者站立起来，行使自己的权力，实现自己的使命。在这个意义上，没有什么底层人民和弱势群体，所有公民在人格和法律上都是平等的。""中国文学要建构真正的人民性，就必须引入公民性概念。公民是现代人的普遍身份，现代语境中的人民在落到实处时就是公民。真正的人民性既以公民性为始基，又以公民性为指归。公民作为国家的主权者是

---

① 《鲁迅全集》第 3 卷，人民文学出版社 2005 年版，第 222 页。
② 《鲁迅全集》第 1 卷，人民文学出版社 2005 年版，第 254 页。
③ 《鲁迅全集》第 1 卷，第 482 页。

完全平等的……将人民等同于底层民众，不符合人人平等的公民精神。"①
从这些叙述来看，持论者是把全体国人都视为人民了。这样的泛化理解的
最大缺陷是以理论上的平等掩盖了现实中的不平等，在理论上形成了一种
虚伪的平权，成为为资本和权力说项的虚假意识形态表象。

　　"人人平等"是泛化人民性的公民性论者的理论基础和价值基础。然
而，这个"人人平等"在这里却显得非常可疑，是一个极其容易塌陷的
基础。实际上，公民性理论中的"人人平等"，只是理论上的、条约上的
"人人平等"，这样的没有现实基础的价值诉求显然是苍白无力的。在这方
面，反而人民性理论是更为诚实的理论，它意味着在现实的基础上实现绝
大多数人的平等权利。应该说，社会现实中只要有不平等存在（特别是经
济上的巨大落差的存在），在权利诉求上的"人人平等"就是一句空话，
建立在不平等基础上的平权观念也只能是抽象的平权观念。不平等的存在
不是由于某个概念，而正在于现实基础。只在概念上解决不平等问题，获
得的只能是虚幻的平等、虚假的平等、虚伪的平等。我们这个时代之所以
还需要人民这个概念，人民这个概念之所以还有活力，就在于它是以基层
劳动群众为核心和基石的统一战线或集合体，背离或敌对这个集合体的
人，就应被排斥出人民之外。以"主权"和"平等"为主要内涵的公民只
能是抽象意义上的个人，是和抽象的人联结在一起的。这样来看，公民性
概念反而是远离大地、脱离具体的抽象的理论体系上的纽结，而人民性范
畴才是深植泥土、结合现实的历史具体。

　　持论者还认为："除了鲁迅等少数人以反讽的手法含蓄地表述了对个
体权利的普遍关注外，中国作家对人民性的呈现不是居高临下的观照（如
所谓底层文学），就是谦卑地仰视（犹如面对神性）。所表现的基本单位
也不是公民，而是阶层，结果是人民性总是自觉或不自觉地被归结为阶层
性（阶级性）。自20世纪末兴起的底层关怀思潮，便分有了上面所说的双
重欠缺。阶层意识使作家和评论家关怀的对象是农民、工人、三无人员而
非作为个体的公民，关怀的方式自然也不是推动公民权利的普遍实现。既
然面对的不是公民，而是底层，那么，作家在表现他们的处境时总是自觉
或不自觉地暴露出某种优越感，所谓的关怀最终也总是指向自上而下的拯

---

① 王晓华:《我们应该怎样建构文学的人民性？》,《文艺争鸣》2005 年第 2 期。

救。""在中国,要建构文学的人民性,文学家就必须补公民文化的课。只有在学会以公民性为本位和尺度,中国作家才能找到建构文学的人民性的方向,创造出真正的人民文学。"①

由此看来,持论者表述的公民性或其所谓的"真正的人民性",并非是要把"农民、工人、三无人员"排斥在外,而是说要把他们跟其他阶层人士,诸如官员、富豪、企业主等,统一视为个体。这些人尽管地位、身份不同,所属阶层不同,占有社会资源不同,世界观、人生观、价值观不同,与基本阶层也并未形成联盟关系,甚至是与基本阶层相对立的,有一点却是相同的,即他们都是个体或个人,都是作为个体的公民。在这一点上,并且只有在这一点上,他们都是"平等"的,都是所谓"拥有主权"的个人。马克思主义的人民性含义在此荡然无存了。鲁迅在肯定"民魂"和"国民精神"时,其"国民"概念也并非指全体国人,而是指劳动大众。所以,鲁迅论及的"民魂",是排除了"官魂"和"匪魂"的,其"国民",也是排除了"官""匪"以及"衙役马弁"的。② 人民性是个历史的具体的范畴。持论者可以谈文学形象的公民性,这毫无问题。但若非要在此牵扯人民性,用其公民性来落实人民性,那只能是理论上的错位了,是以虚假意识形态替换科学意识形态的一种倾向,其具体操作方法是对人民性概念的意义进行泛化,通过泛化来实现其抽象化。

对于人民性不能做泛化的理解,还在于人民性不仅是艺术表现问题,还是一个文艺家的人民观的问题和创作立场问题。马克思在《1848年至1850年的法兰西阶级斗争》一文中指出:"旧派共和党人把法兰西全国人民,或至少是把大多数人民看作具有同一利益和同一观点等等的citoyens(公民)。这是他们的一种人民偶像崇拜主义。但是,选举所表明出来的并不是他们的想象中的人民,而是真正的人民,即人民所分裂成的各个不同阶级的分子。"③ 列宁在《社会民主党在民主革命中的两种策略》一文的"补充说明"中也指出:"按马克思的意见,当时有哪些阶级能够而且应当实现这个任务(把人民专制的原则真正贯彻到底,并打退反革命的袭击)呢?马克思说的是'人民'。但是我们知道,马克思一向都是无情地反对

---

① 王晓华:《我们应该怎样建构文学的人民性?》,《文艺争鸣》2005年第2期。
② 参见《鲁迅全集》第3卷,第220—222页。
③ 《马克思恩格斯全集》第7卷,人民出版社1959年版,第32页。

那些认为'人民'是一致的、认为人民内部没有阶级斗争的小资产阶级幻想。马克思在使用'人民'一语时，并没有用它来抹煞各个阶级之间的差别，而是用它来概括那些能够把革命进行到底的一定的成分。"①把人民性泛化为公民性，就会忽略掉人民内部成分的差异性，最危险的是忽略掉"那些能够把革命进行到底的一定的成分"。

因此，虽然人民性具有"广大性"，但要真正实现文学的人民性，则必须站在基本阶层的立场上。正如毛泽东所说，我们的文艺要为"最广大的人民大众"，即"工人、农民、兵士和城市小资产阶级"这四种人服务，"就必须站在无产阶级的立场上，而不能站在小资产阶级的立场上。在今天，坚持个人主义的小资产阶级立场的作家是不可能真正地为革命的工农兵群众服务的，他们的兴趣，主要是放在少数小资产阶级知识分子上面"②。应该说，毛泽东的这一见解至今仍是十分深刻的。把人民性落实到公民性或以公民性来落实人民性的主张，实际上就站在了一种无区分的抽象的个人立场上，站在这样的游移而泛化的立场上进行创作，其作品恐怕难以实现真正的人民性。

三、人民性被虚化的倾向

对文艺人民性意义的虚化理解，是指对人民性现实意义和实践功能的虚无和消解。应该说，人民性概念的现实意义和实践意义是其生命力之所在，具有充分人民性的文艺作品，比如延安文艺和新中国"十七年"文学中的代表性作品，大多是具有较为充分的人民性的文艺作品。它们不仅展现了作为历史进步推动力量的劳动群众的历史本质，而且，它们对人民群众对于自身力量的自觉和激发都发挥了重要而积极的作用。没有任何以往时代的文艺作品，能和那个时代相比，人民的现实生活跟文艺贴得那么近，关系那么和谐，那时的文艺真正是劳动人民实践和精神的写照与体现。人民性意义的实现，正表现在这些方面，它表现人民精神，激励人民

---

① 《列宁选集》第 1 卷，人民出版社 1995 年版，第 636 页。
② 《毛泽东选集》第 3 卷，第 856 页。

意志，使人民群众自觉其力量的存在与意义，并促进、鼓舞这一力量的成长和壮大。

21世纪以来，有学者从一些文学作品的写作中概括出"后人民性"概念。持论者认为，这些文学作品对"人民性"的强调，"并不能在政治思想意识方面深化下去，而是变成了一种美学表现策略，或者说转化为一种美学表现的策略。反过来，美学上的表现也使'人民性'的现实本质发生实际的变异"。"'人民的苦难'是一个现代性的革命历史主题，它无法成为一个现实主题，这使'人民性'的当代性只能变成叶公好龙，造成它必然向美学方面转化；作家不想也不可能真正从历史与阶级意识的角度来揭示人民的命运，这一切与其说是自觉地转向人民性立场，不如说是因为艺术上的转向使这批作家与这样的社会思潮相遇，与这样的现实境况相遇，他们获得了这种文学表现的现实资源，他们可以在应对现实的同时，完成艺术上的深化。""这里的'人民性'被放置在文学场域中，被文学本身的多种力量所渗透和支配。'人民性'不是真正的唯一的出发点，没有纯粹的起点，也不是终极目标，它只是应对文学现实的情境建构艺术性表达的一个起点和资源库。在小说叙事话语的进展中，小说叙事必然为当代多种因素所支配，'人民性'连同所携带的苦难意识，也总是为艺术上的追寻而改变或遗忘，因此，这种'人民性'可以称之为'后人民性'。"①

人民性在这里实际上成了为作者所把玩的文学素材的一种性质，它一旦进入到作品中，就脱离了与现实实践的联系，而只成为一种"文学的"人民性或"美学的"人民性，成为叶公好龙式的观念中的"人民性"。显然，这样的创作由于其立场在艺术方面，而非在人民方面，人民性在这里已不再是一种植根民间的立场性存在，而只是一种资源性存在——其只是文学表现的一种资源。所以，这样的"后人民性"是对真正的人民性的疏离和虚化。

"后人民性"对人民性进行虚化的要点，在于持论者从一些小说中概括出的"审美脱身术"。"在小说叙事中，运用突然转折的情节和技巧，寻求从表达'苦难'压抑性的结构中逃脱的途径，形成当下小说艺术表现的

---

① 陈晓明:《"人民性"与美学的脱身术——对当前小说艺术倾向的分析》,《文学评论》2005年第2期。

审美脱身术，并形成小说特有的艺术效果。"一方面，"作家的主体意识受制于对现实的观察，他从现实事实出发来建构文学形象"；另一方面，作家们"并不能在审美表现方式上完全依照现实主义的原则"。"回到现实主义，是因为作家们无力走出它；借助现实主义，然而想方设法脱身——这就形成了当下小说艺术表现方面的审美脱身术。"[①]农民身份的主人公杀人了，于是开始了逃亡之旅，他开始作为农民工（也是逃犯）经历艰难困苦。15年后，他决计返乡看望母亲。正是这次返乡他才发现自己并没有杀人，15年前他只是做了一个杀人的梦。本来可以是一部表现农民工苦难命运的小说，由于结尾的这一戏剧性变化，苦难似乎被消解、淡化了，变得虚弱而苍白。"小说的'归乡'行动突然击破了原来的意义的完整性，原来的意义并没有得到深化，而是向着另外的场域逃脱。"[②]这就是"审美脱身术"的实现。然而，既然"脱身"了，那么现实主义或者人民性也就成了空壳，其实质的意义被虚无化了。在持论者举出的另外一部名为《穿过欲望的洒水车》的小说中，"显然做足了浪漫的氛围"。作者"用人民性颠倒了小资的阶级属性，再用小资情调将其颠倒回来"。"一篇讲述环卫工人心灵的小说，缠绕进无限的感伤、欲望和美妙。人民性在向小资挪用的同时，也被小资化。"作家"显然没有那么强的民族国家想象的历史愿望，她们更关切的显然是文学或艺术表达的问题。同时她们也不能承受现代性厚重的美学压力，更乐于寻求多元化的更轻巧且具有透明性的表现方法"。[③]这样的"小资化"的人民性，其原初的命意必然被涂上"玫瑰色"，在这"玫瑰色"的掩护下，人民性的本质含义被消解一空。

需要说明的是，文学作品的人民性当然也是一种美学原则。这种美学原则的特点是人民性本身对于美的规定，对于读者的审美感染，它始终以人民主体地位的确立为旨归。这是人民美学的基本内涵。而审美或美学"脱身术"，则是以艺术手法及其效果为旨归，是艺术手法本身对于人民性素材的规约和扭曲。应该说，一些批评家所谓的"美学脱身术"的背后，

---

① 陈晓明：《"人民性"与美学的脱身术——对当前小说艺术倾向的分析》，《文学评论》2005年第2期。

② 陈晓明：《"人民性"与美学的脱身术——对当前小说艺术倾向的分析》，《文学评论》2005年第2期。

③ 陈晓明：《"人民性"与美学的脱身术——对当前小说艺术倾向的分析》，《文学评论》2005年第2期。

是以一种美学原则取代了另一种美学原则。实际上，这也并非单纯的艺术手法的问题，而是作家看待、评价生活和劳动大众的态度与标准发生了变化，人民的意志和精神在这些文学作品中再次成为自在的存在。

虚化人民性的另一表现是把人性与人民性相提并论，认为"从人民性到人性"是新时期以来文学评价标准的一种转变。持论者主张："'人民性'曾是上世纪五十年代以来文学研究的重要概念，用以阐释传统文学的现代价值，这是一个意识形态概念，具有重要的现实意义。在这种总体性话语中，忽视了个人的存在，如果没有了个体的个性与自由，'人民性'就失去了关怀具体人生的价值和意义。新时期以来，一种新的'人性论'文学评价标准取而代之。而文学评价中的'人性'观，也是一种意识形态实践，关注个人的价值、尊严、权利成为文学评价的基本原则。"[①] 这位学者可能没有注意到，那些优秀的具有较为充分的人民性的文学作品从来不是忽视个人的，也从来不缺乏对于人性的表现，个人及其人性一直是这类文艺作品表现的中心，这是由文学这种艺术样式的特征所决定的。只不过，这里的个人与人性，是典型化的个人与人性，是具有人民性的个人与人性——他们"是一定的阶级和倾向的代表，因而也是他们时代的一定思想的代表，他们的动机不是来自琐碎的个人欲望，而正是来自他们所处的历史潮流"[②]。这和那些单纯从抽象个人和抽象人性出发，从所谓个人需要、个体意识、个体生命、个人欲望、个人利益等出发的只能造成"恶劣的个性化"，而这与真实的人性表现是格格不入的。实际上，由于人民是现实的本质所在，人民性特质的个人才更接近现实的个人；人民性所忽视的那种个人存在，是抽象的、虚幻的个人存在。因此，认为人民性作为总体性话语是对个人存在的忽视的观点，也是虚化人民性意义的一种倾向，因为没有了个人，人民性作为总体性范畴也就被空壳化了。

文艺的人民性，作为一个马克思主义文艺理论范畴，必须在唯物史观的基础上做出合理的阐释和解读。研究文艺如何描写特定的人群，研究文艺的公民性，研究人民性的审美表现，研究文艺的人性，都是需要的和必要的，但不能只单一地从自己的研究视角出发去任意解读人民性范畴。诚

① 张胜利:《从"人民性"到"人性"——新时期以来文学评价标准转变之一》,《烟台大学学报（哲学社会科学版）》2010 年第 1 期。

② 《马克思恩格斯选集》第 4 卷，人民出版社 2012 年版，第 440 页。

然，人民性也应该与时俱进，富有时代的活力和魅力，但这个时代性要求人民性与时代的社会现实相结合，与时代的人民及其生存实践和精神状况相结合，而非选择那些与人民性异质的"新人民性""公民性"或"后人民性"来做替代品。人民性的基本含义不应也不能改变，因为我们这个时代，从世界范围来看，还没有脱离或超越马克思主义的适用语境，这个科学的理论，理应在我们的理论建构中被尊重和遵循。任何对人民性意义的窄化、泛化和虚化，最终都会扭曲人民性的确当内涵，都不利于人们对文艺人民性的科学理解和把握。

马克思认为，人直接地是自然存在物，人作为自然存在物，而且作为有生命的自然存在物，一方面是能动的自然存在物，另一方面是受动的自然存在物。① 因此，人不仅要发挥其能动性，而且要自觉承受受动性。如果只按照人自身的尺度来为所欲为地突破受动性，就自然界来说，就会违背自然的规律，给自然生态带来损害和危机。同样，就一个理论范畴的理解和解读来说，解读者也既要发挥能动性，同时也应自觉承受受动性。没有能动性就没有创造性，没有活力；而没有受动性限制的随意解释和随意创造，就难免沦为歪曲和编造。一个理论范畴，其意义总有着一定的客观规定性和历史规定性，如果肆意突破这些规定性，就像自然界会发生生态危机一样，理论范畴也会发生其科学性危机。这样的道理对文艺人民性的解释来说无疑是值得借鉴和吸收的。

---

① 参见《马克思恩格斯全集》第 3 卷，人民出版社 2002 年版，第 324 页。

第九章　虚无人民与小文学史书写的兴起

习近平总书记《在文艺工作座谈会上的讲话》中要求文艺批评家，要"把好文艺批评的方向盘，运用历史的、人民的、艺术的、美学的观点评判和鉴赏作品"①。这里专门把"人民的观点"列出来作为一种基本的批评准则，实际上就是在强调文艺的人民性，在张扬人民文艺或文艺的人民尺度。对于我国现当代文学史写作而言，从这样的立场出发构建起来的文学史就是大文学史。而当下有一种文学史写作倾向，疏离了"历史的观点"和"人民的观点"，关注的不是文艺的人民性，而是文艺的私我性，是张扬个人主义的、以个人趣味为尺度的文艺作品。这样的文学史写作，我们不妨称之为小文学史。

一、小文学史书写对私我性主体的钩沉

我们知道，在现当代中国，民族解放事业与社会主义革命和建设事业，召唤了一种公共性主体（也可称作人民性主体），个人主体只有积极参与公共性主体（或人民性主体）的建构，才能实现其社会价值。而那种一味"咀嚼着身边的小小的悲欢，而且就看这小悲欢为全世界"②的脱离公共性主体（或人民性主体）建构的则是私我性主体。作为私我性主体的作家，由于其脱离时代和人民，脱离历史的宏大叙事，被文学史边缘化应该说是一个应然且必然的结果。

可以说，新中国"十七年"时期，中国现当代文学史书写是大文学史

---

① 习近平：《在文艺工作座谈会上的讲话》，《人民日报》2015 年 10 月 15 日。
② 《鲁迅全集》第 6 卷，人民文学出版社 2005 年版，第 250 页。

书写，是饱含国家意识和人民情怀的，是以作为公共性主体（或人民性主体）的作家作品为主流和主脉的。比如，王瑶的《中国新文学史稿》、蔡仪的《中国新文学史讲话》及后来的一批以"现代文学史""当代文学史"或"新中国文学"命名的文学史著作，都是如此。

小文学史书写兴起于我国改革开放之后，由于一个时期一定范围内个人主体的肆意张扬，一些文学史写作者不满于国家叙事，对人民文艺表现出排斥的情绪。这些文学史著作不再是国家意识形态的积极建构者，它们更多地呈现出写作者的个人好恶和特点。与此相伴，虚无和排斥人民文艺成为这些小文学史的一个重要的倾向性。

比如，土地革命这个概念，本是跟人民利益息息相关的，不少文学作品通过描述土地革命，来展现劳动人民所获得的解放，来展现其充分的人民性思想。可有的作品，却把背景配置转换了。排斥人民以为私我性主体张目，而为私我性主体张目则必须排斥人民，因为极端利己的个人主义与人民性立场是格格不入的。小文学史书写将一些被历史洪流淹埋的私情小说、意绪诗歌、闲适小品等，统统钩沉起来，凡是以前远离、偏离主流的，现在几乎都成为小文学史的主流。而小文学史并不甘其小，往往以高校教材之名出版，且在青年学生中影响颇大、颇深。

小文学史挖掘私我不遗余力，但其目的却不是把私我放在私我的位置上，而是极力张扬私我性，力图把私我性变成一种别样的"公共性"。小文学史著作并非是要藏之名山，它不是出世的，虽然其高调褒扬的作品远离人民；它是积极入世的，正在以其影响力开辟出一个社会意识的"新天地"。一些小文学史撰写者打着"重写文学史"的旗号，却不只是在"重写文学史"，他们是在重写中国现代史，重写人民革命史，重写党史和国史。当个人和人民的关系颠倒之后，与之相伴随的是非对错也就随之混淆了。

正如有学者指出的："必须肯定，人们对于历史的认识是不断深入的，不可能永远停留在一个水平上。从这个意义上说，重写文学史是一个无止境的过程。然而，在这些'重写'论者那里，'重写文学史'却不是一个严肃的科学命题。在他们看来，'构建'在'社会历史'基础上的文学史是'非文学史'，必须'改变这门学科原有的性质，使之从从属于整个革命史传统教育的状态下摆脱出来'。"① 小文学史写作就是要排除社会历史，虚无掉人民创造的历史，钩沉私我性主体或主体的私我性，从而虚构出一部个人主义的历史。

当前，一些学者指出的比较有代表性的小文学史著作，一是《中国新文学史》一书，批评者认为，该著作对一些具有鲜明的私我倾向的作品情有独钟，极尽褒奖赞美之能事；而对一些高扬反帝反封建旗帜、歌颂工农兵英雄人物、歌颂无产阶级革命的宏大叙事作品却异常冷漠、不屑一顾，甚至只字不提。另一小文学史著作是《中国当代文学史教程》一书，批评者指出，它无视沈从文 1949 年以后创作并发表于《人民文学》《光明日报》《大公报》等报刊上的《天安门前》《新湘行记》《井冈山诗抄》等作品，硬说沈从文在新中国成立后"被剥夺了写作权利"，"绝笔于文学创作"，以此来渲染新中国"文化生态环境"的恶劣②。

一切"解构"都寓有"建构"，正如一切"建构"都寓有"解构"一样。"重写文学史"论者在声称"要摆脱政治、回到文学的同时，却又依然以另一套政治标准来苛求所评作家及作品，其实质是一方面以文学性来反对政治性，另一方面又以另一种政治性来取消了所评作品真正的文学性"③。这就剥掉了某些"重写文学史"论者的理论伪装。"重写文学史"的这个倾向，充分显示出其历史虚无主义的实质——虚无人民的政治，弘扬以私我形式表现出来的个体的政治。实际上，小文学史写作，小文学史对私我性主体的钩沉，就是文学史研究领域的历史虚无主义思潮的一个典型表现。对于像历史虚无主义这样的不良社会思潮，我们应从政治观点的高度和阶级分析的深度来看待并加以分析④。这是正确把握其实质的根本路径，可以使我们在认识上避免犯温情主义和主观主义的"幼稚病"。

---

① 刘润为：《文艺上的历史虚无主义思潮》，《红旗文稿》2016 年第 6 期。

② 唐德亮：《〈中国当代文学史教程〉的错谬》，《文学自由谈》2013 年第 2 期。

③ 陈越：《"审美性"的偏至与"主体性"的虚妄——关于"重写文学史"的再思考》，《文艺理论与批评》2016 年第 2 期。

④ 在这方面，习近平总书记对历史虚无主义要害的论断（参见《在对历史的深入思考中更好走向未来　交出发展中国特色社会主义合格答卷》，《人民日报》2013 年 6 月 27 日）和列宁对"出版自由"实质的分析（参见《列宁专题文集·论无产阶级政党》，人民出版社 2009 年版，第 311—313 页）为我们树立了典范。

二、人民文艺在一些现当代文学研究中的境遇

改革开放以来，西学观念及其话语体系大量涌入我国学界。这一方面为我国现当代文学研究提供了新的视角，带来了新的启示，开阔了研究者的眼界和思路；另一方面，由于改革开放之初研究者中国主体意识的稀薄和主体意志的软弱等原因，对这些观念及话语一味接受的多，批判分析的少。因此，在一些人那里，借鉴西方某种意义上就成了西学观念及其话语体系的直接搬用和移植，以之为最高学理依据来分析、研究中国现当代文学现象成为一种时尚。一些较早的西学观念及其话语体系的"搬运工"，成为学术研究的得风气之先者，在一定范围内，正是这些"搬运工"站在了所谓的"学术研究的前沿"，引领着中国文学研究的方向。这使得一些中国现当代文学研究也出现了不同程度的西化倾向，我们的部分学术园地几乎成了西学观念及其话语体系的"跑马场"。

可以说，人民文艺及其理论，在现当代文学研究中本应成为西学观念的解毒剂。但由于在一些研究者那里，西学为体、中学为用，西学为道、中学为器，人民文艺反而成为被西学观念解构和虚无的对象，陷于西学观念在人民文艺研究上所造成的解释学旋涡。

一个时期以来，西学观念及其话语体系对我国红色文学经典研究产生着越来越大的影响，这个影响严重消解了读者对红色文学经典中的人民性的认知和认同。显而易见，在这些研究中，不少观点不仅于正确理解人民文艺作品无益，反而对其人民性思想内容和价值立场产生了一种歪曲和颠覆效应。西方学术话语体系中的"身体理论"也常常被一些学者生吞活剥地搬用到一些红色文学经典的研究中来。这些西方学术话语下的研究议题设置，使红色经典的崇高意义和精神价值被贬低、矮化，甚至被卑俗化、猥琐化，抽掉了红色文学经典作为伟大民族精神和伟大人民精神载体的一种现代支撑的历史意义。

马克思主义文艺理论是人民文学的理论支撑。但在西学观念及其话语体系影响下，还出现了以西学理论不当解读、谬误阐释马克思主义文论的现象。有些研究者用西方"原型理论""谱系学""知识型"观点对马克思主义文论中的重要概念"典型"进行解读，使其建立在唯物史观基础上的科学内涵发生了偏移，使其中的人民性内涵消解殆尽。这种把马克思主义

文艺观"代入"到西学理论框架的研究取向，严重削弱了我国的人民文学研究。

另外，西学观念及其话语体系还给人民文学研究带来了一些不良思想倾向，甚至形成了一股股错误思潮。比如，西方人本主义观念渗透人民文学研究带来的抽象人性论倾向，西方"现代派"观点所导致的非理性和反理性倾向，新历史主义和反本质主义影响下导致了人民文学创作和研究中的历史虚无主义思潮，后现代解构主义思想带来的相对主义和价值虚无主义倾向，等等。这些错误倾向和思潮进一步助推了西学观念及其话语体系的散播，这也是西学观念及其话语体系强势渗透的一种表象，使我国的人民文学研究不断遭受侵蚀和冲击。

可以说，西学观念和话语体系对我国文学研究的影响是全方位的，既有观念、方法上的影响，又有思维方式和价值倾向上的影响；既有概念、术语的影响，又有语法、句法形式和叙述逻辑上的影响。这些影响都不是单兵突进式的，而是你中有我、我中有你的综合性施加。比如，对西学某种研究方法的全盘接受，就必然会一并接受这一方法所传达的观念和思想，接受这一方法体现的思维方式和价值理念，接受这一方法涉及的概念术语和表述逻辑。因此，中国文学研究必须全面重建中国主体性、人民主体性，避免套用西方理论来剪裁中国人的审美，挣脱西学观念及其话语体系藩篱，使之真正成为"中国"的中国文学研究。

强调中国文学研究的中国主体性、人民主体性，并非是文化保守主义，并非是对西学观念及其话语体系的一概排斥，而是要吸收西学观念及其话语体系中的积极因素和先进因子，将其有机地融入中国文学研究的创新话语体系，推进和激励人民文艺的繁荣发展。任何的西学观念及其话语体系，都会在其中或在其某些发展阶段中，蕴含一定的科学因素和先进因子。吸收、转化并融入这些因素或因子，使之成为一种滋养，无疑是有益于中国文学研究创新话语体系的建构的。融入的要义在"融"。"融"一方面体现为契合，即融入是他之于我的契合，进入之后才不会有"排异"反应，给主体带来伤害；另一方面，"融"还体现为以我为主、以我融彼，而不能是以他为主、以彼融我。可以说，前述西学观念及其话语体系对中国文学研究的诸般影响，都是由于主体未立、不讲契合、以彼融我造成的。因此，对西方理论的接受，必须坚持融入原则。

中国主体性、人民主体性如果没有一种强大的主体意志，就难免会被扭曲和侵蚀。而主体意志的一种至关重要的维护方式就是批判。西学观念及其话语体系，总体来看，是一种异质的理论，如果任其传播，将会像"生物入侵"危及本地生态系统，甚至带来灾难性后果一样，给中国文学研究带来异化的危机，进而给中国文化安全和主流意识形态安全带来损害和挑战。因此，中国文学研究者必须拿起批判的武器，对西学观念及其话语体系进行深入剖析，对其深刻影响下的中国文学研究状况进行诊治，对其隐含的思维方式、理念取向、价值系统对中国文化和主流意识形态的否定性倾向进行彻底的清理和清除。唯有在强有力的批判中，才能彻底扫净"奥吉亚斯的牛圈"，为构建强大而独立的中国主体性、人民主体性，为中国的文学研究观念及话语体系的良性发展提供良好的生态系统和成长环境。

三、文艺领域历史虚无主义的三种手法

优秀的文艺作品之所以成为经典，其美学上的优良品质是一方面，史学上的优良品质是更为重要的另一方面。这意味着文艺创作正确地把握了历史，体现了鲜明的人民性特质。所谓正确把握的历史，应是本质规律和运动趋势所统摄的总体的历史、具体的历史、客观的历史、庄重的历史，也即以人民作为主体的历史，是人民的历史。但是，现在有些文艺创作特别是涉及历史题材的文艺作品，弥漫着一股历史虚无主义思潮，以碎片化、抽象化、娱乐化等手法来摆布、虚无历史，使人们对历史的认知变得扭曲而迷乱，使人民性在一些文艺作品中不同程度地陷落。

（一）以碎片化手法解构历史

首先，是以孤立的个人际遇遮蔽社会总体趋势，造成作品历史叙事碎片化。"熟知非真知"，"真实非实在"，历史的真实是能够体现或触摸到历史本质的实在，文艺所反映或表现的真实是具有典型性的实在，而不是所谓"一地鸡毛"的实在。艺术真实当然离不开对个人和细节的描述，但只有当个人和细节是代表了一定的社会本质及其倾向时，当事件发生的动因或人物行为的动机不是来自琐碎的孤立要素或个人欲望，而是来自其所处的社会总

体与历史潮流时，作为实在的细节和个人才能够获得历史真实性品质。

一个时期以来，对个人口述史和回忆录的追捧，使得一些人"一叶障目，不见森林"，不是联系社会总体发展的实质，而只是用个人在某个时期支离的见闻和感受代替对整个历史时段的把握。更有甚者，以个人好恶评价历史是非，甚至从个人恩怨出发来把握历史、评断事实。比如，有的作品以某个在"文革"时期遭遇极大不幸的知识分子的经历，来描绘整个时代；有的作品以个别的县志记录来推测全国的形势及数据，并得出以偏概全的结论。以琐碎化、个人化、地方化的"小写的历史"（小历史）代替了总体把握的"大写的历史"（大历史），这样的历史叙述只能把人们导入历史的盲区和误区。

其次，是以片面的细节选择解构主流历史评价，造成作品历史观念碎片化。一些创作者可谓"明足以察秋毫之末，而不见舆薪"[1]。比如，有些战争题材文艺作品，专门选择激战场面、血腥场景进行特写，表现得可谓毫发毕现，而对体现战争本质的人民性背景则毫不客气地予以忽略。在这些创作者眼中，战争只是厮杀，只有血腥，不需要辨别战争有没有意义、牺牲有没有价值；创作只要从市场切入，在市场上赢得观众即可。而赢得观众，核心就是赢取眼球，而非赢得心灵。

这样回避主流历史评价的片面化选择，就使那些熠熠生辉的英勇与牺牲全都变得黯然失色，把为民族独立而战、为社会进步而战、为人民解放而战的正义、崇高的历史场景和历史人物都虚无化了。还有些创作者，习惯于选择性感受黑暗，单向度捕捉丑陋，热衷于渲染负能量形象，而对于表现光明、表现人民、表现总体性社会发展趋势、表现正能量历史题材则力有不逮。这往往会使人们陷入碎屑性迷惘，只见毫末，不见舆薪，看不到主流历史观念所指向的希望和前景。

（二）以抽象化手法混淆历史

其一，是有些作品把人性抽象化，给历史人物贴"普遍人性"的标签，使历史在这样的抽象中被虚无化了。这主要体现在一些历史题材的文艺作品，特别是革命历史题材和战争题材的作品中。对人物做"中性化"

---

[1] 《孟子正义》，载《诸子集成》第1册，中华书局2006年版，第50页。

第九章　虚无人民与小文学史书写的兴起

处理是其具体表现和主要手法。"中性化"就是给好人添加点坏人的元素或特点，给坏人添加点好人的元素或特点，使人没有好坏、善恶之别，都体现为观念决定的抽象人、普遍人，从而使人民史观和主流价值被解构。

比如，有的作品写剥削者，涂上一层仁慈的玫瑰色；写汉奸，点缀些美好人性；写残暴侵略者，也要在其眼睛里流露出人道的哀伤……这样就将人物形象抽象地"中和化"了。本来这些反面人物可以激发起人们批判丑恶的正义力量，但现在一中和，这种激发就失去了着力点。还有些作品则是在正面人物身上喷洒一些恶劣个性以实现"中和"。这样一来，就使得正面人物与反面人物被混淆，唯物史观、人民史观所确定的主流价值被贬低，非主流价值和反主流价值被拔高。在对历史人物和历史事件的评判中，拆除了基本的善恶、美丑界线，使受众丧失了对崇高的敬仰感和对卑劣的批判力，陷于一种平庸的审美——一种完全脱离了人民的审美。

其二，是以抽象学科理论裁剪历史具体，给历史事实过"学科的筛子"，使其脱离历史情境而抽象为琐碎的学科材料。这在一些文艺评论和文学史写作中表现尤为突出。

比如，在中国现当代文学史写作中，有学者主张给革命文艺作品过"审美的筛子"，认为革命文艺大多是标语口号式作品和为政治服务的作品，没有什么审美价值，不配进入文学史。打着"重写文学史"的旗号，一些文学史家对当代文学前后两个三十年采取了截然相反的态度：对前三十年文学一概否定，将其批驳得一无是处；对后三十年，尤其是对20世纪80年代文学则极尽溢美之词，称其为文学的"黄金时代"，等等。中国史学会会长李捷指出，"评价历史，最忌讳的是，脱离开当时特定的历史条件，以今日之是主观地评判昨日之非，或以今日之非主观地评判昨日之是"[①]。这里的"脱离开当时特定的历史条件"，实际上就是历史虚无主义者所采取的抽象化手法，他们以此来达到混淆历史是非的目的。

（三）以娱乐化手法戏说历史

娱乐化的典型手法就是戏说历史，使人们对历史认识扭曲、错位。一

---

① 李捷：《新文化运动与民族复兴的正确道路》，《北京大学学报（哲学社会科学版）》2015年第6期。

段时间以来，部分戏说历史、戏说历史人物的影视剧，受到热捧，走红荧屏，潜移默化地改变着人们看待历史的态度和习惯，使广大群众对历史的认识明显错位。一些创作者把帝王将相美化为可亲可敬的仁者和人民大众的救星。封建帝王由严酷、暴虐的压迫者变成了谦谦君子和有情郎，是好父亲、好丈夫和一心为民的好皇帝，从而使一种历史上真实存在的压迫性力量成为一种虚拟的、想象的解放性力量。由于戏说剧的娱乐特质对一些观众具有很强的吸引力，收视率也明显走高，受此影响，其他表现近现代历史的影视剧也都或多或少加入了戏说成分，减弱了历史的严正性和严肃性，很多历史人物和历史场景在剧中明显失真。

20 世纪 30 年代，鲁迅先生即明确反对导演改编《阿 Q 正传》，他认为，《阿 Q 正传》"一上演台，将只剩了滑稽，而我之作此篇，实不以滑稽或哀怜为目的，其中情景，恐中国此刻的'明星'是无法表现的"；"此时编制剧本，须偏重女脚，我的作品，也不足以值这些观众之一顾"[1]。这表明鲁迅先生对当时舞台表演娱乐化的警惕和清醒。娱乐是文艺功能之一，但并非其功能的全部和根本。如果把文艺当成为娱乐而娱乐的载体或媒介，认为娱乐是文艺的根本属性，甚至以娱乐化方式表现极为严肃的主题，就会使本应负载的历史价值和精神取向被虚无化。

当前，一些著名历史人物进荧屏、进游戏、进段子成为一种时尚，当这些重量级历史人物在荧屏、游戏和段子所交织的艺术舞台上展示其当代"观赏性"时，不知这是历史的堕落还是艺术的堕落，抑或是趣味的堕落、人性的堕落。文艺对历史的"恶搞"不仅出现在网络、游戏、微信、微电影等媒介中，而且在现实生活中也成为某些人的文学性话语习惯。这些"恶搞"历史现象的泛滥，使人们对待历史态度轻佻，丧失了应有的严肃性和庄重感，是文艺领域历史虚无主义思潮的一种泛化表现。

四、《与史同在》：一个对小文学史反拨的样本

与中国现当代文学史紧密相连的是中国现当代文学作品选本。与小历

---

① 《鲁迅全集》第 12 卷，人民文学出版社 2005 年版，第 245 页。

史相联系的是小文学作品选。一个时期以来，一些小文学史著作和小文学作品选本，以虚妄的"审美"的名义剔除人民文学代表作家作品，或者给这些文学作品以"差评"。比如，一些文学史论著否定以《红旗谱》《创业史》等为代表的"十七年"文学，一些现当代诗歌选集极少选甚至不选郭小川、田间、李季、贺敬之等诗人的诗歌作品，使这些作家作品中所蕴含的强烈的人民主体意识和人民文学精神被边缘化、虚无化。

从某种意义上说，一部文学作品选也就是一部文学史，就是一部以文学作品选集的形式呈现给人们的鲜活的具象的历史。它生动地体现着编选者的历史观和价值观，体现着他们的文学观和文学史观，体现着他们的"文识"和"史识"。柯岩、胡笳主编的《与史同在——当代中国散文选（上、下卷）》（以下简称《与史同在》）2011年6月由华夏出版社出版。这是他们继《与史同在——当代中国新诗选（上、下卷）》（作家出版社2005年版）之后出版的又一部当代文学作品选本。这两部文学作品选本在一个时期以来的"重写文学史"思潮中出现的虚无人民、虚无历史（以"告别革命""去政治"等为主要表现形式）的倾向面前，以鲜明的"与史同在"（也即"与人民同在"）的文学立场，显示了一种对于革命的崇高信念、对于政治理想的坚持、对于共和国历史的珍爱、对于人民主体的深刻认同。

在笔者看来，文学史（包括与之相应的文学作品选集）的核心功能应是"正史""立人""审美"。文学作品是蕴涵丰富的意象描绘，其历史容量远超平铺直写的史书，所以经典作家常常借助文学典籍（比如莎士比亚、歌德、巴尔扎克等的文学作品）来把握历史、观察社会；文学史当然更应着眼于史的视角，这既可实现"正史"的责任，也能够使读者透过历史更深入地理解作品，把握文学意义的生成。文学是人学、民学，而站立着的人是既需要坚强骨骼的支撑，又需要高洁灵魂来充实的；这骨骼、灵魂的根本就在于历史的人的崇高信念和政治理想。文学史方式的审美不同于其他方式的审美，比如，不同于理论家的审美，也不同于批评家的审美，虽然优秀的文学史家必然兼备理论家和批评家的素质。文学史的审美更注重文学美的历时性，即更关注文学美伴随着历史和历史主体（即人民）的发展而形成的流变性和时代性特质。从《与史同在》的文本选择来看，它无疑是真正实现了"正史""立人""审美"相融合的文学选本，在客观上也形成了对部分文学史"重写"类版本及其作品选本的有力回应。

20世纪80年代中后期兴起的"重写文学史"思潮延续至今，其影响仍在持续扩散。为什么要"重写文学史"呢？其思想观念上的原因主要有三个。一是一些学者认为，传统的现当代文学史是一种政治化、革命化、国家化书写，忽略了对文学性、对文学审美特性的关注，主张要使现当代文学史由从属于整个革命史传统教育的状态下摆脱出来，成为一门独立的、审美的文学史学科，主张以审美或文学性标准重评作家作品①。二是部分学者受西方新历史主义思潮影响，主张以微观叙述取代宏大叙事，发现那些被传统文学史"忽略"或"遗忘"的作家作品，"将过去误读的历史再颠倒过来，将过去那种意识形态史、政治权力史、一元中心化史，变成多元文化史、审美风俗史和局部心态史"②。三是有的研究者受主体论文学观的影响，注重在文学史研究和著述上的个人化见解，排斥文学史评价上的集体意识、政治意识和国家意识，打破传统文学史的社会参照式叙述模式，以实现文学史个体写作的多种可能性。

　　应该说，如果上述文学史观能把自己的认识纳入到一定的历史范围内，而不走向极端的话，那么，这些看法应该说都是部分地有益于文学史的编写的，也部分地有益于文学作品选本的编订，起码也是我们更全面地把握和认识文学史的一个维度（虽然是局部的维度）或补充。但现实的情况却不尽然。部分现当代文学史研究者抱持的是一种非此即彼的思维方式，即认为革命的、政治的观点与审美的、文学的观点是相互对立、彼此排斥的，传统文学史着力叙述的作家与被"遗忘"的作家是对立的，是前者压抑了后者。他们往往认为被"遗忘"的作家的美学贡献比传统着力叙述的作家更大，因而文学史意义也就更大。个人叙述与集体叙述也是对立的，个人一定是被集体压抑的个人，而集体也一定是抑制个人的集体。这种形而上学的思维方式，导致了我国现当代文学史评价与编写上的偏执和扭曲。

　　事实上，编撰文学史著作，脱离社会历史语境实际的文本分析和文本评论都将是不科学的。"既然意识要素在文化史上只起着这种从属作用，那么不言而喻，以文化本身为对象的批判，比任何事情更不能以意识的某

　　① 陈思和：《关于"重写文学史"》，《文学评论家》1989年第2期。
　　② 王岳川：《中国镜像：90年代文化研究》，中央编译出版社2001年版，第266页。

种形式或某种结果为依据。这就是说，作为这种批判的出发点的不能是观念，而只能是外部的现象。"① 所以，现当代文学史及文学史论离开当时的革命、政治和国家语境就难以把握其时代本质。在研究或评论文学时，我们不能一提革命、政治和国家就认为不科学了，就认为被压制或被束缚住了；相反，脱离革命、政治和国家才会导致不科学、不真实、不深刻的研究倾向。客观地说，革命、政治和国家在促进文学创作，发挥积极作用的同时，也会在某种情况下一定程度地制约文学创作，对其产生某些消极的影响。但文学史研究和评价（包括文学选本编订）不能因此而否定革命、政治和国家对于把握文学实质的意义，而应正确理解和把握它们在文学作品中的存在，辩证分析和探索它们对于文学创作的意义，从而也就能够由此正确理解文学及文学性本身。

当然，这里所说的革命、政治和国家不是抽象的、一般的，而是历史的、具体的。《与史同在》选本中体现的革命、政治和国家，是人民的革命、人民的政治、人民的国家，因此其文学作品体现出高度的或充分的人民性就是不难理解的了。新中国及其前史是光辉的，因此，必有光辉的思想和精神与之相伴随，必有光辉的人民和人性与之相辉映，《与史同在》确定地证明了这一点。

《与史同在》是科学地把握了文学及文学性实质的中国当代文学作品选本，虽然它只涉及散文体裁。文选中袁学骏的《天下第一坡》、孙犁的《山地回忆》、江子的《一个女人的井冈山》、刘思齐的《泪中的怀念》、魏钢焰的《忆铁人》等作品，都既是情真意切的历史记忆，又是含蕴丰富的美文；是高洁的灵魂在歌唱，是真挚的政治理想在舞动着这些生动的文字。实际上，不需要多少艺术上的技巧，只是这些纯美真善诚恳，就足以打动人心、鼓舞精神。这些散文，当然难以形成专门的历史知识，但它们却比史籍更真实、更丰富、更精致、更生动。在一些人为追求实际的眼前利益，而对往昔渐生淡忘之意时，《与史同在》在那浩荡的历史洪河中，为我们展布着那些带泪、滴血、含情、凝思的断片。它们反映着那个时代，并唤起我们趋于模糊的记忆。在这里，《与史同在》是史与诗、灵与思的交响。它并非直接写史，而是采撷了历史之蚌磨砺出的一粒粒珍珠，

---

① 考夫曼语，转引自《马克思恩格斯选集》第 2 卷，人民出版社 1995 年版，第 110 页。

并把它们精心串联起来。

《与史同在》所选篇章中有这样一部分记怀人事的作品，它们或者是连长写战士（《英雄黄继光献身的一刻》），或者是妻子写丈夫（《泪中的怀念》），或者是侄子写叔父（《我淋着雨，流着泪，离开上海》），或者是儿子写父亲（《父亲的两件珍藏》），或者是父亲写儿子（《傅聪的成长》），或者是自己写自己（《末代皇帝自述》）；等等。这些作品写的无疑是个人的记忆，是"私人"的记忆，但这里的个人或"私人"记忆因其真实、因其与社会进程的联系而成为历史化的个人，成为一个时代的文学折光。文选中的这些作品都生动地闪烁着人性的光芒。这个人性不是一般的、抽象的，而是具体的、历史的，是"大写"的人性，而非"小写"的人性。新中国成立了，中国共产党执政了，从井冈山走出来的共产党高官（也是一位母亲）曾志的儿子蔡红石依然在井冈山务农，并且其后几十年一直都是井冈山的种田人，他没有从母亲那儿得到一点特殊的照顾和利益。曾志对儿子说："毛主席的儿子都去朝鲜打仗，你为什么不能安心在井冈山务农呢？"① 这是以感性方式显现的最高的人性——人民的人性，足以使当前一些有耻感的利己主义人性宣扬者无地自容。

在这里，正如马克思所指出的，"人不是抽象的蛰居于世界之外的存在物。人就是人的世界，就是国家，社会"②。人性不是单个人所固有的抽象物，而是不同社会关系的人格化，它总是处于既有的历史条件和关系范围之内，而非与社会、国家相脱离的"纯粹"的所谓"人性"。《与史同在》中所选作品大多如此，它们既确证个人的存在，又确证着国家、社会的存在，并在二者的勾连中显示出真实的人性光芒。

周克玉在为《与史同在》写的序言中这样写道："读《天下第一坡》和《渡过长江去》，就会感到新中国的来之不易；读《墨西哥的疑惑》和《两个美国间谍的自述》，就会认识到共产党的伟大和社会主义制度的优越；读《安塞腰鼓》和《开启国门》，就如沐浴改革开放的春风；读《大有大无周恩来》和《忆铁人》，就会明白怎样才是一个真正的共产党人、真正的大写的人；读《松树的风格》《日出》《荔枝蜜》和《秋色赋》等，就会

---

① 江子：《一个女人的井冈山》，载柯岩、胡茄主编《与史同在——当代中国散文选》上卷，华夏出版社 2011 年版，第 647 页。

② 《马克思恩格斯选集》第 1 卷，人民出版社 1995 年版，第 1 页。

获得美的享受和灵魂的净化……"① 确乎如此，文学是历史的记录，是历史成就了文学。对历史的"忘却"与"淡化"只能是个别人的有意为之，实际上文学是不可能忘记或淡化历史的，所以，如果说文学是历史的文学，大致是可以成立的。"历史的文学"的历史当然必须在那个特定的历史中，才能够被科学和正确地解读与把握。试想，假如我们真的告别了革命和政治，那么，仅就我国现代文学史而言，不仅鲁迅、郭沫若、茅盾、巴金、老舍、曹禺等将变得不可理解，而且那些所谓的被"重写"者们"钩沉打捞"上来的作家也将同样变得难以全面、正确解读。

"这时，我虽不在未名湖畔，却想出了幅湖光塔影图。湖光、塔影，怎样画都是美的，但不要忘记在湖边大石上画出一个鼓鼓的半旧的帆布书包，书包下压着一纸我们伟大祖国的色彩绚丽的地图。"② 这是选本上卷中收入的宗璞散文《湖光塔影》的最后一段文字。人民共和国是亲切的，国家与个人有着更多的融会，这段文字体现了作家个人对于国家的倾情之爱，这种情感在其他历史时期或其他国家的人们那里可能是不容易感觉、体会得到的。这是国家与个人之间的一种崭新的，或者说特殊的关系。不理解那个时代和那个时代人们的情感方式的人就不会真正读懂这段真挚的文字。这是有着特殊审美意蕴的文字，体现了时代审美特征的区别性。其实，文学史要给读者的不是用一个固定的"普世"的模式造出的美的或审美的范型，而是要依据时代、社会的特点给读者以历史化的美或审美。对于一些坚持"普世性"审美的作品编选者来说，他们可能会认为这篇作品情感虚假、造作，而放弃选择它。的确，这种情感可能不具有"普世性"，但其具体的历史真实性是确实存在的，不懂那个时代就不可能理解这类作品，同样，不理解这类作品，也就不可能真正理解那个时代的国家与个人的特殊关系，以及个人对于国家的那种特殊情感。《与史同在》选入了不少《湖光塔影》这样的作品，这既是与史同在，也是与那个时代的特殊的美或审美同在。

显然，柯岩、胡笳主编的《与史同在》散文与诗歌选本，在编选原则上都体现了辩证的思维方法。以历史为主线，同时也不忽视文学性及个体

---

① 柯岩、胡笳主编：《与史同在——当代中国散文选》上卷，"序言"。
② 宗璞：《湖光塔影》，载柯岩、胡笳主编《与史同在——当代中国散文选》上卷，第464页。

性的多样表现。以文学性、个体性的多样表现来体现历史性。实现了在历史主导下的历史与审美的统一，这显然是更为科学和辩证的编选法则。我国现当代文学史写作上的某些历史虚无主义倾向，也明显地体现在一些文学作品的选本上。他们热衷于个人主义表达的作品，或者热衷于挖掘作品表达的个人主义方面，把个人同社会历史过程撕裂开来，以私人性取代公共性，以所谓的"内部研究"压倒"外部研究"，仿佛只有这样的文学才是"纯文学"。其实真正的纯文学是不存在的，存在的只是被某些批评者、某些文学史写作者、某些作品选本编辑者的主体意志与谬见过滤后而"提纯"的文学。

《与史同在》，仅从书名看，就是对文学史领域出现的某些虚无历史、虚无人民倾向的一个明确反拨，是对人民文学历史价值和文学评论史学观点的肯定与支援。正如该书序言所说，这是一部"以文记史，以文正史，以文强史"[①] 的文学选本。作为文学的历史，它确证着历史，也确证着历史的文学；作为人民文学选本，它确证着人民，也确证着人民的文学。

---

①　柯岩、胡笳主编:《与史同在——当代中国散文选》上卷，"序言"。

第十章　贺敬之新时期人民文艺思想述要

贺敬之是人民文艺家。他有三重身份，一是革命战士，二是著名诗人，三是党的文艺工作领导者。这三重身份决定了其文艺思想的主要内容和基本倾向——为人民而创作。贺敬之的文艺思想大多载于其讲话、评论、书序、书信、访谈等文本中。2005 年，作家出版社出版了 6 卷本《贺敬之文集》，其中文论有两卷（第 3、4 卷），足见文艺论述在其著述中的分量。贺敬之的人民文艺思想非常丰富，涉及方向、政策、理论、评论、创作、研究、欣赏等诸多方面，是一个时代的缩影。本文只着重于宏观视角，力图从总体上较为全面客观地把握贺敬之新时期以来的人民文艺思想。

一、革命是我们生命中最美的东西

1996 年 7 月 16 日，在诗人徐放的作品研讨会上，贺敬之说："我在这里反复强调革命者、革命战士、革命现实主义，强调共产党员、党性，我是带着神圣的感情来讲的。"[①] 确乎如此，作为革命诗人的贺敬之，对革命和革命历史、革命文艺有着非同寻常的深厚情感。革命在他身上是一种最高的理想、最神圣的事业，从一定意义上说，革命就是他生命的一种存在方式。他曾深情地表示："革命是我们历史中最壮丽的事业，是我们生命中最美的东西，也是我们和我们的后代最值得珍视的精神宝藏。"[②]

然而，他在 20 世纪 80 年代末之前，专门谈革命问题、革命文艺问题

---

① 《贺敬之文集》第 4 卷，作家出版社 2005 年版，第 484 页。
② 《贺敬之文集》第 4 卷，第 525 页。

的时候并不多。他开始着重论及革命、革命史和革命文艺，是始于以"告别革命""重写现代文学史"等观点为代表的革命历史虚无主义思潮的盛行之时。在 20 世纪 90 年代，他对文学表现革命历史中的"西化"倾向和对革命文艺评价中的去马克思主义倾向提出了批评。他说："革命这两个字，这些年来好像是有点被贬值了，吃不开了。""在我们的一些文艺作品中间，不是用正确的观点去看待历史、正确地总结历史经验，而是用西方资产阶级的观点来进行所谓的'历史反思'、所谓的'再认识'，进行所谓的'重写'历史、'重写'文学史、'重写'革命战争史、'重写'革命战争文学史。""既然把我们党、中华民族、中国人民过去走过的正确道路和一切美好的东西都加以否定了，当然也就为否定社会主义的今天、共产主义的未来作了准备，也就必然要去跟资本主义'趋同'，一切向西方'看齐'了。"① 贺敬之看到了"告别派"和"重写派"主张背后的东西，一方面的潜台词是否定革命、否定社会主义，另一方面的潜台词是主张西化、主张资本主义化。

在现代中国，革命是一种客观存在，已经成为中华民族的一种生命基因。贺敬之指出："革命不仅决定了我们国家民族的命运，也和我们每个人息息相关。"② 今天的生活和今后的生活，不管怎样，其实都跟 20 世纪的那段峥嵘的人民革命历史联系在一起，革命是我们生活中的重要基因，人们可以以任何理由忽略它、贬低它、指责它、攻讦它，但它始终存在，并有力地影响着人们的生活方式、情感方式和思维方式。当下的社会生活发展，也许只有回望那段人民革命的历史才能得到正确理解；当前面临的一些迷乱，也许只有重返那段革命史，才能探到正确的前进方向。确乎如此，文艺家如果不了解那段历史，或有意无意地去回避那段历史，不仅不能从实质上把握我们今天所面对的生活，而且不能深入理解人民群众的价值追求。革命已经成为中华民族的一种生命基因，是社会主义精神之根，是中国特色社会主义精神之根，中国特色社会主义只有在那段革命史中才能寻到自己的精神之根、理想之魂，"让我们告别革命，躲避崇高，无论从思想情感还是生活本身的真诚性上，都是不能认同的"③。

---

① 《贺敬之文集》第 4 卷，第 338—339 页
② 《贺敬之文集》第 4 卷，第 525 页。
③ 《贺敬之文集》第 4 卷，第 525—526 页。

在革命中成长为英雄人物，是主体性的最高实现。贺敬之表示："我们的诗歌也表现自我，但革命队伍中不是张扬而是克服个体与集体的对立，不去发掘和同情所谓'失落'的'自我'。只有与大我在一起，自我才能迸发出耀眼的光彩。我们的队伍中有多少工农出身的战士，在革命的里程中成长为英雄人物。我认为，这才是个人主体性的充分发挥。对于我们每个走过这段历史的诗人来说，这场革命不是外在的，我们不是革命的客人。我们那一代作家就是和人民群众在一起，一起流汗流泪以致流血。撤退时一起难过，进攻时一起冲锋，我们没有淹没自我、失落自我的悲哀。思想感情是完全一样的。"① 这对躲避崇高者所谓只有张扬卑俗人性，去崇高、去革命、去政治才能获得主体性的主张是一个朴素而响亮的应答。

对于革命的时代蕴涵，贺敬之特别指出，"我们这里讲革命，不是说现在还要搞过去那样急风暴雨式的革命，还要重新以阶级斗争为纲，决不是这个意思。我们是说，作为人品、诗品，都要以科学的世界观——马克思主义为指导，考虑我们的出发点，考虑到全心全意为人民服务这个宗旨。各个历史时期的任务不一样，诗人对生活的认识、感触、情怀、意趣也是丰富多彩的，决不能一成不变。但是，基本的革命精神应该是一以贯之的"。他主张，社会主义文艺要健康地发展，适合时代的需要，很有必要以革命精神来反映我们这个时代，以革命精神来看待改革开放。② 这就把革命和革命精神的时代意义揭示了出来，也澄清了一些人在革命和革命精神的时代性上的模糊认识。

二、方法论：彻底的唯物主义

贺敬之作为一位文艺工作领导者，也作为一名文艺理论家，他全部文艺工作和理论分析的方法论就是彻底的唯物主义。他说："彻底的唯物主义，就是辩证唯物主义、历史唯物主义，就是一切从实际出发、理论联系实际、实事求是、经过实践检验真理和发展真理。这就是我们的思想路

---

① 《贺敬之文集》第 4 卷，第 526 页。
② 《贺敬之文集》第 4 卷，第 484 页。

线，是我们观察和处理一切问题，包括文艺问题在内的唯一正确的根本方法。我们看待文艺形势，一定要从文艺发展的实际情况出发，要研究和分析它发展的全过程。要全面地、发展地看问题。要两点论，不能一点论。要正确地看清它的主流和支流。不能否定主流，也不能忽视支流。要肯定成绩，但也不应当回避缺点和问题。我们不能搞主观随意性，更不能从个人好恶出发。如果采取这种态度，就不能正确估计形势，就会对指导我们前进的党的方针政策产生错误的认识，就会对发展中的主流产生怀疑，就会对支流、对新出现的某些偏向和问题不是麻木不仁就是草木皆兵，因此也就不能采取正确的方法去加以解决。"① 这个论述是贺敬之文艺思想中的总开关和方法论，无论他对文艺创作、文艺现象的评析，还是对文艺思潮、文艺发展趋势的把握，这个总开关和方法论都发挥着根本性作用，形成了其文艺思想客观全面、动态辩证的鲜明特征。

比如，贺敬之在谈到文艺的普遍规律和社会主义文艺的特殊规律的关系时，就展现出了其彻底的唯物主义立场和方法论原则。他指出："各个时代、各个阶级的文学艺术，既然都是文学艺术，就不能不具有作为文学艺术的共同特征。比如，都要塑造艺术形象，都要具有美的属性，等等。但是，社会主义的、无产阶级的文学艺术，作为一种有别于其他时代、其他阶级的文学艺术，又不能不具有自己的独特属性。它的思想倾向、审美情趣、服务对象和封建主义、资本主义的文学艺术是根本不同的。"② 既不能只强调社会主义的、革命文艺的特殊经验，不注意研究和遵循文艺的普遍规律；也不能只强调共同规律，否认文艺受意识形态的制约，不承认社会主义文艺除具有共同规律以外还具有其特殊的规律。另外，资本主义文艺也有特殊规律，我们既不应把社会主义文艺的特殊规律作为普遍规律、一般规律，也不应把资本主义文艺的特殊规律当作人类文艺的普遍规律，并"进而要求我们的社会主义文艺按照西方那套去发展，否则就是不符合'世界文学的发展潮流'"③ 他还着重强调："具体来讲，文艺是社会生活的能动的、审美的反映，这一条基本的东西是共同规律；另外，文艺作为上层建筑的属性及其与经济基础的关系也是基本的共同规律。社会主义文

---

① 《贺敬之文集》第 3 卷，作家出版社 2005 年版，第 298—299 页。
② 《贺敬之文集》第 4 卷，第 368 页。
③ 《贺敬之文集》第 4 卷，第 369 页。

艺拥有先进的马克思主义世界观，这是符合这两条共同规律的。在这两条共同规律下，我们也有我们的特殊规律。我们讲的能动的反映是革命的能动的反映，我们讲的特殊的意识形态是为社会主义服务的，对于这一点应该理直气壮。"[1] 他补充说："这几年不大谈我们自己的特点，一谈好像就自惭形秽，好像我们的一套不是正统，甚至是违背艺术规律的。应该理直气壮地去讲社会主义文艺的特殊规律。"[2] 我们要有自己的"主体性"，要有社会主义的"主体性"，要有中华民族的"主体性"。显然，贺敬之的这些论述，既坚持了唯物史观，又坚持了辩证法，是彻底的唯物主义方法论在研究和分析文艺规律问题中的具体运用。

正因为贺敬之始终坚持彻底的唯物主义的方法论，他在许多看似是文学常识的问题上，都能给出新鲜的解释，而这种解释正是以彻底的唯物主义，即马克思主义，为哲学基础和方法指南的。从贺敬之对一些文学理论基本范畴的新释中，我们看到了马克思主义文艺理论的科学性和阐释力。他在谈到"风格"这一范畴时说："风格，如我们常说的，'风格即人'。而人，固然是一个人——是自己。但人之所以有意义，恰好在于他首先不能只是一个人，只是'自己'。重要的是，他首先是属于时代的，属于集体的，属于阶级的。因此，艺术风格的形成，不应该只从个人的意义上来估价，而首先应该看到是社会现实生活，是时代风格、人民风格的反映。健康的艺术风格的成长，是个人在跟生活结合、跟斗争结合的过程中成长起来的。"[3] 这种对艺术风格形成的独特理解和把握，无疑是一种创新，是对"风格即人"的马克思主义的、彻底的唯物主义的解读，这些思想对于社会主义文艺学的建构有着重要的意义。

三、抒人民之情，叙人民之事

文艺和文艺家要同人民结合，抒人民之情，叙人民之事。这是贺敬之始终坚持的一条创作原则，也是其文艺思想的一个基本的方面。1981 年 10

---

① 《贺敬之文集》第 4 卷，第 369 页。
② 《贺敬之文集》第 4 卷，第 369—370 页。
③ 《贺敬之文集》第 3 卷，第 93 页。

月，他在为《李季文集》写的序言中说："诗人和诗，要同人民结合，同时代结合。这是一个具有根本意义的道路问题。""这是一切属于人民和社会主义队列的诗人们都应当走的唯一正确的道路，也是真正宽广的道路。"①

在贺敬之的文艺思想中，有两个重要的范畴，即"大我"和"小我"。"小我"一般是指作家、艺术家作为"个人"的特性和特点，而"大我"则是指和人民结合的"我"；"小我"属于"个人"，而"大我"则属于人民。贺敬之常常在"大我"和"小我"的辩证关系中来阐发其为人民抒情、为人民叙事的观点和主张。他指出："要抒人民之情，叙人民之事。对于这一点，不能曲解成否定诗人的主观世界和摒弃艺术中的自我。另一方面，也不能因此把诗的本质归结为纯粹的自我表现，致使诗人脱离甚至排斥社会和人民。重要的问题在于是怎样的'我'。诗人不能指靠孤芳自赏或遗世独立而名高，相反更不会因抒人民之情和为人民代言而减才。对于一个真正属于人民和时代的诗人来说，他是通过属于人民的这个'我'，去表现'我'所属于的人民和时代的。小我和大我，主观和客观，应当是统一的。而先决条件是诗人和时代同呼吸，和人民共命运。"②针对当时文艺界许多人在文章中谈到的，要加强创造者的主体意识，要发挥主观能动性，要承认艺术是艺术家的自我表现、自我实现的主张，贺敬之指出："马克思主义重视发挥人的主观能动性、关心人的幸福，它承认人的自我表现和自我实现。但是怎么自我实现、表现自我呢？光讲一面是不够的。因为人的自我表现、自我实现离不开群体，离不开社会，离不开社会的发展和斗争；所以并不是每一个自我实现的要求都是合理的，每一个主体意识发挥出来都是合乎集体利益和社会需要的。因此，自我必须适应社会，主观必须适应客观，这样，自我实现才有可能，其自我表现才有意义，这就有必要还要提'超越自我'，超越自我就是改造自我、提高自我。"③这实际上是贺敬之对"小我"必须结合"大我"，必须跟"大我"相向而行，才能最终真正"实现自我"的深刻阐发。

在论及"大我"与"小我"的关系以及作家的"个人"特性时，贺敬之的主张和观点也体现出了鲜明而充分的人民性特质。他始终认为，作家

---

① 《贺敬之文集》第 3 卷，第 339 页。
② 《贺敬之文集》第 3 卷，第 340 页。
③ 《贺敬之文集》第 4 卷，第 201—202 页。

的"小我"和作家的"个人"特性，可以讲，也应该讲；但这个"小我"和"个人"特性不能脱离"大我"，脱离人民和社会，否则就和社会主义文艺的性质和要求相乖离了。他指出："大我与小我的统一，独立与'群立'的统一，恰恰是社会主义作家和诗人应当追求的。如果论者提倡的是要追求唯一的小我，特别是要独立于人民和社会主义之外的某种'精神'，那就确实只能说'不'了。"① 他引述毛泽东的话说："我们共产党人是赞同和支持个性解放的，只是要区别是建设性的个性还是破坏性的个性，区别的依据就是看与全中国人民和全人类共同解放的关系如何。"② 即便对于革命现实主义文学作品，他也认为其题材应当无限广阔，"不拒绝表现单个的'个人'，以及所谓'自身的生存状态'或'生命意识'等等"；但他对于这些"个人"特性的认同，并非不加分析地一概认同，他说："如果是脱离群众、脱离社会、脱离时代地去进行所谓人的发现，如果是与社会进步和人性提高相违地去宣泄和高张所谓'自身的生存状态'或'生命意识'，则是不足取的。"③

在贺敬之那里，"大我"是心脏和主动脉，"小我"是微血管，"就是表现微血管，也应当感受到心脏和主动脉的搏动"④。他指出："历史是人民创造的。真正能经得起历史检验、具有客观价值的作品，很少有不反映时代风貌，不与人民的生活和斗争息息相关的。才华是很脆弱的东西，它只有在为人民歌唱中才能青春永驻。"⑤ "诗要保持巨大的历史价值，一定要与时代和人民保持紧密的联系。历史上也有因艺术上的精致而被人喜爱的诗人，但如果仅仅这样，他还是小诗人。而有的在艺术上并非不可以推敲的，却可能是大诗人。例如屈原，他的《离骚》仔细推敲起来，也有概念化的重复的句子，但却是传世的伟大作品。因为它毕竟反映了那个时代深刻的现实矛盾和人民的情绪、愿望、理想。"⑥ 因此，文艺家一定要解决好与时代、与人民的关系，走在人民中间，反映人民心声，叙人民之事，抒人民之情，表现一定时代人民的情绪、愿望、理想和人民所达到的精神境

---

① 《贺敬之文集》第 4 卷，第 522 页。
② 转引自《贺敬之文集》第 4 卷，第 522 页。
③ 《贺敬之文集》第 4 卷，第 276 页。
④ 《贺敬之文集》第 4 卷，第 147 页。
⑤ 《贺敬之文集》第 3 卷，第 441 页。
⑥ 《贺敬之文集》第 3 卷，第 313 页。

界。贺敬之表示，自觉地把自己创造的艺术服务于人民，服务于人民的伟大事业，是使艺术升高了，而非降低了①。

在一次跟人谈到诗歌创作时，贺敬之曾讲五个字：真、深、新、亲、心。他解释说："'真'就是真实，虚假的不行；'深'就是要深刻，文字可以浅显，但内容要深刻；'新'就是要新鲜，艺术贵在创造，不能总是老一套；'亲'就是要亲切，具体讲就是民族化、群众化，让群众喜闻乐见；'心'就是要抒心中之情，发内心之声。在这里，我觉得'心'字是最重要的，你的作品要发自你自己的内心深处，人民的声音通过你的心声迸发出来。"②这才是真正的"抒人民之情"，这才是真正的"大我"之情，其第一个品质就是真诚地发自内心，人民的声音发自作者的内心，这里"大我"的声音就是"小我"的声音，诗人的声音就是人民的声音。

需要说明的是，贺敬之提出"抒人民之情，叙人民之事"，反复强调"大我"与"小我"之间的辩证关系，都是针对当时文艺上出现的一些问题而言的。比如，文艺创作脱离人民、疏离社会、虚无历史的倾向，一些作家片面追逐"自我表现"的问题，一些评论家、理论家片面强调"纯审美"的问题，等等。这也是贺敬之文艺思想的一个突出特点，即具有强烈的问题意识和引导解决问题的批评意识、责任意识，凡有所论，必定有的放矢。因此，我们在把握贺敬之文艺思想时，也一定要首先把握当时的文艺问题，在对问题的思考中，领悟其精髓和真义。

四、文艺为社会主义服务

这个命题的建议提出和理论阐发是贺敬之对于社会主义文艺发展和社会主义文艺方针制定的一个特殊的理论贡献。文艺为社会主义服务，既是重要的文艺方针，又是带有根本性意义的文艺论断，为新时期更好、更科学地推动文艺发展发挥了重要引领和指导作用。

1979年10月30日，邓小平《在中国文学艺术工作者第四次代表大

① 《贺敬之文集》第4卷，第200页。
② 《贺敬之文集》第4卷，第145—146页。

会上的祝词》中重申了文艺为广大人民群众、首先为工农兵服务。周扬在大会的报告中谈了关于文艺创作的"四句话"：培养社会主义新人，提高人民的精神境界，促进社会主义社会的完善和发展，满足人民的文化生活的要求。1980年1月23日，贺敬之在中宣部第三次理论座谈会上发言时说："我想提一个不成熟的想法：对我们的文艺方向的概括性的表述，是不是可以在'我们的文艺要为广大人民群众，首先是为工农兵服务'之下，加一句'为社会主义服务'？光提前一句，可能使有些人误解为只是一个服务对象问题。加上后一句，可以简明地指出时代特点，指出对文艺的思想内容和社会功能的要求。"他还指出，周扬的"培养社会主义新人"等"四句话"，可以作为对"为社会主义服务"的具体解释。"这里边包括社会主义的政治、经济和精神生活各个方面，可以避免片面性、绝对化的毛病。而'服务'这个字眼是可以被大家接受的，丝毫没有贬低文艺的意思。"[①]党中央最后确定了"文艺为人民服务，为社会主义服务"这个提法作为其后文艺工作的总口号。

1980年7月26日，《人民日报》发表社论《文艺为人民服务、为社会主义服务》，正式发布了这个总口号。这篇社论是根据党中央确定的精神，由郑伯农执笔撰写，贺敬之主持讨论修改，经中央领导同志审定后发表的。同时，在内部由中宣部发出通知。"社论"对"文艺为社会主义服务"的解释是，"为社会主义的经济、政治、军事、文化等各项事业的根本需要服务，在今天，就是为社会主义现代化建设的伟大事业服务"[②]。认为不能把文艺的社会功能仅仅限于对政治起作用，还要发挥文艺对整个社会生活和人的精神生活的作用，这样才符合文艺规律，才有利于发展社会主义文艺[③]。对此，贺敬之表示："这样，就既不是完全否定文艺为政治服务，又明确地改变了孤立地只提为政治服务，把为政治服务作为总口号带来的弊病消除了。"[④]

文艺为人民服务的提出，是针对文艺为政治服务这个口号所带来的弊端的；所以，当这个口号被提出来，并以之取代文艺为政治服务后，一些

---

① 《贺敬之文集》第3卷，第234—235页。
② 《贺敬之文集》第3卷，第508页。
③ 《贺敬之文集》第3卷，第321页。
④ 《贺敬之文集》第3卷，第321页。

人在这两个口号的关系上就出现了一些误解，并影响到了对文艺为人民服务的正确理解。贺敬之特别关注到了这一点，对两种错误解读倾向进行了分析和批评，进一步明确并捍卫了文艺为人民服务的正确内涵。第一种错误理解认为，既然用文艺为人民服务的新口号取代了文艺为政治服务，那么文艺就不能为政治服务，只要为政治服务就一定是糟的，艺术离政治越远越好，艺术离宣传越远越好。对此，贺敬之指出，这是不符合中央提出这个新口号的精神的。他说："中央提出这个问题时，第一，没有讲艺术根本不能为政治服务，不需要为政治服务，更不是说要离开政治；只是不要讲一切艺术任何时候都只能为政治服务。第二，过去实践为无产阶级政治服务这个指导思想，对我们的革命工作也是起过积极作用的，不能全部否定，中央也从来没有对这个口号采取彻底批判和全盘否定的态度，只是讲它不够准确、不够完善，产生过消极的影响，在新的历史条件下不再把它作为一个总的口号来提。"[1]他还特别批评了借此否定文艺表现社会主义的政治，而宣扬表现另外一种政治的不良创作倾向。第二种错误理解是基于第一种错误理解的，认为既然提文艺为人民服务会导致一些人否定文艺与政治的联系，甚至要让文艺远离政治（当然这个政治是社会主义的政治），那么总的口号就应恢复文艺为政治服务。对此贺敬之也表示不赞成，他指出，以文艺为人民服务代替为政治服务这样的变动是完全正确的，"因为艺术不仅仅是表现政治、直接为政治服务的"，作为一个总口号，文艺为政治服务的提法确实有些简单化了，是不够准确的。[2]

可以说，贺敬之关于两个口号关系的论述，特别是对文艺与政治的联系的阐发，对于正确贯彻文艺为社会主义服务的精神是非常重要的。因为，社会主义这个概念本身就属于政治范畴，如果割断了文艺与政治的联系，彻底否定文艺为政治服务，就会在实质上掏空文艺为社会主义服务的内涵，使之成为一句没有实际意义的空洞化口号。

那么，在具体的创作中怎样实现文艺为社会主义服务呢？那就是要高扬社会主义文艺的主旋律，"表现社会主义的思想内容"，"表现社会主义的时代精神"，"表现社会主义新时代的先进人物、英雄人物"，"以鼓舞我

---

[1] 《贺敬之文集》第 3 卷，第 493 页。
[2] 《贺敬之文集》第 3 卷，第 493 页。

们的人民建设我们的社会主义国家"。① 在文艺为社会主义服务上，贺敬之特别强调文艺工作者要处理好"多"和"一"的关系。"多"是指多样化，就是艺术上、学术上各种学派要非常开放、百花齐放；"一"是指要有重点、有主调、有主旋律，就是要为社会主义服务，要坚持马克思主义、坚持共产党的领导、坚持社会主义道路。在文艺创作上，我们既要讲"多"，同时，在大的方面、在总的方面，我们又必须讲"一"。② 他指出，"我们要的社会主义文艺，不能是多种思想倾向不分是非，多种艺术表现不分优劣和主次，一概兼收并蓄的大杂烩。我们要以革命的思想内容和更能表现这种内容的主题和题材作为主旋律，以民族风格为主调，以能为更广大的人民群众喜闻乐见为重点"。只有坚持这样的"一"，才能体现出具有我们民族特色的社会主义文艺的本质特征。同时，贺敬之又指出，"这个'一'决不是唯一。这个'一'决不能离开'多'。这就是说，还必须有多样化。不仅在形式风格方面要有多样化，在思想内容上也要有多样化"。文艺的多样化"是社会生活多样化和读者、观众艺术爱好多样化的必然反映，是由艺术发展的客观规律所决定的"。这样的"多"和"一"是相一致的，二者是相辅相成的辩证统一关系。"坚持'一'，就是为'多'的发展而加强主体和核心的力量。坚持'多'，就是为了'一'的壮大而提供实际可能和促进的力量。"③ 因此，我们的社会主义文艺，既要坚持"一"，又要坚持"多"。这样才能更好地实现文艺为社会主义服务、为人民服务。

五、正确反对错误倾向

在文艺领域有了错误倾向，我们要提出反对。这只是表明一个态度和倾向，并非问题的关键所在，问题的关键在于如何"正确地"反对错误倾向。贺敬之在反对文艺上的错误倾向方面的理论贡献，正是在于对错误倾向我们如何做到"正确地"反对。

贺敬之指出，正确反对错误倾向的根本指导思想是实事求是，即一切

---

① 《贺敬之文集》第 4 卷，第 204 页。
② 《贺敬之文集》第 4 卷，第 54、180 页。
③ 《贺敬之文集》第 4 卷，第 54、56 页。

从实际情况出发，不带任何主观偏见，有什么错误倾向就反对什么错误倾向。他在这里使用的"错误倾向"是个政治概念，是特指政治上的错误倾向而言的。贺敬之不同意有人所说的那样"文艺问题就是文艺问题，在文艺问题上不要使用错误倾向的提法"，他说："就具体作品来讲，确有许多作品是不直接表现政治内容的，但从文艺的总体上说，政治内容是文艺作品思想内容的不可缺少的构成部分，而且在其中占有极其重要的地位。既然文艺中有政治内容，作家评论家要表现对现实政治制度、政治思想、政治活动的态度和评价，必然就有个倾向问题，既会有正确的政治倾向，也会有'左'的和右的错误的政治倾向。"[1] 贺敬之还指出："'倾向'这个概念并不是只能用于纯粹的政治问题，它也适用于重要的思想问题。在文艺领域，除了直接表现现实政治内容，我们的文艺工作本身也有个具体的方针、政策问题，文艺创作和评论中还有着社会观、人生观和美学观的问题。如何对待党的文艺方针、政策，宣传什么样的社会观、人生观和美学观主张，也有个思想倾向问题，也有正确倾向和错误倾向之分。例如，背离、反对党的'文艺为人民服务，为社会主义服务'的方针，公开宣传文艺的最高目的就是'表现自我'，主张我国文艺走西方现代派的路，这难道还不是错误的倾向吗？这种错误的思想倾向和错误的政治倾向之间不能直接画等号，但它同时又和政治上的错误倾向有着密切联系，不能截然分开。"[2] "按照实事求是的原则，我们不应当把不构成错误倾向的缺点错误说成是错误倾向，也不能把属于错误倾向性质的问题说成不是这样的问题。"[3] 针对有人说"有错误的作品和文章是少数，在整个文艺作品和文章中只占很小的比例，形不成什么错误倾向"，贺敬之指出："这样用简单的算术方法来看待意识形态领域的问题，看待文艺问题，同样是不正确。""判断意识形态领域是不是出现了错误倾向，关键不是看有关作品和文章的数量，而是看问题的性质。"[4]

反对文艺中的错误倾向不能简单粗暴，要充分看到精神领域的问题的复杂性，要讲究方式方法，细致、科学地去对待和处理。贺敬之指出：

---

① 《贺敬之文集》第 3 卷，第 477 页。
② 《贺敬之文集》第 3 卷，第 477 页。
③ 《贺敬之文集》第 3 卷，第 477—478 页。
④ 《贺敬之文集》第 3 卷，第 478 页。

"对待精神世界的问题，决不能有一丝一毫的简单粗暴。艺术是精神世界的东西，人的精神世界是非常复杂的。在这个问题上，没有高度的政治水平，没有高度的马克思列宁主义的科学态度，很容易处理不当。"① 他还说："对于一个人的思想光靠一部分事实表现是不容易判断清楚的。即使事实没有被歪曲也是如此。人的思想、感情、灵魂深处往往有非常复杂的矛盾性。……现在我们所处的这个大转折的历史时期，人的精神世界更是如此。我们对有缺点错误的同志要作全面的分析。现在文艺创作中所表现的各种各样的思想，应当看到大量的主要是正确的好东西。也有相当一部分思想是不正确的或是混乱的，我们要进行认真分析，区别本质和现象，政治观点、哲学观点和艺术观点，动机和效果，必然和偶然等等各种不同的情况，细致地、科学地去对待。"②

贺敬之指出，正确反对错误倾向，要注意改进和完善方式方法。"正确地进行思想文化战线上反对错误倾向的斗争，必须有与之相适应的正确的方法，并在实践中不断地加以改进和完善。"③ 对于错误倾向，贺敬之主张，要积极开展调查研究，一切从实际出发，既坚决实行不抓辫子、不扣帽子、不打棍子的"三不主义"，又积极地开展对错误思潮的批评和斗争，根据问题的不同情况，采取不同做法："其一，首先要严格区分敌我性质的矛盾和人民内部的矛盾，这是大前提。属于人民内部的问题，一定要按照团结——批评——团结的公式，采取同志式的与人为善的态度，'以理服人，以情动人'，通过批评达到弄清思想、团结同志的目的。其二，要区分学术问题、思想问题、政治问题的界限。……一方面要坚决反对把一般思想问题甚至学术问题当做政治问题，同时也要避免把明显的政治情绪、观点、倾向甚至立场问题说成是一般思想认识问题或学术问题。其三，在处理问题上，要根据问题的不同性质和程度，区别文艺批评、行政管理、法律实施这三个不同的范围和方式。一方面，决不能滥用行政或法律手段来解决一般创作和评论中的问题（这些问题，只能用文艺评论的方法来解决），同时，又不能否定文艺事业管理中必要的行政手段，不能排除对触

---

① 《贺敬之文集》第 3 卷，第 327 页。
② 《贺敬之文集》第 3 卷，第 328 页。
③ 《贺敬之文集》第 3 卷，第 485 页。

犯法律的行为（当然这是极个别的）绳之以法。"①

应该说，贺敬之的这些如何正确反对错误倾向的思想，在当前文艺领域一些错误思潮不断蔓延渗透的情况下，正有着鲜明而强烈的现实价值和借鉴意义。

贺敬之的文艺思想是钙质丰富的，是有信仰的文艺思想，是怀抱崇高理想和远大精神追求的文艺思想。也正因如此，其文艺思想也是坚定的、清醒的和有作为的。

贺敬之新时期文艺思想有着牢固的理论基石和理论支点，这一基石和支点就是他在《贺敬之文艺论集》的自序中提到的他过去、现在和以后都会坚持的五点基本看法。这五点基本看法是：第一，我国社会主义新时期的文艺，仍然必须以马克思列宁主义、毛泽东思想为指导。当然，马克思列宁主义和毛泽东思想必须发展，决不能停滞和僵化。第二，社会主义文艺是真正民主和自由的文艺，同时也是有领导、有自觉意识的文艺。在保证充分的艺术民主和创作自由的同时，必须坚持党的领导。第三，社会主义现代化建设要物质文明和精神文明一起抓，要坚持四项基本原则，这是党按照马克思主义原理并结合中国实际提出的重大理论原则和战略方针。文艺应当是社会主义精神文明建设的一个组成部分，这是我们观察和处理新时期所有文艺问题的基本出发点。第四，我国的社会主义文艺是对外开放的文艺，决不能闭关锁国。一方面要对外开放，一方面要抵制资本主义腐朽思想的侵蚀。第五，党的十一届三中全会以来，党对文艺工作的领导是正确的，文艺工作取得了空前的发展，成绩是第一位的。与此同时，文艺战线也存在着一些问题和缺点错误。其中，有大量不属于思想倾向性质的问题，但也确有属于思想倾向性的问题存在。②

可以说，这一基石和支点是我们正确理解和把握贺敬之文艺思想的重要出发点。贺敬之明确指出："以上这几点，并不是任何个人、当然更不是我一个人的个人主张，而是作为党的正式决议多次写在文件上的。它是总结了历史经验和党的十一届三中全会以来的新鲜经验，集中了广大文艺工作者的正确意见得出来的。"③这表明，正是在这些党所形成的共识的基础

---

① 《贺敬之文集》第 3 卷，第 488 页。
② 《贺敬之文集》第 4 卷，第 152—153 页。
③ 《贺敬之文集》第 4 卷，第 154 页。

上，贺敬之开创并发展了自己的文艺理论思想，这是其世界观、人生观和文艺观的体现，也是其鲜明的党性的体现，是其共产党员、人民诗人和革命战士情怀与境界的体现。

贺敬之新时期的文艺思想是其来有自的。从理论源头上来说，它源自毛泽东文艺思想，特别是源自毛泽东《在延安文艺座谈会上的讲话》。2015年9月8日，91岁高龄的贺敬之接受记者采访时说道："毛主席《在延安文艺座谈会上的讲话》对我来说，印象深刻，影响终身。"① 可以说，贺敬之新时期的文艺思想，就是对毛泽东文艺思想结合实际的创造性运用和结合时代的创新性阐发。研究贺敬之新时期的人民文艺思想对于深刻把握中国共产党的文艺理论发展，深刻把握毛泽东文艺思想和中国特色社会主义文艺理论都有着重要意义；对于推动社会主义文艺发展，推动人民文艺进步，推进社会主义精神文明建设都有着重要价值。

---

① 王思北：《革命理想铸就经典之作——访著名诗人贺敬之》，新华网，2015年9月8日，参见 http://www.xinhuanet.com/2015-09/08/c_1116500958.htm。

第十一章　幻灭与记忆:《二手时间》里的人民影像

我们都知道,文艺要反映人民心声,为人民代言。但这里有一个前提,就是作家艺术家要用心去倾听人民。人民的心声不是作家想象或揣摩出来的,而是人民自己开口说出来的。人们常说,"人民是沉默的大多数"。实际上,人民一直在言说,甚至是在大声地呼喊,现实中并不匮乏人民的声音,匮乏的是对于人民声音的倾听。白俄罗斯著名作家、2015年诺贝尔文学奖得主S. A. 阿列克谢耶维奇的重磅新作《二手时间》,真诚倾听人民声音,通过口述采访的形式,讲述了苏联解体后自1991年到2012年二十年间俄罗斯普通人的生活和精神状况。这些讲述真实地再现了苏联解体后,在痛苦的社会转型过程中,人民理想的幻灭、人民身份的焦虑、人民"自由"的虚妄和人民记忆的褪色。

一、人民理想的幻灭

《二手时间》通过被采访者之口道出了1991年发生于苏联的"八月政变"的某些实质:"一场悲剧。人民输了。"[1] "革命只是装饰,是给人民看场戏。"[2] 戏演完了,人民的社会理想也随之幻灭。"那时候,小人物是受重视的,可以发表宣言,上电影屏幕。""但是今天有谁还会听普通人说话?谁还需要普通人?"[3] "他们把人民踩在了地上,我们成了奴隶,奴

---

① ［白俄］S.A.阿列克谢耶维奇:《二手时间》,吕宁思译,中信出版集团2016年版,第13页。
② ［白俄］S.A.阿列克谢耶维奇:《二手时间》,吕宁思译,第14页。
③ ［白俄］S.A.阿列克谢耶维奇:《二手时间》,吕宁思译,第45页。

隶！正如列宁所说，在共产主义下，厨师是国家的管理者，还有工人、挤奶女工、纺织工人。可现在呢？坐在议会中的都是土匪强盗，揣着美元的亿万富豪。"①"那时候人民只想赶走共产党员，盼着美好时光来临，过上天堂般的日子。不料自由的人民没有出现，却出现了千万富豪和十亿富豪，黑帮！"②

可以说，社会主义、马克思列宁主义是实现、捍卫和保障人民根本利益的，人民与社会主义、马克思列宁主义具有高度的同质性，可谓一损俱损、一荣俱荣、荣损与共。阿列克谢耶维奇的作品向我们展示了，苏联社会主义的倒掉，受损最大的就是普通劳动人民——真正的人民。高度发展的社会主义是人民的理想，但通往这个理想的道路是曲折的。苏联解体后的 20 年是苏联人民社会理想幻灭的 20 年。在观念中，他们从人民走向抽象的人或者自由的公民，而现实则越来越成为与人民理想相敌视和对立的现实，人民理想最终成为"废话和童话"③。

苏联人民对改革和革命的原本期待是，"坏的社会主义终结，好的社会主义到来"④。但事与愿违，他们等来的却是社会主义的终结与资本主义的到来。在这个进程中，人民成了被侮辱者和被损害者。苏联社会主义的解体，也意味着人民的解体、人民社会理想的瓦解。在社会主义发展还不成熟、不完善的初级阶段，当然会有这样那样的问题，甚至是损伤到人民利益的问题。但只有在社会主义条件下，我们才可以说，这些问题是发展中的问题，是社会主义走向成熟和完善必须要付出的代价和要走过的曲折历程。我们不能也不应背离社会主义去寻求这些问题的解决之道，而实际上，这些问题的最终解决、真正解决也必须在社会主义发展的较高阶段才可以实现。

正像有人所说的，"我们所有人都拥护改革，拥护戈尔巴乔夫，可是我们并不是赞成改革成这个样子……"⑤"只要不背叛社会主义，就不会贫富分化。"⑥而这些改革者背叛的正是社会主义。人们在当年都曾热烈地

① ［白俄］S.A.阿列克谢耶维奇：《二手时间》，吕宁思译，第 9 页。
② ［白俄］S.A.阿列克谢耶维奇：《二手时间》，吕宁思译，第 48—49 页。
③ ［白俄］S.A.阿列克谢耶维奇：《二手时间》，吕宁思译，第 46 页。
④ ［白俄］S.A.阿列克谢耶维奇：《二手时间》，吕宁思译，第 425 页。
⑤ ［白俄］S.A.阿列克谢耶维奇：《二手时间》，吕宁思译，第 220 页。
⑥ ［白俄］S.A.阿列克谢耶维奇：《二手时间》，吕宁思译，第 15 页。

期待全面改革、彻底改革，支持改革派和民主派，但当苏联真正解体之后，他们才恍然意识到自己想要的并非资本主义，而是一种新的社会主义，是原来的社会主义的改良版，而非背叛版、颠覆版。当社会理想幻灭之后，人民就自然演化成现实的小市民——"社会主义人民"转化为"资本主义的市民"。青年人说："朋友们，什么他妈的理想啊？生命是短暂的。让我们干杯！"[1] 老年人说："要是我们的孙子，一定会输掉伟大卫国战争的。他们没有理想，他们没有伟大的梦想。""他们读的是另一些书，看的是另一些电影。"[2] "到处悬挂的标语口号已经不再是'我们的未来，是共产主义'，而是'买吧！请您购买！'。"[3] "正义的理想"[4] 已经颓败，"市场成了我们的大学"[5]，一度坚定理想的信徒则"成了那个金钱盒子的奴隶"[6]。

　　"在社会主义制度下，他们向我保证阳光可以洒在每个人身上。但今天人们却是另一种说法：必须根据达尔文的原则生活，只有这样我们才能变得富有。"[7] 这是怎样的社会呢？"我一辈子也赚不够钱买一颗最小的钻石和一枚小小的戒指……我们的议员们，人民的代表们，他们哪儿来的那么多钱？我和妈妈只有诚实工作换来的一摞奖状，他们却有俄罗斯天然气公司的股票。我们只有一些纸，他们却有大把钞票。"[8] 一个十九岁的大学生说："俄罗斯的梦想就是：手上拎着箱子，离开他娘的俄罗斯，飞到美国去！"[9] 不理解达尔文主义，就不能理解当前人们的生活现实。经过改革与革命，在金钱铸成的新的铁幕面前，在达尔文原则的冰水之中，人民的社会主义理想必然走向幻灭。

---

① ［白俄］S.A. 阿列克谢耶维奇：《二手时间》，吕宁思译，第 15 页。
② ［白俄］S.A. 阿列克谢耶维奇：《二手时间》，吕宁思译，第 219 页。
③ ［白俄］S.A. 阿列克谢耶维奇：《二手时间》，吕宁思译，第 17 页。
④ ［白俄］S.A. 阿列克谢耶维奇：《二手时间》，吕宁思译，第 190 页。
⑤ ［白俄］S.A. 阿列克谢耶维奇：《二手时间》，吕宁思译，第 178 页。
⑥ ［白俄］S.A. 阿列克谢耶维奇：《二手时间》，吕宁思译，第 21 页。
⑦ ［白俄］S.A. 阿列克谢耶维奇：《二手时间》，吕宁思译，第 346—347 页。
⑧ ［白俄］S.A. 阿列克谢耶维奇：《二手时间》，吕宁思译，第 517 页。
⑨ ［白俄］S.A. 阿列克谢耶维奇：《二手时间》，吕宁思译，第 154 页。

二、人民身份的焦虑

从一定意义上讲，人民这个范畴的内涵只有在社会主义社会才能够得以充分实现。在其他社会形态中，人民内涵必然会有所缺失和亏损。当昔日苏联的"冶金学家大街、爱好者大道、工厂街、无产阶级大街"，变成"小市民大街、商人大街、贵族大街"①，"曾经的伟大人民！如今却产生推销员和强盗，产生店铺伙计和经理"②，人民是谁？人民怎么了？这些以前不是问题的问题引发了人民对自我身份的困惑和焦虑。"早先我理解我们的生活，理解我们的生活方式……可是现在我不理解……不明白了……"③"我们是共产主义的孩子，却在过资本主义的生活。"④

《二手时间》告诉我们，必须要知道，即使在一个社会主义国家，也并非所有的人都是人民。那些在舆论上大喊大叫的人，往往不是真正的人民。人民虽也在表达自己，但他们总体来看仍欠缺舆论策划和议题设置的能力，即便所谓网民人数几乎超过了国民的半数，也是如此。苏联解体的原因，值得关注的一个重要方面就是一些非人民势力、反人民势力通过舆论对人民进行了欺骗和分化。"我们已经习惯五月和十月的队伍和标语：'列宁事业永存！''党，我们的舵手。'而现在的人们并不是有组织的队伍，而是自发的势力。他们不是苏联人民，而是另一种人，我们从来没有见过的人。标语也完全不同：'把共产党员送上法庭审判！''打烂共产主义害人虫！'"⑤

苏联人民在基层，在底层。阿列克谢耶维奇采访和倾听的主要是这样一类人：他们"全都有社会主义基因，彼此相同，与其他人类不一样"⑥。他们有自己的词汇，有自己的善恶观，有自己的英雄和烈士。正是他们，在后苏联时代定义着人民、诠释着人民。"莫斯科既有俄罗斯风格，又有资本主义模式……但在俄国基层一如既往，苏联心态依旧。在那里看不到民主分

---

① ［白俄］S. A. 阿列克谢耶维奇：《二手时间》，吕宁思译，第45—46页。
② ［白俄］S. A. 阿列克谢耶维奇：《二手时间》，吕宁思译，第41—42页。
③ ［白俄］S. A. 阿列克谢耶维奇：《二手时间》，吕宁思译，第520页。
④ ［白俄］S. A. 阿列克谢耶维奇：《二手时间》，吕宁思译，第184页。
⑤ ［白俄］S. A. 阿列克谢耶维奇：《二手时间》，吕宁思译，第52—53页。
⑥ ［白俄］S. A. 阿列克谢耶维奇：《二手时间》，吕宁思译，第IX页。

子，就是看到了人们也会把他们撕碎。"① 人民一直在基层，上层的改革、革命，使他们在现实中失去了人民的身份。而在他们的观念中，他们始终保持着人民心态，也就是苏联心态。人民时时焦虑于这种悖论——现实的资本主义、观念的社会主义——之中，面临着身份认同的严重危机。

苏联解体后的第二个十年，人们说："以前我们都说'普通人'，而现在改成了'平民'。你能感受到其中的区别吗？"② "你不是人民的敌人吧，公民？"③ "这个时代，人不再是高贵的称号，而是千人千面。"④ 纪录片《苦难》的导演伊琳娜·瓦西里耶夫娜指出："有些人把人民理想化，另一些人只把人民视为群氓，视作'苏联分子'。实际上，我们对于人民并不了解，我们之间有深深的鸿沟……"⑤ 可以说，"苏联分子"倒是道出了人民身份的实质，人民身份隐含着社会主义取向，没有了社会主义，人民就只是一个内涵被抽空的概念。在资本主义社会，人民失去了其作为劳动者的崇高地位，或许这些"苏联分子"只有回到过去，在记忆和回忆中才能找回自己的尊严和意义。

三、人民"自由"的虚妄

呼唤人民起来改革和革命的名义是"为了自由"。但"自由"是什么呢？它对于人民意味着什么呢？"没有人教给我们什么是自由，我们只被教育过怎么为自由而牺牲。"⑥"自由是什么？自由对于我们人类来说，就像猴子想戴眼镜一样，谁都不知道该怎么办。"⑦"人人都因自由而陶醉，但谁也没有准备好面对自由。自由，它到底在哪儿啊？人们仍然只习惯于在厨房里继续痛骂政府……"⑧"人人都想自由，可是最终得到了什么？叶利钦

① ［白俄］S.A.阿列克谢耶维奇：《二手时间》，吕宁思译，第524页。
② ［白俄］S.A.阿列克谢耶维奇：《二手时间》，吕宁思译，第341页。
③ ［白俄］S.A.阿列克谢耶维奇：《二手时间》，吕宁思译，第355页。
④ ［白俄］S.A.阿列克谢耶维奇：《二手时间》，吕宁思译，第388页。
⑤ ［白俄］S.A.阿列克谢耶维奇：《二手时间》，吕宁思译，第523页。
⑥ ［白俄］S.A.阿列克谢耶维奇：《二手时间》，吕宁思译，第XIV页。
⑦ ［白俄］S.A.阿列克谢耶维奇：《二手时间》，吕宁思译，第61页。
⑧ ［白俄］S.A.阿列克谢耶维奇：《二手时间》，吕宁思译，第XIII页。

式的强盗革命……"①

　　改革或革命之后的"自由"到底会是什么样子？对于这个问题的答案，是在苏联解体以后的日子里，人们逐渐体会到的。《二手时间》里记录的人民的声音显得激愤而锋利："自由原来就是恢复小市民生活，那是以前的俄罗斯生活中羞于启齿的。消费主义就是自由之王。"②"生活就是金融骗局和票据。自由就是金钱，金钱就是自由。"③"金钱已经成为自由的同义词，令所有人亢奋激动。"④"取代红色旗帜的是基督教复活和消费崇拜，人们在入睡前所想的不是崇高的事情，而是今天他没有买到什么东西。"⑤"代替自由的是给我们发股权券。就这样把一个伟大的国家瓜分了：石油、天然气……我不知道怎么说，有人只分到了个面包圈，还有人分到的只是面包圈中间的那个空洞。这些股权券必须投资到公司股票中，但很少有人知道怎么做。"⑥什么是自由？一位后苏联时代的年轻人的回答是："……当你不担心自己的欲望时，你就是自由的；当你有很多钱的时候，你就会有一切自由……"⑦

　　显然，"自由"，对于人民只是一句空头支票般的承诺。脱离了生活、脱离了生存，人民"自由"只能是虚妄的"自由"。"一次改革，又一次改革，把我们都抢光了！""现在已经不是在生活，只是在度日。"⑧"相比越来越多的人在谈论和书写'自由！自由！'的字眼，货架上的奶酪和肉，甚至盐和糖，都消失得更快。空空如也的商铺，令人感到恐惧。"⑨"以前是斯大林杀人，现在是土匪杀人。这就是自由社会吗？"⑩"全乱套了。自由……自由在哪里，乱玩女人？我们在吃没有黄油的粗米粒呢……"⑪"我们得到过承诺，民主会让所有人过好日子，到处都是正义、公平和真诚。

　　① ［白俄］S.A.阿列克谢耶维奇：《二手时间》，吕宁思译，第 34 页。
　　② ［白俄］S.A.阿列克谢耶维奇：《二手时间》，吕宁思译，第 XV 页。
　　③ ［白俄］S.A.阿列克谢耶维奇：《二手时间》，吕宁思译，第 46 页。
　　④ ［白俄］S.A.阿列克谢耶维奇：《二手时间》，吕宁思译，第 17 页。
　　⑤ ［白俄］S.A.阿列克谢耶维奇：《二手时间》，吕宁思译，第 46 页。
　　⑥ ［白俄］S.A.阿列克谢耶维奇：《二手时间》，吕宁思译，第 455—456 页。
　　⑦ ［白俄］S.A.阿列克谢耶维奇：《二手时间》，吕宁思译，第 XVI 页。
　　⑧ ［白俄］S.A.阿列克谢耶维奇：《二手时间》，吕宁思译，第 82 页。
　　⑨ ［白俄］S.A.阿列克谢耶维奇：《二手时间》，吕宁思译，第 10 页。
　　⑩ ［白俄］S.A.阿列克谢耶维奇：《二手时间》，吕宁思译，第 433 页。
　　⑪ ［白俄］S.A.阿列克谢耶维奇：《二手时间》，吕宁思译，第 393 页。

这一切都是谎言……人只是一粒灰尘、一粒尘埃……"① 作者引用陀思妥耶夫斯基《宗教大法官》中那位大法官对返回地球的基督所说的话："……你把自由的礼物给了谁，随之而来就会产生不幸……"② 在一定意义上说，这确乎是后苏联时代人民获得的"自由"的真实写照。

"自由"的虚妄，还在于那些煽动人民起来争取"自由"、捍卫"自由"的所谓"自由斗士"的虚伪和欺诈，他们把"自由"和不幸一起塞给人民之后就抛弃了人民，而去寻求民主帝国的庇佑了，他们对多糟糕的后果都不负一丁点儿的责任。"那些当年召唤我们到广场上去'打倒克里姆林宫黑手党'的人，许诺我们'明天必将自由'的家伙们，今天都在哪儿呢？他们完全没有交代，早就跑到西方去了，现在在那边咒骂社会主义。他们坐在芝加哥实验室里继续骂，而我们，还在这里……"③

四、人民记忆的褪色

人民记忆是有选择性的，苏联刚解体时，人民选择了记忆痛苦、不幸与黑暗，而现在人们更愿意选择记忆苏联的伟大和光明。人民记忆在一些方面一度失明，而现在则逐渐复明了。然而，记忆毕竟只是过往的影像，人民书写的历史，时间的激流和偏见的风暴从来都不曾撼动。即便是在20世纪90年代，相对于一些人指责斯大林是"小胡子食人魔"，谩骂苏联历史"就是内务部、古拉格和死亡营的历史"，仍然有人能够比较全面地看待苏联时期的历史："社会主义不仅仅有劳改营、政治告密和铁幕，也是正义和光明的世界：公平分享、同情弱者、善良待人，而不是自私自利。"④

《二手时间》更多地呈现了后苏联时代劳动人民对于苏联及其领导人的肯定和认同。他们说："我们都是在苏联成长的：在学校收集废金属，喜爱歌曲《胜利日》。听关于正义的童话故事，就连苏联动画片里的角色

---

① ［白俄］S. A. 阿列克谢耶维奇：《二手时间》，吕宁思译，第509页。
② ［白俄］S. A. 阿列克谢耶维奇：《二手时间》，吕宁思译，第 XVII 页。
③ ［白俄］S. A. 阿列克谢耶维奇：《二手时间》，吕宁思译，第147页。
④ ［白俄］S. A. 阿列克谢耶维奇：《二手时间》，吕宁思译，第45页。

也都善恶分明，拥有正确的世界观。"① "正是这个'可怕的苏联教育'教会我，不仅要考虑自己，还要想到他人，要关心弱者，关心穷人。"② "我是一个普通人。斯大林没有碰过普通百姓。在我们家没人受到伤害，所有工人也都没有受到伤害。领导们的脑袋掉了，老百姓还在安静地生活。"③ 在那些典型的俄罗斯人那里，"关于斯大林，他们只记住一件事，就是在斯大林的领导下，他们成了胜利者……"④ "伟大的俄罗斯不能没有伟大的斯大林。"⑤ "如果没有斯大林，如果没有'铁腕'，俄罗斯就不会活下来……"⑥ "我建议把斯大林，我们伟大领袖的纪念碑统统摆回原来的地方。现在都是藏在后院，像垃圾一样。"⑦

二十年过去了，现在"社会上又出现了对苏联的向往，对斯大林的崇拜。十九到三十岁之间的年轻人中有一半认为斯大林是'最伟大的政治人物'。苏联的一切又都成了时尚。例如'苏维埃餐厅'，里面满是苏联称呼和苏联菜名。还有'苏维埃糖果'和'苏维埃香肠'，从味道到口感都是我们从童年起就熟悉的。更不用说'苏维埃伏特加'了。电视上有几十个节目，互联网上也有几十个'苏联'怀旧网站"⑧ "老式的思想再次复活：关于伟大帝国，关于'铁腕'，关于'独特的俄罗斯道路'……苏联国歌回来了，共青团之歌还在，只是改名为《我们之歌》，执政党就是复制版的苏联共产党。"⑨ "比起二十年前，现在很多人更频繁地说到苏联。我最近去了斯大林的坟墓，那里鲜花堆成了山，到处都是红色康乃馨。"⑩

然而，正如作者在"参与者笔记"中所说的："在大街上，我遇到了身穿印有铁锤镰刀和列宁肖像T恤衫的年轻人。但他们真的知道什么是共产主义吗？"⑪ 他也提到，一个年轻人说："我对政治不感兴趣……但我喜欢

---

① ［白俄］S.A.阿列克谢耶维奇：《二手时间》，吕宁思译，第454页。
② ［白俄］S.A.阿列克谢耶维奇：《二手时间》，吕宁思译，第147页。
③ ［白俄］S.A.阿列克谢耶维奇：《二手时间》，吕宁思译，第25页。
④ ［白俄］S.A.阿列克谢耶维奇：《二手时间》，吕宁思译，第529页。
⑤ ［白俄］S.A.阿列克谢耶维奇：《二手时间》，吕宁思译，第25页。
⑥ ［白俄］S.A.阿列克谢耶维奇：《二手时间》，吕宁思译，第224页。
⑦ ［白俄］S.A.阿列克谢耶维奇：《二手时间》，吕宁思译，第223页。
⑧ ［白俄］S.A.阿列克谢耶维奇：《二手时间》，吕宁思译，第XVIII页。
⑨ ［白俄］S.A.阿列克谢耶维奇：《二手时间》，吕宁思译，第XIX页。
⑩ ［白俄］S.A.阿列克谢耶维奇：《二手时间》，吕宁思译，第341页。
⑪ ［白俄］S.A.阿列克谢耶维奇：《二手时间》，吕宁思译，第XIX页。

斯大林。……我不需要伟大的俄罗斯。"[①] 这三个表述显示了青年的思想困惑、矛盾和迷乱，既有所憧憬、向往，但又不得不在沉重的现实面前低下头来，屈从于世俗的或小市民的生存逻辑。人民记忆，甚至关于人民的记忆，在青年一代那里都因褪色而失真。

昔日的"永远的持不同政见者"、"苏维埃政权的头号敌人"、以反斯大林主义小说《古拉格群岛》而著称的作家索尔仁尼琴又怎样呢？他在1996年发表的小说《在转折关头》里肯定斯大林是伟大人物，赞扬斯大林发动的"伟大的向未来的奔跑"。这些都说明他的内心在忏悔，在他心中对曾经一度强大的祖国充满着无尽的惋惜。[②] 当然，《二手时间》不是关于某些昔日精英的忏悔的，而是关于人民记忆的，也是关于褪色的人民记忆的，而褪色的人民记忆就是现实。或许苏联式革命不会再重演，或许也不能再度迎来苏联社会主义的回归，但它确定是一种真挚的怀念，因为是对社会主义的怀念，所以，也确定是人民的怀念。"没有故乡的人，就像没有花园的夜莺一样。"[③] 社会主义是人民的故乡，当人民失去了故乡，灵魂和心灵便再也无法、无处安顿得下。

"……时代把我引入歧途，我曾相信伟大的十月革命。但是在我读了索尔仁尼琴之后，才明白'美好的共产主义理想'是很血腥的。这是个骗局……"[④] 那么，在读了阿列克谢耶维奇之后，他们将会明白些什么呢？历史终将是人民选择和创造的。在幻灭和焦虑之后，在洞穿虚妄的"自由民主"之后，在记忆渐渐褪去色彩之后，人民必将在新的历史起点上重新出发。《二手时间》对自己的民族和人民怀有深深的责任和敬意，作者从人民的失败中挖掘出的是人民精神的崇高，即便从小市民的颓丧中也让人看到人民意识、民族精神的倔强存在。这同另一些诺贝尔文学奖获得者在作品中极端矮化和丑化自己的民族精神和人民形象形成了鲜明对照。《二手时间》将以其所描绘的厚重的"民魂"图谱，赢得读者和历史的检验，成为新世纪的俄语文学经典。

---

① ［白俄］S. A. 阿列克谢耶维奇：《二手时间》，吕宁思译，第154页。
② 《苏联剧变后索尔仁尼琴的"忏悔"》，凤凰网，2008年8月4日，参见 http://culture.ifeng.com/abroad/ 200808/0804_4088_692923.shtml。
③ ［白俄］S. A. 阿列克谢耶维奇：《二手时间》，吕宁思译，第463页。
④ ［白俄］S. A. 阿列克谢耶维奇：《二手时间》，吕宁思译，第65页。

结　语

　　"以人民为中心"，是习近平总书记系列重要讲话中较为集中论述的命题。无论是在经济社会发展，还是在文艺创作和哲学社会科学研究上，习近平总书记都强调了这一点。党的十八届五中全会首次提出"以人民为中心"的发展思想，反映了坚持人民主体地位的社会主义内在要求，彰显了人民至上的价值取向，确立了新发展理念必须始终坚持的基本原则。"以人民为中心"的发展思想观，有三个基本的维度：一是发展为了人民，这是党的全心全意为人民服务宗旨的集中体现；二是发展依靠人民，这是以人民为历史主体和实践主体的唯物史观的集中体现；三是发展成果由人民共享，这是社会主义社会人民作为价值主体的集中体现。

　　对于"以人民为中心"或"人民中心"论的内涵，我们既要从理论的层面去理解，又要从现实实践的层面去把握。在理论的层面，作为新发展理念必须始终坚持的基本原则，"以人民为中心"或"人民中心"论，必须在马克思主义的科学的发展理论中才能得到确切理解。群众的历史才是"真正的历史"，"历史的真实的发展"就是"卑贱的群众的全部群众的群众性"[①]；"历史活动是群众的事业，随着历史活动的深入，必将是群众队伍的扩大"[②]。人民群众是历史主体、实践主体，也是推动发展的主体，因此，"以人民为中心"在马克思主义发展理论的视域中去理解，其最基本的含义就应是以人民群众为本位和根本。在现实实践层面，"以人民为中心"作为党的新的执政思想，是从实践的要求出发的，有着强烈的现实针对性，是有所破、有所立的，理解这一思想不能离开这一现实针对性。"以人民为中心"针对的，一是忽视甚至损害劳动人民全面发展的"以物为

---

① 《马克思恩格斯全集》第 2 卷，人民出版社 1957 年版，第 13 页。
② 《马克思恩格斯全集》第 2 卷，第 104 页。

中心"的发展趋势；二是忽视共同富裕方向，"以少数人甚至极少数为中心"，导致贫富两极分化的发展趋势。在前者的意义上，"以人民为中心"可以理解为以人民群众的全面发展为中心；在后者的意义上，"以人民为中心"则可以理解为以人民群众平等享有、共同享有发展成果为中心。

谈到"以人民为中心"，人们常常会想到我国古代文献中的"以人为本"的命题，并把古代的"以人为本"视为今天的"以人民为中心"的一个理论资源。这个判断在笔者看来是要做具体分析的。有学者考证，古代的"以人为本"有两个意思：一个是以与"天命"相对的"人事"为本，强调统治者要推行正确适当的政治政策，比如《管子·霸言》中的"以人为本"就是如此；另一个是指以与"君"相对的"民"为本，这是唐代一些文献中的一个现象，本来是"以民为本"，可是为避太宗李世民讳，就把"以民为本"表述为"以人为本"了。因此，古代实际上并没有与今天的"以人民为中心"思想相通的"以人为本"命题，与今天"以人民为中心"思想在某种程度上相通的说法应该是"以民为本"。

文艺作品是人写的，是写人的，是写给人看的。所以，人的问题是文艺的核心所在。"以人民为中心"或"人民中心"论，是引领在特定历史阶段树立科学的经济社会发展新理念的基本原则，是解决发展为什么人、由谁享有这个根本问题的，是指导新的发展的世界观和方法论的体现。同时，"以人民为中心"，也是指导我国文艺发展的根本指针。习近平总书记深刻指出："人民既是历史的创造者、也是历史的见证者，既是历史的'剧中人'、也是历史的'剧作者'。文艺要反映好人民心声，就要坚持为人民服务、为社会主义服务这个根本方向。这是党对文艺战线提出的一项基本要求，也是决定我国文艺事业前途命运的关键。只有牢固树立马克思主义文艺观，真正做到了以人民为中心，文艺才能发挥最大正能量。"他申明，在文艺领域坚持"以人民为中心"，"就是要把满足人民精神文化需求作为文艺和文艺工作的出发点和落脚点，把人民作为文艺表现的主体，把人民作为文艺审美的鉴赏家和评判者，把为人民服务作为文艺工作者的天职"。①

坚持以"以人民为中心"的思想引领文艺创作，是社会主义文艺发展

---

① 习近平：《在文艺工作座谈会上的讲话》，《人民日报》2015 年 10 月 15 日。

的根本要求，是人民史观的根本要求，也是文艺的人民尺度的根本要求。文艺工作者自觉接受"人民中心"论的启示，对于文艺创作发展具有根本性意义。

首先，"以人民为中心"的思想启示文艺工作者正确认识人的建设发展与物的建设发展的关系，引领文艺创作参与到社会主义新人的建设中去。人的建设和物的建设是社会进步发展的两翼，邓小平强调在建设物质文明的同时，要加强精神文明建设，要培育"四有"新人。后者实质上就是讲人的建设问题。这个问题很重要，可以说，没有社会主义新人的建设，社会主义物质建设就不可能健康持续发展。正如邓小平所说："不加强精神文明的建设，物质文明的建设也要受破坏，走弯路。光靠物质条件，我们的革命和建设都不可能胜利。"[1]

物的建设发展，一般说来，当然有利于推动人的建设，并为人的建设提供物质上的条件和准备。而要做到这一点，物的建设就必须在一个理性可控的范围之内进行。如果物的建设发展到一种非理性的程度，成了一种唯"物"主义，不是人的理性左右物质利益，而是物质利益左右人的理性，这时，物的建设就成为损害人的了。这种损害可以是身体的损害，比如，由于物的建设的失度而带来的环境污染，或唯利是图者的劣质产品直接影响到人的健康；也可以是精神上的损害，比如，由于物对人的控制，使人不能正确理解财富和权力的意义，形成贪婪、欺诈、钻营、盘剥、掠夺等恶德，扭曲人的心灵。社会主义文艺要求用社会主义思想教育人民，这就需要正确把握物的建设与人的建设的现实关系，对损害人的非理性的物的建设进行反思和批判，为把人从物中拯救出来、培育社会主义新人发挥自己的应有作用。

"我们的文艺，应当在描写和培养社会主义新人方面付出更大的努力，取得更丰硕的成果。要塑造四个现代化建设的创业者，表现他们那种有革命理想和科学态度、有高尚情操和创造能力、有宽阔眼界和求实精神的崭新面貌。要通过这些新人的形象，来激发广大群众的社会主义积极性，推动他们从事四个现代化建设的历史性创造活动。"[2] 这个培育主体的任务与

---

① 《邓小平论文艺》，人民文学出版社 1990 年版，第 67 页。
② 《邓小平论文艺》，第 67 页。

"以人民为中心"思想的要求是一致的，也是文艺创作的一项重要责任和使命。

其次，"以人民为中心"的思想启示文艺工作者要正确理解个体建设发展与群体建设发展的关系，引领文艺创作站到人民群众的立场上来。"以人民为中心"不是以某个个人甚或极少数人为中心，它所要推动的是人民群众的集体的社会发展。人民群众当然也是由一个个个体构成的，如果把"以人民为中心"中的人民理解为个人的话，那这个个人也是指本质上与人民相统一的个人，是带有人民性的个人，即他的利益和追求同人民群众的利益和追求实质上是一致的。这个个人绝不是与人民群众在性质上相对立或相脱离的个人。

文艺创作就是在作品中进行人的建设的工程。文艺作品可以表现群像，但更多的是塑造个体形象。"以人民为中心"的思想要求这个个体形象是人民群众的代表，要求文艺家站在人民群众的立场来看待和表现社会生活。毛泽东指出："新民主主义的文化是大众的……它应为全民族中百分之九十以上的工农劳苦民众服务，并逐渐成为他们的文化。"[1]"成为民众的文化"，就要有一个"从群众中来，到群众中去"[2]的过程。"从群众中来"就是要求文化或文化产品（包括文艺作品）要能够切实反映劳苦民众的真正需要和真实意见，这个需要和意见必须是"群众的实际上的"需要和意见，而不是"我们脑子里头幻想出来的"需要和意见。[3]"到群众中去"就是把以文化或文化产品（包括文艺作品）的方式集中、升华和系统化了的群众需要和意见，带回到群众中去，去宣传和教育群众，使他们自觉起来，把这些需要和意见转化为改造现实的自觉行动。社会主义文艺的力量就体现在文艺与人民群众的紧密结合上，就体现在文艺的性质与人民群众利益的高度一致上。

当前有的文艺作品崇拜权力和金钱，自觉为权力和金钱代言，把权力和金钱的拥有者塑造为庄重人物和社会支柱。在这样的诌势媚权的文艺作品中，人民群众成为可有可无的陪衬和点缀。要改变这样的状况，是需要文艺家们有一点精神的，既要有勇气表现车夫"满身灰尘的后影"的高

---

① 《毛泽东选集》第 2 卷，人民出版社 1991 年版，第 708 页。
② 《毛泽东选集》第 3 卷，人民出版社 1991 年版，第 899 页。
③ 《毛泽东选集》第 3 卷，第 1013 页。

大，也要敢于"榨出"自己"皮袍下面藏着的'小'"来。①

再次，"以人民为中心"的思想启示文艺工作者正确认识科学发展对于确立人民主体地位的重要意义，引领文艺创作以科学发展的眼光来看待和表现生活。毋庸讳言，"以人民为中心"的思想，是针对经济社会发展中出现的一些损害人、损害人民群众利益的问题提出的，但其目的不是要否定发展，而是主张要科学发展，要又好又快发展。这就要求文艺工作者正确看待发展中出现的问题，不能因为这些问题而否定发展的积极意义。要明确这些问题是发展中的问题，也必须在经济社会的科学发展中加以解决；经济社会的科学发展，是深入贯彻"以人民为中心"思想的必要前提。

以科学发展的眼光来看待和表现生活，要强化一种批判意识，因为马克思主义的发展观在某种意义上也是一种实践性批判理论，是对资本意识形态支配下的非理性的掠夺式发展的批判和节制。以"以人民为中心"的思想引领文艺创作，就是要批判地表现不科学的发展模式给人民群众带来的种种困境，以艺术的方式探索和表现科学发展的前景。在观念领域，"以人民为中心"要求真实地解释人和人的现实处境，真实地把握人民群众的现实发展及其可能的未来状况（虚幻的东西也许看起来很美，但那不是人民群众真正需要的，因而也就从根本上背离了"以人民为中心"的思想），而批判意识则是抵达这种真实解释的通径。

以科学发展的眼光和理念来看待和表现生活，要强化一种人民意识。因为"以人民为中心"是科学发展诸种理念的核心，它要求必须坚持尊重社会发展规律和尊重人民历史主体地位的一致性。"一切革命的文学家艺术家只有联系群众，表现群众，把自己当作群众的忠实的代言人，他们的工作才有意义。只有代表群众才能教育群众，只有做群众的学生才能做群众的先生。如果把自己看作群众的主人，看作高踞于'下等人'头上的贵族，那末，不管他们有多大的才能，也是群众所不需要的，他们的工作是没有前途的。"② 文艺创作只有确立起人民意识，把人民视为社会和国家的主人，才可能实现真正意义上的"以人民为中心"。

---

① 《鲁迅全集》第 1 卷，人民文学出版社 2005 年版，第 482 页。
② 《毛泽东选集》第 3 卷，第 864 页。

以科学发展的眼光和理念来看待和表现生活，还要强化一种发展意识。因为，如前所述，科学发展的第一要义是发展，离开发展，"以人民为中心"的思想就无从落实。当然，发展意识并非要在作品中宣扬一种乐观主义，或给作品凭空安上一个光明的尾巴；而是要在对生活现象的描写中，探索和把握社会主义经济社会的建设发展与人的建设发展的辩证关系和规律，使人民群众对于社会历史来说是自觉的、清醒的、创造的主体。

　　实际上，文艺并不能现实地拯救人民，相反，人民却可以现实地拯救文艺，使其醇厚庄重、慷慨有力、流传久远。因此，深入贯彻"以人民为中心"的思想或"人民中心"论，真正站在人民文艺的立场上，和人民群众心息相通，是社会主义文艺的庄严使命，更是其最重要和最核心的本质性诉求。或许正是在这样的意义上，习近平总书记才指出："社会主义文艺，从本质上讲，就是人民的文艺。"[1]

---

　　① 习近平：《在文艺工作座谈会上的讲话》，《人民日报》2015年10月15日。

附录一　中国特色社会主义文艺理论的基本特征

　　中国特色社会主义文艺理论是中国特色社会主义理论体系的有机组成部分，是当代发展着的中国化马克思主义文艺理论，是文艺理论中的宏大叙事和本质阐发。它既是坚持实事求是思想路线的文艺理论，又是在推动社会进步发展中力求有所作为的文艺理论；既是始终坚持唯物史观和辩证法的文艺理论，又是体现与发扬社会主义精神和核心价值观的文艺理论。这些方面在总体上形成了中国特色社会主义文艺理论的基本规定，也形成了其基本特征。从邓小平的文艺思想到习近平总书记的文艺论述，这些基本规定或基本特征既是一脉相承的，又是不断发展、不断创新的。

一、坚持"实事求是"思想路线

　　发端于毛泽东文艺思想，形成、发展于新时期的中国特色社会主义文艺理论，最基本的一个规定或特征就是这一理论始终坚持"实事求是"的思想路线，一切从实际出发，立足中国现实，坚守中国特色。

　　中国共产党在长期的革命实践中，确立了一条辩证唯物主义的思想路线，即一切从实际出发，理论联系实际，实事求是，在实践中检验真理和发展真理。"实事求是"是党的思想路线的核心，是党制定政治路线、组织路线和各项方针政策的基础，是我们正确理解和把握党的路线、方针、政策的基础，也是我们正确理解和把握党的文艺理论、文艺方针和文艺政策的基础。1978年12月13日，邓小平在中央工作会议上做了题为《解放思想，实事求是，团结一致向前看》的重要讲话。在这个讲话中，他指出："只有解放思想，坚持实事求是，一切从实际出发，理论联系实际，我们的社会主义现代化建设才能顺利进行，我们党的马列主义、毛泽东思想的理论也才能顺利发展。"①1978 年 12 月 18 日至 22 日，十一届三中全会召开，把"坚持实事求是、一切从实际出发、理论联系实际"确定为党的思想路线必须坚持的原则②。这标志着"实事求是"思想路线在全党的重新确立。这一思想路线是中国特色社会主义理论体系的思想路线，也是中国特色社会主义文艺理论的思想路线。

那么，文艺理论中的"实事求是"应该有哪些基本内涵呢？在延安整风的基本著作之一《改造我们的学习》中，谈到"马克思列宁主义的态度"时，毛泽东指出"这种态度，就是实事求是的态度。'实事'就是客观存在着的一切事物，'是'就是客观事物的内部联系，即规律性，'求'就是我们去研究"③。这一科学的阐释，赋予了"实事求是"以崭新的马克思主义的内涵。新时期，中国特色社会主义文艺理论中的"实事求是"的内涵，也应当放到这样的维度去解读："实事"就是客观存在着的一切文艺现象，"是"就是这些文艺现象的内部联系，即其规律性，"求"就是我们去探索、去研究。在"实事求是"思想路线的引导下，中国特色社会主义文艺理论把中国化马克思主义文论推进到一个新阶段、新境界，纠正了对一些基本理论问题的错误的和教条式的理解，剥除了那些附加在其身上的似是而非的东西。

中国特色社会主义文艺理论的"实事求是"思想路线的确立，使文艺理论的关注点、凝聚点更着重于文艺自身的特性，因为文艺理论研究的对象毕竟还是文艺而非其他。着重于文艺自身特性，在中国特色社会主义文艺理论中主要表现在两个方面：

其一，更加注重把文艺现象同其他非文艺现象加以区分，更加强调文艺自身的特殊性质。邓小平《在中国文学艺术工作者第四次代表大会上的祝词》中，引用列宁的话说，在文艺事业中，"绝对必须保证有个人创造性和个人爱好的广阔天地，有思想和幻想、形式和内容的广阔天地"④。他指出："党对文艺工作的领导，不是发号施令，不是要求文学艺术从属于临时的、具体的、直接的政治任务，而是根据文学艺术的特征和发展规律，帮助文艺

① 《邓小平文选》第 2 卷，人民出版社 1994 年版，第 143 页。
② 《中国共产党第十一届中央委员会第三次全体会议公报》，《人民日报》1978 年 12 月 24 日。
③ 《毛泽东选集》第 3 卷，人民出版社 1991 年版，第 801 页。
④ 《邓小平文选》第 2 卷，第 210—211 页。

工作者获得条件来不断繁荣文学艺术事业，提高文学艺术水平。""文艺这种复杂的精神劳动，非常需要文艺家发挥个人的创造精神。写什么和怎样写，只能由文艺家在艺术实践中去探索和逐步求得解决。在这方面，不要横加干涉。"① 江泽民同志也指出，"文艺是一个需要极大地发挥个人创造性的领域"，"无论是提高艺术表现力，还是判断艺术的优劣高下和学术上的是非，都不能靠行政命令，而要靠艰苦的艺术实践，靠平等的争鸣"。② 这就把文艺事业同其他事业区分开来，把文艺活动同其他工作区分开来，更加重视文艺自身的独有特点。这是文艺领域实事求是思想路线的基本要求之一。

其二，更加注重文艺的规律性问题，强调以文艺规律来指导文艺创作和发展。比如，在文艺发展道路上，邓小平指出："自觉地在人民的生活中汲取题材、主题、情节、语言、诗情和画意，用人民创造历史的奋发精神来哺育自己，这就是我们社会主义文艺事业兴旺发达的根本道路。"③ 这是对文艺发展规律的精确把握。在提高文艺创作质量上，邓小平提出，"要通过有血有肉、生动感人的艺术形象，真实地反映丰富的社会生活，反映人们在各种社会关系中的本质，表现时代前进的要求和历史发展的趋势"④，为此，文艺工作者就要努力"提高自己认识生活、分析生活、透过现象抓住事物本质的能力"，要不断丰富和提高自己的艺术表现能力，"在艺术上精益求精"⑤。习近平总书记也指出："作家艺术家应该成为时代风气的先觉者、先行者、先倡者，通过更多有筋骨、有道德、有温度的文艺作品，书写和记录人民的伟大实践、时代的进步要求，彰显信仰之美、崇高之美。"⑥ 这里都体现了对文艺创作规律的深刻理解。在文艺的借鉴吸收上，邓小平要求"所有文艺工作者，都应当认真钻研、吸收、融化和发展古今中外艺术技巧中一切好的东西，创造出具有民族风格和时代特色的完美的艺术形式"⑦。这是对文艺推陈出新规律的科学认知。在领导方式上，胡锦

---

① 《邓小平文选》第 2 卷，第 213 页。
② 江泽民：《在中国文联第六次全国代表大会、中国作协第五次全国代表大会上的讲话》，《人民日报》1996 年 12 月 17 日。
③ 《邓小平文选》第 2 卷，第 211—212 页。
④ 《邓小平文选》第 2 卷，第 210 页。
⑤ 《邓小平文选》第 2 卷，第 211 页。
⑥ 习近平：《在文艺工作座谈会上的讲话》，《人民日报》2015 年 10 月 15 日。
⑦ 《邓小平文选》第 2 卷，第 212 页。

涛同志指出，要切实"加强调查研究，不断认识和掌握文艺规律，尊重文艺工作者的创造性劳动，以符合文艺规律的方式领导文艺工作"①。这是对文艺的领导规律的重要阐明。所有这些方面，都体现出中国特色社会主义文艺理论实事求是，尊重文艺规律，从文艺规律出发，发现、研究和解决文艺问题的致思向度。

从毛泽东文艺思想到中国特色社会主义文艺理论，"百花齐放，百家争鸣"都是始终坚持的一个指导文艺创作和发展的重要方针，这一方针也是文艺规律的重要体现。江泽民同志明确指出："百花齐放、百家争鸣，是符合社会主义文艺规律、促进社会主义文艺繁荣的方针。""实行'双百'方针，要求充分发扬艺术民主和学术民主，鼓励文艺工作者进行不倦的探索和创造。""正确地实行'双百'方针，就能有效地加强理论与创作的引导力度，推进文艺的发展和繁荣。"②习近平总书记也强调，"要坚持百花齐放、百家争鸣的方针，发扬学术民主、艺术民主，营造积极健康、宽松和谐的氛围，提倡不同观点和学派充分讨论，提倡体裁、题材、形式、手段充分发展，推动观念、内容、风格、流派切磋互鉴"③。可以说，从新中国文艺发展史来看，什么时候"百花齐放，百家争鸣"方针落实得好，什么时候文艺就发展、繁荣；什么时候"百花齐放，百家争鸣"方针落实得不好，什么时候文艺就凋零、衰败。这充分说明"百花齐放，百家争鸣"是文艺规律的基本方面和本质性维度，这一规律也体现了中国特色社会主义文艺理论的科学性和正确性，也是其"实事求是"思想路线的鲜明反映。

二、力求文艺在推动社会进步发展中有所作为

马克思在《关于费尔巴哈的提纲》中写道："哲学家们只是用不同的方式解释世界，问题在于改变世界。"④"改变世界"，是马克思主义对于其理

---

① 胡锦涛:《在中国文联第八次全国代表大会、中国作协第七次全国代表大会上的讲话》，《人民日报》2006 年 11 月 11 日。

② 江泽民:《在中国文联第六次全国代表大会、中国作协第五次全国代表大会上的讲话》，《人民日报》1996 年 12 月 17 日。

③ 习近平:《在文艺工作座谈会上的讲话》，《人民日报》2015 年 10 月 15 日。

④ 《马克思恩格斯文集》第 1 卷，人民出版社 2009 年版，第 502 页。

论的实践特性的本质要求，也是马克思主义的精神实质之所在。毛泽东文艺思想和中国特色社会主义文艺理论的共同特质之一就在于它们的实践诉求。它们是面向实践的，不仅是面向文艺实践，更是以文艺思想的方式面向社会实践。

1978 年 5 月 11 日，《光明日报》刊登题为《实践是检验真理的唯一标准》的特约评论员文章。文章论述了马克思列宁主义的实践第一的观点，指出任何理论都要接受实践的考验。马克思主义的理论并不是一堆僵死不变的教条，它要在实践中不断增加新的内容。这篇文章引发了一场关于真理标准的大讨论。由此，实践就成为贯穿中国特色社会主义理论体系的一根红线，当然也是贯穿中国特色社会主义文艺理论的一根红线。中国特色社会主义文艺理论之所以与其他性质的文艺理论不同，实践的特性、在推动社会进步发展中力求有所作为的特性是一个重要的维度。

邓小平首先把文艺工作放到中国特色社会主义建设的全局，要求文艺工作者要做"解放思想的促进派，安定团结的促进派，维护祖国统一的促进派，实现四个现代化的促进派"，特别是要把"对实现四个现代化是有利还是有害"，当作衡量包括文艺工作在内的一切工作的"最根本的是非标准"。[1] 他要求文艺要在中国特色社会主义建设方面，特别是实现四个现代化方面有所作为。其次，邓小平要求文艺要在意识形态工作方面有所作为。他指出："文艺工作者，要同教育工作者、理论工作者、新闻工作者、政治工作者以及其他有关同志相互合作，在意识形态领域中，同各种妨害四个现代化的思想习惯进行长期的、有效的斗争。要批判剥削阶级思想和小生产守旧狭隘心理的影响，批判无政府主义、极端个人主义，克服官僚主义。要恢复和发扬我们党和人民的革命传统，培养和树立优良的道德风尚，为建设高度发展的社会主义精神文明做出积极的贡献。"[2] 再次，邓小平还要求文艺要在培育社会主义新人方面有所作为。他说："我们的文艺，应当在描写和培养社会主义新人方面付出更大的努力，取得更丰硕的成果。要塑造四个现代化建设的创业者，表现他们那种有革命理想和科学态度、有高尚情操和创造能力、有宽阔眼界和求实精神的崭新面貌。要通过

---

① 《邓小平文选》第 2 卷，第 209 页。
② 《邓小平文选》第 2 卷，第 209 页。

这些新人的形象，来激发广大群众的社会主义积极性，推动他们从事四个现代化建设的历史性创造活动。"①

江泽民同志特别强调文艺要在社会主义精神文明建设中发挥作用，有所作为。他指出，"在精神文明建设中，社会主义文艺是一条重要的战线"。②他说："实现中华民族的伟大复兴，不仅需要发达的物质文明，而且需要先进的精神文明。实现这两个文明的协调发展，是我国社会全面进步的必由之路。我们的文学艺术工作者，在推进两个文明特别是精神文明的建设中肩负着重大职责。"③江泽民同志还主张文艺要在弘扬社会主义先进文化方面有所作为。他要求广大文艺工作者"积极宣传爱国主义、集体主义、社会主义思想，坚决抵制拜金主义、享乐主义、极端个人主义思想，积极倡导先进文化，努力改造落后文化，坚决抵制腐朽文化。广大文艺工作者应该坚持追求真理、反对谬误，歌颂美善、反对丑恶，崇尚科学、反对愚昧，坚持创新、反对守旧，成为先进文化发展的骨干力量"④。另外，江泽民同志还格外重视文艺在培育和弘扬民族精神方面的功能和作用，要求文艺工作者在这方面应有所作为。他指出："文艺是民族精神的火炬，是人民奋进的号角。在培育和弘扬民族精神方面，文艺可以发挥独特的重要作用。古往今来，世界各民族无一例外地受到其在各个历史发展阶段上产生的文艺精品和文艺巨匠的深刻影响。中华民族的精神，不仅体现在中国人民的奋斗历程和奋斗业绩中，体现在中国人民的精神生活和精神世界里，也反映在几千年来我们民族产生的一切优秀文艺作品中，反映在我国一切杰出文艺家、艺术家的精神创造活动中。"⑤因此，文艺必须在培育和弘扬民族精神上开拓有为。

胡锦涛同志《在中国文联第八次全国代表大会、中国作协第七次全国代表大会上的讲话》中，要求文艺工作者要以繁荣社会主义先进文化、建设和谐文化为使命，热情讴歌时代主旋律，努力为发展社会主义先进文化

---

① 《邓小平文选》第 2 卷，第 209—210 页。

② 江泽民：《在中国文联第六次全国代表大会、中国作协第五次全国代表大会上的讲话》，《人民日报》1996 年 12 月 17 日。

③ 《江泽民文选》第 3 卷，人民出版社 2006 年版，第 399 页。

④ 《江泽民文选》第 3 卷，第 403 页。

⑤ 《江泽民文选》第 3 卷，第 401 页。

建功立业。①《在中国文联第九次全国代表大会、中国作协第八次全国代表大会上的讲话》中，胡锦涛同志又提出了文艺工作者在新的历史时期应当承担的四项历史责任：始终坚持正确方向，更加自觉、更加主动地承担起用社会主义先进文化引领社会进步的历史责任；始终坚持以人为本，更加自觉、更加主动地承担起为人民抒写、为人民放歌的历史责任；始终坚持锐意创新，更加自觉、更加主动地承担起推进文化创造的历史责任；始终坚持德艺双馨，更加自觉、更加主动地承担起弘扬文明道德风尚的历史责任。② 这四项历史责任较为全面地概括了文艺的社会功能和时代意义，是中国特色社会主义文艺理论关于文艺的价值论。

习近平总书记在 2014 年 10 月 15 日召开的文艺工作座谈会上的讲话中，特别强调"文艺事业是党和人民的重要事业，文艺战线是党和人民的重要战线"。他格外重视文艺的社会效果，要求文艺工作者"认真严肃地考虑作品的社会效果，讲品位，重艺德，为历史存正气，为世人弘美德"。文艺对于社会的推动是间接的，即它首先作用于人民的精神世界，通过对人民精神世界的引导、洗礼和激励，来实现、发挥其通过鼓舞人民的实践来推动历史前进和社会进步的作用。习近平总书记从四个方面深刻阐明了文艺对于人民精神世界所应发挥的功能和作用。其一，是"要跟上时代发展、把握人民需求"，"让人民精神文化生活不断迈上新台阶"；其二，是"坚定人们对美好生活的憧憬和信心"，"让人们看到美好、看到希望、看到梦想就在前方"；其三，是要"引导人民树立和坚持正确的历史观、民族观、国家观、文化观，增强做中国人的骨气和底气"；其四，是要求文艺创作能够"传递真善美，传递向上向善的价值观，引导人们增强道德判断力和道德荣誉感，向往和追求讲道德、尊道德、守道德的生活"。③ 这些论述既把握了文艺的作用，又全面结合了文艺自身的特点，是对于力求文艺在推动社会进步发展中有所作为的重要理论推进。

由中国特色社会主义文艺理论对文艺的社会实践功能的充分阐发可以

---

① 胡锦涛：《在中国文联第八次全国代表大会、中国作协第七次全国代表大会上的讲话》，《人民日报》2006 年 11 月 11 日。

② 胡锦涛：《在中国文联第九次全国代表大会、中国作协第八次全国代表大会上的讲话》，《人民日报》2011 年 11 月 23 日。

③ 习近平：《在文艺工作座谈会上的讲话》，《人民日报》2015 年 10 月 15 日。

看出，中国特色社会主义文艺理论始终把文艺看作中国特色社会主义事业的一部分，它在很大程度上参与并影响着这一事业的历史进程，在推动这一事业的进步发展方面发挥着独特的、多方面的作用。中国特色社会主义文艺理论根本没有把文艺当作养在鸟笼里的金丝雀，而是把它当作雄鹰：可以挑战狂风骤雨、电闪雷鸣，展翅翱翔于广阔无垠的天空。而这正是文艺的刚健风格之所在。中国特色社会主义文艺理论研究的是文艺存在的真实状态，而非把文艺作为"纯文艺"，作为与其生长存在环境无关的"孤独物种"或"无土栽培物"。中国特色社会主义文艺理论是力求文艺在推动社会进步发展中有所作为的文艺理论，离开这一点，就离开了中国特色社会主义文艺理论的根本点和立足点。

三、坚持唯物史观和辩证法

中国特色社会主义文艺理论的哲学基础即马克思主义，它一以贯之地坚持了唯物史观和唯物辩证法。其在坚持唯物史观方面的核心观点，一是始终坚持文艺都是一定的社会生活的反映，解决了文艺与生活的关系；二是始终坚持人民的历史主体地位，即始终坚持文艺是"为人民"和"写人民"的，解决了文艺与人民的关系。文艺与生活的关系和文艺与人民的关系，都是既属于认识论又属于实践论的范畴，毛泽东文艺思想中的这两点被中国特色社会主义文艺理论全面继承，可以说是其坚持唯物史观的两个基本点。

对于文艺与生活的关系，邓小平《在中国文学艺术工作者第四次代表大会上的祝词》中指出，文艺要"真实地反映丰富的社会生活，反映人们在各种社会关系中的本质"①。江泽民同志主张："文学艺术，是人类社会实践活动的生动反映，也是人类精神创造活动的重要表现。"②胡锦涛同志强调："一切有成就的文艺家，都注重在时代进步的伟大实践中汲取创作灵感，都注重反映和引导人民创造历史的壮阔活动。""人民创造历史的活

---

① 《邓小平文选》第2卷，第210页。
② 《江泽民文选》第3卷，第398页。

动，是文艺创作的丰厚土壤和源头活水。"①习近平总书记也指出："艺术可以放飞想象的翅膀，但一定要脚踩坚实的大地。文艺创作方法有一百条、一千条，但最根本、最关键、最牢靠的办法是扎根人民、扎根生活。"②这些与毛泽东文艺思想中的相关论述都是一脉相承的。

对于文艺与人民的关系，邓小平提出"人民是文艺工作者的母亲"，他说："一切进步文艺工作者的艺术生命，就在于他们同人民之间的血肉联系。忘记、忽略或是割断这种联系，艺术生命就会枯竭。人民需要艺术，艺术更需要人民。"③江泽民同志强调："希望广大文学艺术工作者牢记人民是文艺工作者的母亲、生活是文艺创作的源泉这个真理。""脱离人民、脱离生活的艺术，矫揉造作、无病呻吟的作品，不可能有感召力，也不可能有生命力。"④胡锦涛同志指出："一切有理想有抱负的文艺工作者，都要密切同人民群众的血肉联系，积极反映人民心声。"⑤"人民是真正的英雄，人民是历史创造者。一切进步的文艺创作都源于人民、为了人民、属于人民，一切进步的文艺工作者的艺术生命都源于同人民群众的血肉联系。只有把人民放在心中最高位置，永远同人民在一起，坚持以人民为中心的创作导向，艺术之树才能常青。"⑥习近平总书记也明确提出："人民是文艺创作的源头活水，一旦离开人民，文艺就会变成无根的浮萍、无病的呻吟、无魂的躯壳。"⑦这些论述成为新时期文艺"为人民"与"写人民"的重要理论基础。

毛泽东《在延安文艺座谈会上的讲话》的一个突出特点就是辩证法的运用。他对于文艺与生活的关系、普及与提高的关系、歌颂与暴露的关系、政治标准与艺术标准的关系的论述，全都闪烁着辩证法的光芒。比如，在对文艺与生活的关系的论述中，他说文艺源于生活，人类的社会生

---

① 胡锦涛：《在中国文联第八次全国代表大会、中国作协第七次全国代表大会上的讲话》，《人民日报》2006 年 11 月 11 日。

② 习近平：《在文艺工作座谈会上的讲话》，《人民日报》2015 年 10 月 15 日。

③ 《邓小平文选》第 2 卷，第 211 页。

④ 《江泽民文选》第 3 卷，第 403 页。

⑤ 胡锦涛：《在中国文联第八次全国代表大会、中国作协第七次全国代表大会上的讲话》，《人民日报》2006 年 11 月 11 日。

⑥ 胡锦涛：《在中国文联第九次全国代表大会、中国作协第八次全国代表大会上的讲话》，《人民日报》2011 年 11 月 23 日。

⑦ 习近平：《在文艺工作座谈会上的讲话》，《人民日报》2015 年 10 月 15 日。

活是文学艺术的唯一源泉；但他同时又讲文艺高于生活，"文艺作品中反映出来的生活却可以而且应该比普通的实际生活更高，更强烈，更有集中性，更典型，更理想，因此就更带普遍性"。① 在中国特色社会主义文艺理论中，辩证法也贯穿始终，这也是中国特色社会主义文艺理论科学性的又一重要体现。中国特色社会主义文艺理论对于辩证法的运用主要体现在如下几个方面：

其一，具体与全局的关系。在中国特色社会主义文艺理论中，观察和评估文艺的视角总是处于具体与全局的辩证联系之中。我们知道，中国特色社会主义文艺理论总是把文艺工作同其他工作区分开来的，对待文艺的态度更为具体化，更为强调文艺创作及文艺部门的特殊性，强调文艺自身的特殊的规律性。但另一方面，文艺也总是被放在中国特色社会主义建设各项事业的全局中被看待的，邓小平把文艺放在社会主义现代化建设的全局，江泽民同志把文艺放在"两个文明"特别是精神文明建设的全局，胡锦涛同志更是把文艺放在了中国特色社会主义事业的全局，他明确指出，"文艺事业是中国特色社会主义事业的重要组成部分，是社会主义文化建设的重要内容，文艺工作在党和国家工作全局中具有十分重要的地位"②。这样的辩证视野，无疑可以更准确地把握文艺现象及其在社会生活中的地位和意义，即文艺工作是具体，但事关总体，影响全局。

其二，文艺和政治的关系。1980年，邓小平在《目前的形势和任务》中指出，我们"不继续提文艺从属于政治这样的口号，因为这个口号容易成为对文艺横加干涉的理论根据，长期的实践证明它对文艺的发展利少害多。但是，这当然不是说文艺可以脱离政治。文艺是不可能脱离政治的。任何进步的、革命的文艺工作者都不能不考虑作品的社会影响，不能不考虑人民的利益、国家的利益、党的利益。培养社会主义新人就是政治"③。1996年，江泽民同志《在中国文联第六次全国代表大会、中国作协第五次全国代表大会上的讲话》中也指出："十一届三中全会以后，我们党已经不再使用文艺从属于政治的口号。十八年的实践证明，这是正确的。十八年

---

① 《毛泽东选集》第3卷，第861页。

② 胡锦涛：《在中国文联第九次全国代表大会、中国作协第八次全国代表大会上的讲话》，《人民日报》2011年11月23日。

③ 《邓小平文选》第2卷，第255—256页。

的实践同样证明……文艺是不可能脱离政治的，政治具体地存在于我们的社会生活中，存在于文艺工作者的思想感情中。特别是在面临西方国家经济、科技占优势的压力和西方意识形态渗透的情况下，所谓不问政治、远离政治，是不可能的。"①

其三，开放与独立的关系。江泽民同志指出，"中国社会主义文艺，是在扩大开放的环境中发展和繁荣的文艺。坚定不移地实行对外开放的国策，与世界各国进行广泛的经济、贸易、科学、技术、教育、文化交流，对我们的社会主义现代化建设具有重大的意义，同时也有益于文艺工作者开阔眼界、增长知识，学习和借鉴世界各国的文明成果"。但是如果我们"丧失自己的创造能力，盲目崇拜，照搬西方资本主义的价值观念，结果只能是亦步亦趋，变成人家的附庸。历史和现实都告诉我们，国家要独立，不仅政治上、经济上要独立，思想文化上也要独立。植根中国社会主义现代化建设的实践，反映中国人民创造自己新生活的进程和中华民族自强不息的精神，是中国社会主义文艺的立身之本"。②习近平总书记在强调"中华优秀传统文化是中华民族的精神命脉，是涵养社会主义核心价值观的重要源泉，也是我们在世界文化激荡中站稳脚跟的坚实根基……要结合新的时代条件传承和弘扬中华优秀传统文化，传承和弘扬中华美学精神"的同时，又明确指出"我们社会主义文艺要繁荣发展起来，必须认真学习借鉴世界各国人民创造的优秀文艺。只有坚持洋为中用、开拓创新，做到中西合璧、融会贯通，我国文艺才能更好发展繁荣起来"③，显示了其在把握文艺创作开放与独立取向上的以我为主的"两点论"辩证法原则。

除此之外，比如，"二为"方向和"双百"方针的关系、弘扬主旋律和提倡多样化的关系、社会效益和经济效益的关系、反映人民生活与引领人民前进的关系等，在中国特色社会主义文艺理论中都有着辩证的论述和阐发，充分体现了辩证法的智慧和力量。

---

① 江泽民：《在中国文联第六次全国代表大会、中国作协第五次全国代表大会上的讲话》，《人民日报》1996 年 12 月 17 日。

② 江泽民：《在中国文联第六次全国代表大会、中国作协第五次全国代表大会上的讲话》，《人民日报》1996 年 12 月 17 日。

③ 习近平：《在文艺工作座谈会上的讲话》，《人民日报》2015 年 10 月 15 日。

四、发扬社会主义精神和核心价值观

中国特色社会主义文艺理论的规定性关键的还是在社会主义上。社会主义既是一种理论，也是一种实践。同时，社会主义还是一种精神、一种人格，它具有崇高的精神品质，也体现着坚定的价值理性和伦理诉求。对中国特色社会主义文艺理论来说，社会主义作为精神和价值理性的特质对其有着更为深广的影响和作用力。

那么，什么是社会主义精神或价值理性呢？总体来看，社会主义精神的基本内涵应包括两个方面：一是社会优先，一是人民本位。这区别于资本主义精神的资本优先和个人本位。比如，中国特色社会主义文艺理论注重文艺作品的社会价值和社会意义，文艺创作社会效益优先于经济效益；文艺工作者要坚持下基层，走群众路线，为人民服务，这些都是社会主义精神的重要体现和发扬。

社会优先是指我们的实践活动、思想判断、情感倾向要首先有利于社会的不断进步、完善和发展，在价值倾向上，始终坚持社会价值、社会意义、社会效益为上、为重、为先。严格地说，社会优先只有在社会主义才可以真正地、完全地实现；在资本控制下的社会，以资本为优先，资本排斥甚至颠覆社会正向价值的现象层出不穷，不可能真正地、完全地实现社会优先。人民本位是指人民主体地位（包括历史主体、实践主体和价值主体地位，特别是指价值主体地位）的真正确立。它要求文艺工作者在文艺作品中，要突出反映和体现人民意志，特别是基层劳动者意志的决定性地位；要确保人民，特别是基层劳动者的利益。社会优先与人民本位是有机统一的，社会优先是人民本位的必要前提和具体体现，社会效益与人民利益具有高度的一致性；人民本位是社会优先的内在规定和要求，社会的本质在于人民，社会优先必然蕴含人民本位之义。

邓小平指出，在文学艺术领域，"我们要永远坚持百花齐放、百家争鸣的方针。但是，这不是说百花齐放、百家争鸣可以不利于安定团结的大局。如果说百花齐放、百家争鸣可以不顾安定团结，那就是对于这个方针的误解和滥用。我们实行的是社会主义民主，不是资本主义民主。所以，我们坚持安定团结，坚持四项基本原则，同坚持'双百'方针，是完全一致的"①。胡锦涛同志也要求："要增强社会责任感，始终把社会效益放在首位，提倡文以载道、以文化人，弘扬真善美，贬斥假恶丑，更好发挥文化引领风尚、教育人民、服务社会、推动发展的作用。"②习近平总书记特别指出："一部好的作品……应该是把社会效益放在首位，同时也应该是社会效益和经济效益相统一的作品。……文艺不能当市场的奴隶，不要沾满了铜臭气。"③这就表明，中国特色社会主义文艺理论要求于文艺的，不是资本优先或个人本位，而是社会优先和人民本位，即要求文艺具有社会主义的精神倾向。

那么，社会主义精神对于我们的文艺活动有什么要求呢？或者说它将以怎样的内在驱动力注入文艺创作呢？首先，社会主义精神的社会优先原则，表明在社会主义社会中，创作的动力不是或主要不是来自利己主义，而是来自社会公共利益、人民集体利益的诉求。作家、艺术家从事的是精神领域的产品生产，自由度比较高。在这方面，作家的价值观取向往往会更为明显。社会主义国家对精神文化产品的基本要求是坚持社会主义先进文化前进方向，坚持把社会效益放在首位。这些都体现了社会优先的原则。其次，社会主义精神的人民本位原则，表明在社会主义精神的支配下，从事创作活动应始终站在人民立场上，即始终把自己作为人民群体中的一员，把人民利益视为自己的利益所在。同时，也把自己的创作活动视为人民群众事业的一部分，视为人民利益结构中的要素。这就要求"我国广大文艺工作者一定要坚持以人为本，牢固树立人民群众是历史创造者的历史唯物主义观点，培养和增进对人民群众的感情，坚持以最广大人民为服务对象和表现主体，关心群众疾苦，体察人民愿望，把握群众需求，通过形式多样的艺术创造，为人民放歌，为人民抒情，为人民呼吁"④。

我们知道，"二为"方向和"双百"方针是中国特色社会主义文艺理论的基本内容。1980 年 7 月 26 日，《人民日报》发表题为《文艺为人民服务、为社会主义服务》的社论，向人们传达了"二为"方向的精神。社论

---

① 《邓小平文选》第 2 卷，第 256 页。
② 胡锦涛：《在中国文联第九次全国代表大会、中国作协第八次全国代表大会上的讲话》，《人民日报》2011 年 11 月 23 日。
③ 习近平：《在文艺工作座谈会上的讲话》，《人民日报》2015 年 10 月 15 日。
④ 胡锦涛：《在中国文联第八次全国代表大会、中国作协第七次全国代表大会上的讲话》，《人民日报》2006 年 11 月 11 日。

指出，为人民服务，就是为除一小撮敌对分子以外的全体人民群众，包括广大的工人、农民、知识分子、士兵、干部和一切拥护社会主义、热爱祖国的人民服务；为社会主义服务，就是为社会主义的经济、政治、军事、文化等各项事业的根本需要服务，在今天，就是为社会主义现代化建设的伟大事业服务。这里我们要提出的问题是，为什么在"双百"方针之前还要加上一个"二为"方向呢？从今天的视角看，就是由于"二为"方向直接代表了社会主义的精神实质，代表了社会主义核心价值观的根本意蕴，即社会优先和人民本位的基本原则。中国特色社会主义文艺理论必须在这样的前提下，在这样的底蕴中，才能寻找到自己发展前进的独特道路。

当前，我国文艺界在呼吁践行社会主义核心价值观，这为文艺传布社会主义精神提供了新的契机。党的十八大报告提出，"倡导富强、民主、文明、和谐，倡导自由、平等、公正、法治，倡导爱国、敬业、诚信、友善，积极培育和践行社会主义核心价值观"①。正确理解和把握这二十四个字，必须以社会优先和人民本位的社会主义精神为前提。比如，在文艺创作中，是表现社会优先和人民本位的民主，还是表现资本优先和个人本位的民主，其内涵和指向将是迥然不同的。中国特色社会主义文艺理论将以社会主义精神为底蕴的社会主义核心价值观作为自己的根本价值诉求，倡导以文艺的形式培育、表现和弘扬这一核心价值观，在中华文化的伟大复兴中发挥其应有的引领作用。做到习近平总书记所要求的，"广大文艺工作者要高扬社会主义核心价值观的旗帜，充分认识肩上的责任，把社会主义核心价值观生动活泼、活灵活现地体现在文艺创作之中，用栩栩如生的作品形象告诉人们什么是应该肯定和赞扬的，什么是必须反对和否定的，做到春风化雨、润物无声"②。

2014年2月24日，习近平总书记在中共中央政治局第十三次集体学习时指出，"核心价值观是文化软实力的灵魂、文化软实力建设的重点。这是决定文化性质和方向的最深层次要素。一个国家的文化软实力，从根

---

① 胡锦涛：《坚定不移沿着中国特色社会主义道路前进 为全面建成小康社会而奋斗——在中国共产党第十八次全国代表大会上的报告》（2012年11月8日），人民出版社2012年版，第31—32页。

② 习近平：《在文艺工作座谈会上的讲话》，《人民日报》2015年10月15日。

157

本上说，取决于其核心价值观的生命力、凝聚力、感召力"①。没有正确的核心价值观的文艺工作者是没有灵魂的，同样，没有正确的核心价值观的文艺作品也是没有灵魂的。文艺作品的深刻性、人文性、引领性都在于其核心价值观的存在和高蹈。因此，中国特色社会主义文艺理论最核心的特征就是始终坚持和发扬社会主义精神和核心价值观，这既是其本质性体现，又是其本质性诉求；既是其理论基石，又是其思想旨归；既是其立场表述，又是其价值支撑。可以说，中国特色社会主义文艺理论是中国文艺理论史上又一次壮丽的日出，它以其始终葆有的对社会主义精神和核心价值观的热情与向往而充满活力和能量。

---

① 《习近平谈治国理政》，外文出版社 2014 年版，第 163 页。

附录二　普列汉诺夫"社会心理"理论的阐释学启示

　　从思想史的意义上说，马克思主义发展史，也就是马克思主义的理解史、阐释史。总体来看，马克思主义的阐释史是一部隔膜与通晓相互纠缠、谬解与洞见相互辩驳、解构与建构相互交织、庸俗化与去庸俗化相互角力的历史。如何做到后者而祛除前者，是马克思主义阐释学需要回答的基本问题之一。恩格斯曾对人说过："我知道只有两个人了解并掌握了马克思主义，这两个人就是：梅林和普列汉诺夫。"[①] 列宁称普列汉诺夫是"最通晓马克思主义哲学的社会党人"[②]，认为他所写的全部哲学著作"是整个国际马克思主义文献中的优秀作品"[③]。因此，普列汉诺夫对于马克思、恩格斯思想的阐释，特别是其别具特色的"社会心理"理论，就给我们提供了一个很好的案例，我们或许可以从中窥见阐释马克思主义的科学路径、原则或方法。

一、一定范围的阐释偏见性"共识"及其突破

　　1890 年 9 月，恩格斯在致约瑟夫·布洛赫的信中说："根据唯物史观，历史过程中的决定性因素归根到底是现实生活的生产和再生产。无论马克思或我都从来没有肯定过比这更多的东西。如果有人在这里加以歪曲，说经济因素是唯一决定性的因素，那么他就是把这个命题变成毫无内容的、

---

① 转引自高放、高敬增：《普列汉诺夫评传》，中国人民大学出版社 1985 年版，第 142 页。
② 《列宁专题文集·论辩证唯物主义和历史唯物主义》，人民出版社 2009 年版，第 241 页。
③ 《列宁专题文集·论辩证唯物主义和历史唯物主义》，第 314 页。

抽象的、荒诞无稽的空话。"①恩格斯批评的这种现象，在当时一定范围内是一种比较普遍的现象：一方面，马克思、恩格斯的论敌，如保尔·巴尔特等，对唯物史观任意歪曲，全面否定，称马克思主义者只懂得经济的东西，见物不见人，把历史发展以及人们的精神生活完全归于经济这一唯一的原因，并据此指责唯物史观是"狭隘""片面"的理论；另一方面，马克思、恩格斯的追随者，特别是当时德国社会民主党内的一些青年，他们信奉唯物史观，但却把它简单化、庸俗化了，他们过分看重经济的作用，直接把经济基础和理论体系（即意识形态）②联系起来，机械理解经济基础对于历史发展的推动作用，把经济理解成推动历史发展的唯一的决定因素。这些观点在一定范围内一度流行，成为不少人的一种偏见性"共识"或偏见性"常识"，给正确理解和阐释马克思主义带来了困难。

可以说，正是在这个意义上，普列汉诺夫的"社会心理"理论是对马克思主义阐释的一个突破。它不是对马克思主义的突破，而是对阐释的突破，特别是对阐释的偏见性"共识"的突破。它打破了当时一定范围内的流行性阐释的成规，使马克思主义回归自身。应该说明的是，普列汉诺夫主要是一位马克思主义阐释者③，他提出"社会心理"理论并非为了创造一个新理论，而是为了阐释马克思主义，并且这一理论本身就是对马克思主义阐释的成果。

普列汉诺夫在其著作《论一元论历史观之发展》（出版于1895年1月）和《唯物主义史论丛》（写于1892年年中至1893年年底，出版于1896年年初）中都完整地引用了马克思1845年在《关于费尔巴哈的提纲》

---

① 《马克思恩格斯文集》第10卷，人民出版社2009年版，第591页。

② "思想体系"是普列汉诺夫"社会心理"理论中的一个基本概念，也即"意识形态"。在我国，从20世纪初到五六十年代，"意识形态"这个外来词，无论是俄文、德文还是英文的翻译都是很不统一的，多译为"社会思想""意识形态""思想体系""观念形态"等，即便到了后来，译法也不是完全一致的。比如，1957年12月时代出版社出版的《英华大辞典》中，"意识形态"的英文词 ideology 的标注意义为："观念学；空理，空论；思想体系，观念形态。"中文译著《普列汉诺夫哲学著作选集》中多数情况都译为"思想体系"，也有个别论著译为"意识形态"的。这里为叙述上一致起见，采用了"思想体系"这一表述。

③ 理论的阐释者和发展者是有区别的（虽然这个区别并非那么绝对和清晰），苏联学界有人认为列宁高于普列汉诺夫，就在于前者是发展者，后者是阐释者。米丁就认为："真正的马克思主义发展史从马克思、恩格斯到列宁，绝不经过普列汉诺夫。"（М. Б. Митин. Боевые вопросы материалистической диалектики. М.: Партиздат, ЦК ВКПб, 1936, c.56.）这句话虽有些武断，但站在普列汉诺夫作为马克思主义阐释者的角度来看，并非完全不可理解。

中的一段话，即"从前的一切唯物主义（包括费尔巴哈的唯物主义）的主要缺点是：对对象、现实、感性，只是从客体的或者直观的形式去理解，而不是把它们当做感性的人的活动，当做实践去理解，不是从主体方面去理解。因此，和唯物主义相反，唯心主义却把能动的方面抽象地发展了，当然，唯心主义是不知道现实的、感性的活动本身的"[①]。

普列汉诺夫前一部著作的目的是为了反驳当时有论者非议马克思的一些主张，这些主张认为马克思"抹煞历史上的思想和感觉的因素"，"异常渺视人类的自我意识的力量"。普列汉诺夫指出，马克思不仅没有忽视人的"自我意识"，而且"认为解释人的'自我意识'是社会科学的最重要的任务"。[②]他在引用了马克思那段话后写道，马克思的"'经济'唯物主义是对于人的'具体活动'（即'感性的活动'——引者注）怎样发展起来的，怎样由于它发展了人的自我意识，怎样形成了历史的主观（即主体——引者注）方面这一问题的回答。当这个问题即使部分地解决了的时候，唯物主义就不再是枯燥的、灰暗的、悲惨的了，它不再把解释人类生存的活动方面的首席让位给唯心主义。这时候它脱离了它所固有的宿命论了"，即"使人完全服从盲目的物质"[③]。

在另一部著作（实际上是一系列论文的结集）中，就那段引文，普列汉诺夫指出："这些在一定程度上包涵了近代唯物主义的纲领的话，是什么意思呢？意思是说：唯物主义如果不想永远像过去那样片面下去，如果不想由于不断地回返到唯心主义的见解而背叛自己固有的原则，如果不想因此承认唯心主义在一定的范围内更强有力，就必须给人的生活的一切方面一个唯物主义的说明。"这里显然他要说的重点是人的主观（或主体）方面，他进一步指出："人的生活的主观方面，正是心理的方面，'人的精神'，人的感情和观念。"[④]普列汉诺夫始终认为："唯物主义者绝不否认心理流程。在他们看来，'心理状态'不仅是人类文明的强大的，而且是不可或缺的因素，因为没有'心理状态'，人类文明就完全无法生成。"因此，

---

① 《马克思恩格斯文集》第 1 卷，人民出版社 2009 年版，第 499 页。
② 《普列汉诺夫哲学著作选集》第 1 卷，生活·读书·新知三联书店 1959 年版，第 746 页。
③ 《普列汉诺夫哲学著作选集》第 1 卷，第 747 页。
④ 《普列汉诺夫哲学著作选集》第 2 卷，生活·读书·新知三联书店 1961 年版，第 186 页。

他"对社会心理给予了特别的关注"。①

可以看出，这两个阐释性叙述都是旨在维护马克思主义的科学性和丰富性。前者提出了人的"自我意识"，后者提出了"人的心理的方面"，实际上都是在强调主观的方面，即主体的方面。主体的方面应该说内涵非常丰富，有"社会心理"的方面，有思想体系的方面，更有实践或行动的方面，等等，为什么普列汉诺夫在这里单拿出"社会心理"（其中包括"自我意识"）来当作研究对象呢？从普列汉诺夫的具体阐述中，可以看出，他的观点主要是为了阐明人们对马克思思想误读或忽视的方面，作为现实生活的反映的思想体系和作为改造世界的能动活动的实践两方面，马克思阐述得比较充分，人们对这些阐述也都有相对明确的认知。而"社会心理"层面，虽然也蕴含于主体之中，但当时研究者对其一般是有意无意地忽略的甚至是无视的，以至于"折衷派的思想家们就只看见它的'狭隘性'和'片面性'"②。由此可见，普列汉诺夫的"社会心理"理论就是要实现一次对一定范围内的偏见性"共识"或"常识"的突破，从而达到恢复马克思主义全部丰富性的目的。

普列汉诺夫指出，"如果我们不愿使马克思的天才观念在我们脑子里变成一些'灰色的'、'暗淡的'、'死气沉沉的'东西"，我们"就需要更多的工作，更多的耐心，和更大的对真理的爱好。……工作已经在无可比拟的大师手里开始了，我们只须继续下去"。③这里的"灰色的""暗淡的""死气沉沉的"东西实际上主要就是指由于缺乏对马克思主义主体意识、主体关怀的理解，而造成的误读和误释。当马克思主义阐释上的这些"灰色的""暗淡的""死气沉沉的"东西长期不加改变时，它们就会在一定范围内成为偏见性"共识"，甚至成为偏见性"常识"，为人们所传承，从而使马克思的天才的创见被湮没、被扭曲。

因此，在这个意义上我们可以说，普列汉诺夫对马克思主义阐释上的突破，即他的"社会心理"理论，不是外在于马克思主义的，不是马克思

---

① Емельянов Б. В. Г. В. Плеханов — философ-марксист. // Русский марксизм. Георгий Валентинович Плеханов. Владимир Ильич Ульянов (Ленин), Под редакцией А. В. Бузгалина, Б. И. Пружинина. М.: РОССПЭН, 2013, с. 20.（文中引文为王志耕翻译）

② 《普列汉诺夫哲学著作选集》第 2 卷，第 187 页。

③ 《普列汉诺夫哲学著作选集》第 2 卷，第 204 页。

主义自身没有，而为阐释者从外面所附加上去的；而是马克思主义自身所固有的，在马克思主义创始人那里已经开始了的。当然，在马克思、恩格斯的文本中，关于"社会心理"的理论还只是他们的天才的论断中所隐含的东西，是他们睿智的辨析中偶尔涉及的东西，而到了普列汉诺夫这里，已经是明晰而严整的科学探讨了。

事实上，在怎样实现阐释的突破、用什么样的方式来实现突破上，普列汉诺夫的做法也是跟马克思、恩格斯的思想旨趣相吻合的。因为一句"哲学家们只是用不同的方式解释世界，问题在于改变世界"[1]，使不少学者认为马克思对解释世界、对认识论是持否定的态度的，实际上这里蕴含了马克思关于解释的突破的天才思想：理论家需要做的是突破那些思辨的空洞的解释，找到一种可以作为改变世界的前提的解释——一种现实的革命性的解释。海德格尔曾指出过这一点，他认为，"马克思所要求的'改变'是以对世界的非常明确的解释为基础的"[2]；我国学者叶秀山、田心铭等也曾从不同角度谈到这一问题[3]。而在马克思、恩格斯自己的论述中，这一思想也是清晰的。他们在《德意志意识形态》中写道："在思辨终止的地方，在现实生活面前，正是描述人们实践活动和实际发展过程的真正的实证科学开始的地方。关于意识的空话将终止，它们一定会被真正的知识所代替。"[4]改变世界需要的首先就是以这种实证科学来取代思辨哲学，即那些"关于意识的空话"。恩格斯1893年7月在致弗兰茨·梅林的一封信中指出："我们大家首先是把重点放在从基本经济事实中引出政治的、法的和其他意识形态的观念以及以这些观念为中介的行动，而且必须这样做。"[5]从基本的经济事实中引出的观念，正是实证科学研究所得出的观念。从经典作家的这些论述来看，普列汉诺夫的阐释的突破，正和马克思、恩格斯的期待相符，其"社会心理"理论正是描述实践活动和实际发展过程的实证科学，正是马克思所呼唤的指向"改变世界"的阐释理论，在实现了对

---

① 《马克思恩格斯文集》第1卷，第502页。

② Laurence Paul Hemming，*Heidegger and Marx, A Productive Dialogue over the Language of Humanism*，Northwestern University Press，2013，p.18.

③ 参见叶秀山《哲学要义》，世界图书出版公司北京公司2006年版，第8页；田心铭《论学习马克思主义》，中国社会科学出版社2014年版，第269页。

④ 《马克思恩格斯文集》第1卷，第526页。

⑤ 《马克思恩格斯文集》第10卷，第657页。

偏见性"共识"或偏见性"常识"突破的同时，实现了对于"思辨型"阐释的突破。

二、突破的控制与自觉的阐释框架性思维方式

应该说，在文本阐释方面，对偏见性"共识"或偏见性"常识"的突破只是第一步工作，问题的关键还在于突破之后怎么办。比如，在对"唯经济"论提出批评、主张要重视主体的意义之后，有的阐释者选择回到马克思主义，有的则滑向唯心主义或人本主义。普列汉诺夫的经验是：在突破之后要拉回，要有基本原理的制约和控制。比如，在"社会心理"理论上实现了阐释的突破之后，普列汉诺夫既指出"我们深信，如果我们说，在马克思看来，历史问题在某种意义下也是一个心理问题，一定有不止一位读者会很诚实地感到惊奇。但是这是无可争辩的"[1]，同时在同时期的著作中又一再申明"社会的心理适应于它的经济"[2]，肯定"社会内脑力工作的方向本身亦是为它的生产关系决定的"[3]，还指出"马克思说，在解释主体时，让我们看一看，在客观必然性的影响下，人们站在什么样的互相关系中。既然明白了这些关系，就可以弄清楚，在它们的影响下，人的自我意识怎样发展着。客观现实帮助我们弄清楚历史的主观方面"[4]。这样就在解释的突破之后，又将其拉回、控制于马克思的思想阈限之内，使阐释达到了一种平衡：既解决了阐释不足的问题，又抑制了阐释过度的倾向。

为什么普列汉诺夫的阐释会实现某种意义上的平衡？会实现一种可控制的突破？这就不能不涉及解释的框架问题，也就是界限或限定的问题。从一定意义上说，阐释即限定。这方面普列汉诺夫为我们提供了范例。普列汉诺夫的"社会心理"理论是贯穿于其许多重要哲学著作中的对马克思唯物史观的基本命题和基本思想的重要阐发。值得注意的是，他总是自觉地在一个马克思主义所设定的历史唯物主义的社会结构中来阐明其"社会

---

[1] 《普列汉诺夫哲学著作选集》第 2 卷，第 185—186 页。

[2] 《普列汉诺夫哲学著作选集》第 1 卷，第 719 页。

[3] 《普列汉诺夫哲学著作选集》第 1 卷，第 720 页。

[4] 《普列汉诺夫哲学著作选集》第 1 卷，第 748 页。

心理”理论。这既形成了其对于“社会心理”理论的马克思主义的阐释，同时，也形成了其以“社会心理”理论为中介的对马克思主义的阐释。

　　从思维方法的意义上看，普列汉诺夫对于马克思主义的解释是一种自觉的结构性思维或框架性思维。思维不溢出框架且框架为思维提供内部的逻辑结构是其基本特征，因此，对于普列汉诺夫的思想也必须在这个框架内去说明。那么这个框架或结构是什么呢？最有名、最常为人们所引用的就是他在写于 1908 年的《马克思主义的基本问题》中所概括的社会结构五层次说：

　　　　如果我们想简短地说明一下马克思和恩格斯对于现在很有名的“基础”对同样有名的“上层建筑”的关系的见解，那末我们就可以得到下面一些东西：
　　　　（一）生产力的状况；
　　　　（二）被生产力所制约的经济关系；
　　　　（三）在一定的经济“基础”上生长起来的社会政治制度；
　　　　（四）一部分由经济直接所决定的，一部分由生长在经济上的全部社会政治制度所决定的社会中的人的心理；
　　　　（五）反映这种心理特性的各种思想体系。[①]

　　对于这个框架或结构，我们首先要说，它与其被看作是普列汉诺夫的原创，不如被视为普列汉诺夫对于马克思、恩格斯一定的思想框架的一种理解和概括更为合适。它是对马克思主义基本思想的凝练和阐释，具体而言就是对马克思《〈政治经济学批判〉序言》中的唯物史观经典论述的归纳和概括。从严格的意义上看，按照普列汉诺夫的意思，我们甚至不能如一些学者所认为的那样，说这是一种对于马克思主义的发展与创新，而只能说这是对马克思、恩格斯思想的把握、叙述和阐明。那些动辄说自己的

[①] 《普列汉诺夫哲学著作选集》第 3 卷，生活·读书·新知三联书店 1962 年版，第 195 页。这个“公式”在普列汉诺夫写于 1892—1893 年《唯物主义史论丛》中曾表述为：“一定程度的生产力的发展；由这个程度所决定的人们在社会生产过程中的相互关系；这些人的关系所表现的一种社会形式；与这种社会形式相适应的一定的精神状况和道德状况；与这种状况所产生的那些能力、趣味和倾向相一致的宗教、哲学、文学、艺术。”（［俄］普列汉诺夫：《唯物主义史论丛》，王太庆译，洪谦校，载《普列汉诺夫哲学著作选集》第 2 卷，第 186—187 页）

什么理论发展或创新了马克思、恩格斯的思想的学者，往往就会脱离框架性叙述；他们甚至会觉得离开框架越远，发展或创新就越多。普列汉诺夫自觉地把自己摆在一个阐释者的位置，把宣传马克思、恩格斯的思想当作其"一生的全部任务"①，这实际上就表明了其框架性思维的某种必然性。

普列汉诺夫的社会框架是一个多层次的功能性框架，其中的诸要素都不是孤立、消极存在的，而是彼此联结、相互作用的动态的功能性存在。这个框架的下限是作为根基的生产力状况，上限是作为"空中悬浮物"的各种思想体系。生产力、经济关系、政治制度、社会心理、思想体系是这个框架结构的五大要素，它们之间相互作用，在普列汉诺夫的论述中大体形成了三个层面的阐释维度（理解这三个阐释维度，就会对普列汉诺夫的阐释框架思维方式有一个比较深层次的把握）。

其一，是对生产力、经济之于"社会心理"的功能性关系的阐释维度。这个维度的基本思想是：生产力是根本，经济和"社会心理"都是特定生产力状况的派生物，社会经济和"社会心理"是"人们的'生活的生产'、他们争取生存的斗争的同一现象的两方面"，"生产力的新的状态，引起新的经济结构，同样引起新的心理、新的'时代精神'"。同时，社会经济和"社会心理"也不是等量齐观的，人们"争取生存的斗争创造他们的经济，而在经济的基地上生长他们的心理"，因此，从通俗的意义上也可以说经济是"社会心理"的最初的原因。②在这方面，普列汉诺夫还批评了卡列耶夫"经济是一回事，心理状态是另一回事"的观点，指出"心理状态就其与经济的关系而言始终是合目的的，这种合目的性获胜的原因很简单，因为凡不合目的者由其'自身性质'而注定死亡"，这就消除了卡列耶夫等人的经济、心理的二元论倾向。③

其二，是对"社会心理"之于思想体系的功能性关系的阐释维度。这个维度上普列汉诺夫的基本观点为："社会心理"是思想体系的根源所在，对"社会心理"的阐释是对思想体系进行科学阐释的前提和基础。他说，

---

① 转引自高放、高敬增《普列汉诺夫评传》，第 139 页。

② 《普列汉诺夫哲学著作选集》第 1 卷，第 716 页。

③ Сиземская И. Н. Исторический монизм Плеханова // Русский марксизм. Георгий Валентинович Плеханов. Владимир Ильич Ульянов (Ленин) , Под редакцией А. В. Бузгалина, Б. И. Пружинина. М.: РОССПЭН, 2013, с. 103-104. （文中引文为王志耕翻译）

"一切思想体系都有一个共同的根源，即某一时代的心理"①。"要了解某一国家的科学思想史或艺术史，只知道它的经济是不够的。必须知道如何从经济进而研究社会心理；对于社会心理若没有精细的研究与了解，思想体系的历史的唯物主义解释根本就不可能。"② 在普列汉诺夫看来，"没有对社会心理的分析，就无法想象与之相符的社会思想发展的图景"（叶立梅扬诺夫评语）③。不是理论体系决定"社会心理"，而是"社会心理"决定理论体系，这些阐述都表明普列汉诺夫对于"社会心理"和思想体系这一对关系的马克思主义立场上的理解。

其三，是对"社会心理"概念自身作为桥梁或中介的意义进行阐释的维度。这个维度上普列汉诺夫的基本主张是：提出"社会心理"是为了发展人的主体的、能动的方面，是为了填满在"哲学的抽象公式和社会生活的具体需要之间"的"鸿沟"。④ 在普列汉诺夫的理解中，"社会心理"一般是指人的生活的主体方面，是指"一定时间、一定国家的一定社会阶级的主要情感和思想状况"⑤ 以及"一定的精神状况和道德状况"⑥。没有"社会心理"分析的参与，解释历史和生活，解释经济基础和理论体系发展的走向都是困难的，有缺环的，"社会心理"既是由经济基础生成理论体系的中介，又是理论体系反过来影响经济基础的桥梁，思想体系必然首先反作用于人们的心理，"影响社会心理，也就是影响历史事变"⑦。

有学者指出，普列汉诺夫"社会心理"理论的理论来源主要是德国哲学家黑格尔、法国哲学家泰恩（有的译为"泰纳"或"丹纳"）以及马克

① 《普列汉诺夫哲学著作选集》第 3 卷，第 196 页。
② 《普列汉诺夫哲学著作选集》第 2 卷，第 272 页。
③ Емельянов Б. В. Г. В. Плеханов — философ-марксист. // Русский марксизм. Георгий Валентинович Плеханов. Владимир Ильич Ульянов (Ленин), Под редакцией А. В. Бузгалина, Б. И. Пружинина. М.: РОССПЭН, 2013, с. 21.（文中引文为王志耕翻译）
④ 《普列汉诺夫哲学著作选集》第 1 卷，第 145 页。
⑤ 《普.列汉诺夫哲学著作选集》第 2 卷，第 272—273 页。
⑥ 《普列汉诺夫哲学著作选集》第 2 卷，第 186 页。
⑦ 《普列汉诺夫哲学著作选集》第 2 卷，第 374 页。

思、恩格斯的有关论述①。确实，黑格尔的"民族精神""时代精神"的思想，泰恩对"人们的心理"的强调，都对普列汉诺夫的"社会心理"理论有所启发和影响，但黑格尔、泰恩的思想在普列汉诺夫那里都是被批判吸收、纳入框架的，他们的唯心论倾向被剔除了，因而，从总体上看，只有在马克思主义的社会结构框架内才能够真正理解和把握普列汉诺夫的"社会心理"理论的真谛和精髓。从对"社会心理"的三个维度的具体阐释来看，普列汉诺夫所概括的马克思主义的社会结构框架形成了其理论阐释的基本思维方式，即框架性思维或框架内思维。他从不孤立地去谈论或阐释主体问题，即"社会心理"问题，总是自觉地将其置于特定的社会结构框架中去阐释。在普列汉诺夫那里，框架性思维方式是自然而然地实现的，他的理论主体性与马克思、恩格斯的思想特性实现了高度的融合一致，做到了"从心所欲不逾矩"②。

由于在普列汉诺夫的阐释框架性思维方式中，生产力、经济是"社会心理"的前提和条件，而"社会心理"又是思想体系或意识形态的前提与条件，这就形成了其学术研究中的条件追问、前提分析的论证方式。比如，在批判达尔文的美感"生物本能说"时，他指出"人的本性使他能够有审美的趣味和概念。他周围的条件决定着这个可能性怎样转变为现实；这些条件说明了一定的社会的人（即一定的社会、一定的民族、一定的阶级）正是有

①　参见潘春葆《普列汉诺夫社会心理学说述评》，《复旦学报（社会科学版）》1983年第5期。也有学者指出是意大利哲学家拉布里奥拉"第一次把'社会心理（学）'范畴引入历史唯物主义"，"普列汉诺夫也引进了'社会心理'范畴，但他是在拉布里奥拉的影响下才明确地这样做的"（姚顺良主编：《马克思主义哲学史：从创立到第二国际》，北京师范大学出版社2010年版，第293页）。实际上，普列汉诺夫在《论一元论历史观之发展》和《唯物主义史论丛·（三）马克思》中都已明确把"社会心理"引入了唯物史观，前一部著作的完成时间是1894年，出版时间为1895年1月。后一部著作完成时间是1893年年底，出版时间是1896年年初。而拉布里奥拉是在其著作《论唯物主义的历史观》（又译为《关于历史唯物主义》）中明确这样做的，这部著作于1895—1897年在罗马分三期发表。1897年在巴黎出现了这三期的法文翻译，并集成一书。同年普列汉诺夫为这部书写了书评《论唯物主义的历史观》，当时他用的就是这个法文译本。因此，就明确把"社会心理"范畴引入历史唯物主义的时间而言，普列汉诺夫比拉布里奥拉更早。（参见《普列汉诺夫哲学著作选集》第1卷，第715、746—747、909页；《普列汉诺夫哲学著作选集》第2卷，第186—187、827、853页）

②　"从心所欲不逾矩"，语出《论语·为政》，这是孔子的话。笔者据此提出一个与"框架性思维"相仿的概念，即"矩限思维"。"矩限"是指规则、原则等基本尺度的限定，"矩限思维"不是对思维的束缚和封闭，而是只有在这个限度中，才能获得正确思想的最大自由。这个概念或许会为我们理解"框架性思维"带来某些启发。

着这些而非其他的审美的趣味和概念"①。在分析"为艺术而艺术的倾向"和"功利主义的艺术观"时，他设问说："在使艺术家和对艺术创作有浓厚兴趣的人们产生和加强为艺术而艺术的倾向的那些条件中，最重要的条件究竟是哪些？""在使艺术家和对艺术创作有浓厚兴趣的人们产生和加强所谓功利主义的艺术观，即让艺术作品具有'对生活现象作出判断的作用'的倾向的那些社会条件中，最重要的条件究竟是哪些？"②在普列汉诺夫的具体论述中，这些条件和前提的终点在生产力和经济基础，而起点则是思想体系或"社会心理"，都体现了其阐释上的框架性思维的特质。

三、阐释框架性思维的意义与学科知识生产

任何思维都是有限思维，是有条件、有前提的思维。科学的思维方式之所以科学，就在于这种思维方式把自己限定在了合乎客观现实发展的范围内。普列汉诺夫的阐释框架性思维的主要意义就在于它告诉我们马克思主义也是一种有限思维。纵观 20 世纪后期以降马克思主义研究、阐释的发展，开放性已经成为一个最为重要的特征，已经成为马克思主义研究者、阐释者的自觉追求。改革开放以来，在马克思主义的研究上，"开放"这个词跟 20 世纪初的"科学"概念的处境有些类似。胡适在于 1923 年 11 月 29 日为《科学与人生观》一书所写的序言中说道："这三十年来，有一个名词在国内几乎做到了无上尊严的地位；无论懂与不懂的人，无论守旧和维新的人，都不敢公然对他表示轻视或戏侮的态度。那个名词就是'科学'。""自从中国讲变法维新以来，没有一个自命为新人物的人敢公然毁谤'科学'的。"③确乎如此，"科学"作为当时知识分子的一种信念，几乎影响到了当时学术研究的方方面面。比如，对于"文学是一种科学"的看法，如果不放到那个具体的语境中则几乎是难以理解的。"文学是一种科学"的观念表达了那个时代对于文学的认识的深度和角度。

"开放"这个词在新时期以来也近乎如此，其影响不仅表现在观念的

---

① 《普列汉诺夫哲学著作选集》第 5 卷，生活·读书·新知三联书店 1984 年版，第 320 页。
② 《普列汉诺夫哲学著作选集》第 5 卷，第 320 页。
③ 胡适：《科学与人生观（一）·序二》，辽宁教育出版社 1998 年版，第 9 页。

倡导上，更重要的是它几乎已经成为一种左右一些人的思维的信念或潜意识，极大地改写了学术研究的生态和形态。马克思主义研究、阐释的开放性，在一些学者那里，不仅体现为对西方马克思主义、对西方"马克思学"的接受，更体现在对一些现代主义、后现代主义思想家或哲学家观点的融入。这个开放性在一些学者那里的最主要特点就是近乎无限的包容性，"马克思主义是个筐，什么都可以往里装"，成了这个包容性的通俗化写照。普列汉诺夫的阐释框架性思维或可在这些方面为我们提供某些启示："社会心理"理论就其形式或概念名称而言是外在于马克思主义理论的，而就其内涵、功能等本质性意义来说却是内在于马克思主义的，是马克思主义源生性的产物。框架性思维使外部的那些观念必须止步于这个框架，它们对于这个框架的意义，只是在于提供某些启示或"画外音"，以激活或唤醒这个框架内的那些一直存在但却沉睡着的或被疏忽的思想或思想的胚芽。

从发展的角度看，任何理论都应是开放的，自我封闭的理论是没有前途的，对一个或一种理论的庸俗化或封闭性理解都将窒息其生命活力。然而任何理论的开放性也都不是没有限度的，无限度开放的理论最终将会失去其自身的规定性，甚至走向其理论姿态或立场的反面。马克思主义的开放性如果使马克思主义失去了与其自身不同甚至相反的理论的界限，使马克思主义成为"无边的马克思主义"，这与取消马克思主义的做法是没有差别的。拒绝开放性，其理论生命将会日益枯萎；而过度的开放，理论生命也将失去任何意义。不仅马克思主义是如此，其他任何理论也都是这样。在笔者看来，对马克思主义来说，在开放性时代谈论有限性，同在封闭性时代谈论开放性一样，都有着重要的意义和价值。能否在马克思主义开放性（或丰富性）与有限性（或纯洁性）之间把握好尺度，不仅考验着学者们的真诚和智慧，而且也预示着马克思主义在学界的历史命运。这就是普列汉诺夫的"社会心理"理论及其阐释框架性思维带给我们的重要启示之一。

一种积极的思维方式最重要的特点在于它的思想或负载思想的知识的生产性，普列汉诺夫的阐释框架性思维以及体现阐释框架性思维的"社会心理"理论没有停留在自身论证的层面，而是以之深入到人文社会科学各个学科（或称学科化的思想体系），特别是艺术学科的层面加以阐明，这个阐明的过程，实际上也就是新的学科知识生产的过程，而这些新的学科知识，又从学科知识的角度或层面注解着普列汉诺夫对于马克思主义的理解和观点。

普列汉诺夫首先指出了"社会心理"对于人文社会学科或思想体系阐释的意义。他认为，特定的"情感和思想状况乃是社会关系的结果。……不过人们的思想体系一旦在社会存在的基础上产生了，它也就成为历史的一部分。历史科学不能把自己局限成一个社会经济解剖学；它所注意的是直接或间接为社会经济所决定的全部现象的总和，包括思想的作品在内。没有一件历史事实的起源不能用社会经济说明；不过说没有一件历史事实不为一定的意识状况所引导、所伴同、所追随，也是同样正确的。因此社会心理学异常重要。甚至在法律和政治制度的历史中都必须估计到它，而在文学、艺术、哲学等学科的历史中，如果没有它，就一步也动不得"①。普列汉诺夫还专门针对如何说明艺术问题发表了看法，他说，虽然经济和艺术表现有着根本性的联系，但"直接到'经济'中去求说明是什么也不能说明的"②。"决不是'上层建筑'的一切部分都是直接从经济基础中成长起来的：艺术同经济基础只是间接地发生关系的。因此，在讨论艺术时必须考虑到中间的环级（即环节——引者注）"③，而这个思想体系与社会存在的中间环节就是"社会心理"。

可以说，普列汉诺夫将"社会心理"理论引入人文社会学科或思想体系并阐明其在学科建设中的重要意义，正是其自觉的阐释框架性思维的体现，因为没有"社会心理"的引入，没有"社会心理"发挥生产力（或经济）与思想体系（或人文社会学科）之间的联结、中介作用，这个框架就建立不起来，其内部结构也就不够完善和有机。

"社会心理"理论向人文社会学科的引入，表征着普列汉诺夫自觉的阐释框架性思维方式在知识生产方面的积极意义。它催生了许多带有这一思维方式典型性特征的新知识，在学科知识方面形成了一种创新和发展。这一点突出地表现在普列汉诺夫对于艺术理论的贡献上。比如，他在对托尔斯泰关于艺术的定义进行辨析时提出了自己关于艺术的新的定义，他说："依据托尔斯泰伯爵的意见，'艺术起源于一个人为了要把自己体验过

---

① 《普列汉诺夫哲学著作选集》第 2 卷，第 273 页。
② 《普列汉诺夫哲学著作选集》第 2 卷，第 325 页。
③ 《普列汉诺夫哲学著作选集》第 2 卷，第 322 页。

的感情传达给别人，于是在自己心里重新唤起这种感情，并用某种外在的标志表达出来'。可是我认为，艺术开始于一个人在自己心里重新唤起他在周围现实的影响下所体验过的感情和思想，并且给予它们以一定的形象的表现。"① 与托尔斯泰相比，普列汉诺夫给出的这个艺术的定义是有很大不同的，其中的知识要素也迥然有别。托尔斯泰定义中的要素是"自己体验过的感情"，而普列汉诺夫定义中的要素是"在周围现实的影响下所体验过的感情和思想"，这是这两个定义的最大区别所在，后者带有明确的、自觉的阐释框架性思维的烙印：一是增加了"思想"，"体验过的感情和思想"都是属于"社会心理"层面的元素，增加"思想"，实际上是暗含了这一"社会心理"层面指向并将生成思想体系的维度，如果只是"感情"，这个指向就不会那么明确；二是在"体验"前面增加了"在周围现实的影响下"这个限定语，很明显，这是指向生产力及其所派生的社会经济关系的，即指向经济基础的，它表明体验过的感情和思想是有来源的，不是来自主体的观念，而是来自经济基础、社会经济关系所塑造的现实状况。

同时，由于"社会心理"在普列汉诺夫的框架思维结构中的中介地位，他对当时流行的"文学是社会的表现""文学是生活的反映"等一些常识性艺术理论命题也表达了不满，并提出了改进意见。他说："文学是什么？好好庸人们齐声答道：文学是社会的表现。这是一个很了不起的定义，只是有一个缺点：它是含混的。等于什么也没有说。"② 他还指出，"说艺术象文学一样是生活的反映，这虽然也讲出了正确的意见，可究竟还不十分明确。为了理解艺术是怎样地反映生活的，就必须了解生活的机制"，考察这种机制中的推动力，"弄清楚文明社会的'精神的'历史"。③ 在普列汉诺夫看来，经济关系所结构的社会生活虽然是艺术的反映或表现对象，但这反映或表现不是直接抵达社会生活的，而是要通过"社会心理"的中介，"任何一个民族的艺术都是由它的心理所决定的"④，"在一定时期

---

① 《普列汉诺夫哲学著作选集》第 5 卷，第 308 页。
② 《普列汉诺夫哲学著作选集》第 2 卷，第 177 页。
③ 《普列汉诺夫哲学著作选集》第 5 卷，第 496 页。
④ 《普列汉诺夫哲学著作选集》第 5 卷，第 350 页。需要注意的是，这里的决定不是在归根结底意义上的决定，而是直接意义上的决定，中介层面的决定。这样的理解也是为普列汉诺夫的阐释框架性思维所决定的。

的艺术作品中和文学趣味中表现着社会的心理"①。艺术通过表现"社会心理"表现社会生活，这是普列汉诺夫对于艺术及其本质进行阐释的一个重大推进，深刻解释了艺术创作的奥秘，而这样的知识生产也正是其阐释框架性思维方式的一个重要成果。

普列汉诺夫的研究成就是多方面的，俄罗斯历史学家丘丘金在其《普列汉诺夫：一个俄国马克思主义者的命运》一书中对此进行了集中概括，他说："毫无疑问，普列汉诺夫不仅是一个天才的马克思主义宣传家和普及者，他的著述不仅仅是在已经准备好的绣架上造就的一幅精致的'刺绣'。他公正地称自己是马克思和恩格斯的学生，但他在坚守马克思主义范式的同时，也提出了许多新颖和富有成效的解决诸多复杂问题的方法，如个性在历史中的作用、社会心理学在政治斗争机制中的地位、地理和生理因素在社会发展中的影响等。普列汉诺夫真正的巨大贡献则在于他对本国和欧洲社会思想史、文艺学、文化理论方面的阐述。"② 显然，这些多方面的创新性成果大多是集中在学科知识的增长上的，也大多体现出其"社会心理"理论与阐释框架性思维方式所发挥的引导与支撑作用。

列宁在《评经济浪漫主义》一文中曾说过："判断历史的功绩，不是根据历史活动家没有提供现代所要求的东西，而是根据他们比他们的前辈提供了新的东西。"③ 那么，我们如何据此来评价普列汉诺夫的功绩、如何来判断他带来的新东西呢？对这些问题的回答应该有两个方面：一是跟同为马克思主义阐释者的前辈与同辈相比，他提供的新东西是他以"社会心理"理论及其所体现的阐释框架性思维方式开拓了阐释马克思主义的新领地、新维度；二是跟马克思、恩格斯相比，他提供的新东西则是他以其对马克思主义的理解，以其所获得的马克思主义的方法在具体的思想体系领域，在具体的人文社会学科领域，特别是在艺术、美学学科的研究领域推动了新知识的生产与增长。而这些新知识，实际上也意味着他对马克思主义的理解与阐释在具体学科中的深入和深化。

---

① 《普列汉诺夫哲学著作选集》第 5 卷，第 482 页。

② Тютюкин С. В. Г. В. Плеханов. Судьба русского марксиста. М.: РОССПЭН, 1997, с. 370.（文中引文为王志耕翻译）

③ 《列宁全集》第 2 卷，人民出版社 1984 年版，第 154 页。

附录三　关于西方马克思主义研究的几个问题

西方马克思主义（以下简称"西马"）也好，中国化马克思主义也好，都是马克思主义传播的重要形式，其不同在于它们遵循了不同的传播逻辑。大体来看，马克思主义的传播遵循了三个逻辑：一个是回到马克思的逻辑，它关注的是在传播进程中人们所传播的是不是真正的马克思主义，是否偏离了马克思的本意，因此，就要反复、不断地回到马克思那里去验证，其目的是求得原本意义或本源意义上的真实性；一个是从马克思主义出发抵达现实实践的"改造世界"的逻辑，即把马克思主义当作一种和社会实践相统一的理想、信念与方法，它是实践性或革命性的，是一种运用传播，比如，中国化马克思主义就是如此，其目的是求得与实践相结合的真理性；一个是从马克思主义出发抵达观念领域的"解释世界"的逻辑，它关注的是马克思主义在观念领域的影响力和阐释力，这也是一种运用性传播，比如，"西马"就是如此，其目的是求得与个体思维和观念相结合的真理性。这是我们理解"西马"的一个传播学的逻辑背景。

对"西马"的研究，笔者认为，首要的是要做到客观，虽然纯粹的客观不可能达到，但我想它起码应是我们研究者所要追求的一个方向。这样我们才能对"西马"有个比较透彻的了解，这样我们的质疑、鉴赏、批评和借鉴才能有一个比较扎实的基础。就我个人的阅读范围来看，我觉得我国当前的"西马"研究已经取得了很可观的成绩。尤其是随着国际交流的增多，我国学者可以跟"西马"学者直接对话，面对面交流思想，这就使我们可以更真切地感受到他们的思想，更真切地了解到他们所做的研究。但这些都只是为我们进一步客观把握其思想准备了必要的条件，能否真正做到客观的把握，还需要强化问题意识和反思意识。

"西马"在我国的传播，是推动我国马克思主义研究打开其国际视野，吸收借鉴西方学者相关研究成果的重要契机。"西马"学者由于其强烈的批判精神和主体意识，也由于他们由实践领域向精神领域、由"改造世界"向"解释世界"的转移，他们对于马克思主义经典文本的研究更多地采取了一种"六经注我"的态度与方式。这一态度与方式，导致了他们在一定程度上对马克思主义研究的非历史化倾向。总体来说，"西马"对马克思主义的解释既有"泛化"的一面，又有"窄化"的一面；既有肯定的方面，又有否定的方面。他们离开马克思主义的基本理论和基本精神，另辟蹊径的研究取向是明显的。我国学者在研究、借鉴"西马"成果时，常常也有这种倾向，即他们中有些人在研究中，往往有打开了一扇门却关上了一扇窗的情形。比如，有治文学的学者在借鉴"西马"观点、强调以马克思的实践观点来阐释文学时，主张应以实践论取代认识论，即不是以实践论来补充、丰富马克思主义的认识论，而是以实践论摒弃认识论。这种以马克思主义的一种观点来否定另一种观点，以一个方面或角度来取代其另一个方面或角度的做法，显然不利于对马克思主义的完全把握。

下面是笔者比较关注的"西马"研究中的几个问题，大多也都是老问题。在新的研究阶段中对这些问题的重新思考，或许会对接下去的"西马"研究有所启发。

第一，关于"西马""家族相似"的问题。马克思主义是科学理论（唯物史观和唯物辩证法）、工人阶级及其运动与作为完成了的自然主义和完成了的人道主义的共产主义理想三者的结合，它是历史关怀、现实关怀、未来关怀的统一，是理论、实践、价值的统一，其核心旨归在于"改造世界"。如果这个说法可以成立的话，那么，就此而言，"西马"理论与马克思主义理论只具有或总体或局部的相关性，它们形成了一个以"西马"命名的丰富而庞大的家族。我们知道，"西马"家族与马克思主义既有一致性，又有反对性；既有进入，又有溢出。晚近的"西马"学者往往只是把自己的议题或研究主题与马克思主义联系起来，与其他学者比较起来，他们"更为明确地意识到他们自己的工作是如何建立在马克思主义问题性（再强调一次：不是马克思主义本身）之上的"[1]。他们关注的不是马克思主义的精神和实质以及其研究的结论，而只是"马克思主义问题性"。

---

① ［美］詹明信：《晚期资本主义的文化逻辑》，张旭东编，陈清侨、严锋等译，生活·读书·新知三联书店 2013 年版，第 3 页。

所以，"西马"理论往往交织着对马克思思想元素的赞赏、认同、排斥、非难、扭曲和误读，需要我们有鉴别地具体对待。

我国有学者以"家族相似"来概括、描述"西马"群落[1]，笔者觉得是妥帖的。维特根斯坦的"家族相似"概念意味着"西马"家族中，每个成员都可以通过这个家族来和其中的其他成员建立相似性联系，但其相似的方式却可以是完全不同的。这个家族没有一个统一的本质规定性，每个家族成员所带有的某种特征或烙印也完全可以不是整个家族的特征或烙印。从一定意义上说，"西马"家族是反本质主义的，他们不同的面目、性格和气质，显示为一种颇具吸引力的理论上或领域上的开创性与陌生性。从某种意义上说，共名之下的"家族相似"强调的实际上并非相似，而是差异。"西马""家族相似"并不能得出"西马"与马克思主义的同质性，而只是表明了其异质性。因此，我们评价"西马"必须将其具体化，否则，对象的游移将会使评价变得不甚可靠或瞬间失灵。

第二，关于"幽灵化"马克思的问题。20 世纪 90 年代德里达的幽灵化马克思，显示了"西马"家族借马克思来完成其"驱魔术"建构的趋势。德里达称："不能没有马克思，没有马克思，没有对马克思的记忆，没有马克思的遗产，也就没有将来；无论如何得有某个马克思，得有他的才华，至少得有他的某种精神。"[2] 为什么必须要有马克思？因为马克思的某种精神，比如批判精神，可以帮助某些后现代的思想家"驱魔"，并实现其解构的目的。马克思主义在这里只是一种方便的使用工具，它的价值只在于它对于阐释或解构的有用性。这正如伊格尔顿所说，德里达"只想把马克思主义用作一种批判、异见，进行痛斥的方便工具，不太愿意涉及到它的肯定性的内容。他想要的其实就是一种没有马克思主义的马克思主义，就是说按他自己的条件舒服地占有了的马克思主义"[3]。

"幽灵化"马克思抛弃马克思主义的本体论和其所有的实体化内容，它"同作为本体论、哲学体系或形而上学体系的，以及作为'辩证唯物主

---

① 刘同舫：《西方马克思主义的理论性质与中国意义》，《中国社会科学》2010 年第 5 期。

② ［法］雅克·德里达：《马克思的幽灵：债务国家、哀悼活动和新国际》，何一译，中国人民大学出版社 1999 年版，第 21 页。

③ ［英］特里·伊格尔顿：《历史中的政治、哲学、爱欲》，马海良译，中国社会科学出版社 1999 年版，第 124 页。

义'的马克思主义区别开，同作为历史唯物主义或作为方法的马克思主义区别开，而且同被纳入政党、国家或是工人国际的机构之中的马克思主义区别开"①。在德里达那里，马克思主义除了作为批判或解构的工具就剩不下什么了。德里达在《马克思的幽灵》一书中借幽灵的形象驱除了两个鬼魂：以福山的终结论为代表的资本主义意识形态和马克思主义本体论内含的共产主义理想②。可见，《马克思的幽灵》并不表示德里达真正走向了马克思，它只是解构主义在政治学维度上的进一步展开和充实。幽灵化马克思并非要维护总体意义和本质意义上的马克思，马克思在这里没有总体和本质，他只是碎片化的幽灵式存在，是作为纯粹的工具式的存在。某种程度上，我们可以说，马克思的改造世界和关怀未来的热情，于此被淹没在解构主义的冰水之中。

第三，关于"两个马克思"或"多个马克思"的问题。一般而言，当我们说马克思的思想时，我们往往是指其成熟时期的思想，是指其摆脱他者主导性影响之后独立创造的思想，他者思想在其思想中只是一种资源性存在，而非主体性存在。所以，当我们说马克思"只有一个"时，是指思想成熟时期的马克思。在这个意义上，少年的、青年的马克思只是朝这个方向行进的某些阶段。他还不是马克思主义的创始人，因为他还没有达到成熟马克思的全部丰富性、深刻性和科学性。可以说，"两个马克思"的讨论，是伴随着"西马"进入中国的。马克思作为一个个体无疑"只有一个"，但作为思想的载体，马克思的思想不可能没有一个成长、发展和演进过程。所以，如果以思想的演进来说，可以区分出两个甚至多个马克思。这里的"多个马克思"，是指某种思想倾向占主导地位的阶段性展开的马克思。例如，有浪漫主义占主导时期的马克思，有新黑格尔主义占主导时期的马克思，有费尔巴哈思想影响占主导时期的马克思，有历史唯物主义占主导时期的马克思。以这些思想作为基础的马克思思想的不同阶段，当然也是有差异性表现的。

因此，我们不是不可以讨论"两个"或"多个马克思"的问题，但我们在讨论时，确实应该将这一问题提到一定的范围之内，并且应更多地以

---

① ［法］雅克·德里达：《马克思的幽灵：债务国家、哀悼活动和新国际》，何一译，第98页。
② 王音力：《德里达的"幽灵"——从〈马克思的幽灵〉看解构主义的政治》，《复旦学报（社会科学版）》2004年第5期。

发展的或动态的眼光看待这些阶段，应切实注意到它们之间的变革关联和统一性。在分阶段研究的基础上，不忘记做整合的研究。"西马"的乖离在于他们往往以早期马克思的思想来矮化或遮蔽成熟时期的马克思思想，并以之作为马克思主义的主导方面。我们知道，马克思主义是成熟期的马克思思想，一般来说，它只应有一个主导体系和取向。如果任意选择其非成熟阶段的一些思想来充作马克思主义，并强调与成熟马克思相差异的那部分思想才是正统的马克思主义，那么，就必然会导致马克思主义理论自身的分裂，就必然会出现所谓用"马克思主义"来反对"马克思主义"的现象。

第四，关于"西马"关注或研究的对象问题。早在 1976 年，英国"新左派"理论家佩里·安德森就认为："西方马克思主义出现了'主题创新'，即自始至终地主要关注文化和意识形态问题。""西方马克思主义典型的研究对象，并不是国家和法律，它注意的焦点是文化。"① 这就表明大多的"西马"研究转移（或收缩）到了文化领域，在趋势上形成了所谓的"文化转向"，对现代资本主义的文化批判成为其基本特色之一，与实践的、经济基础的层面渐行渐远。实际上，"西马"从卢卡奇、葛兰西开始，"就是一种倾向于或走向文化哲学的文论"，"文化哲学把文化意识形态形式当作人的根本来加以强调，这与历史唯物主义的基本观点是不一致的，但却与西方马克思主义把人的精神意识放在首位的主观辩证法不谋而合"。②

"西马"的"文化转向"，在我国影响颇深。"文化转向"一方面拓宽了马克思主义研究的领域和范围；另一方面，在其影响下，一些学者对马克思主义理论的解读也"文化化"了，认为马克思主义只是在文化领域发生作用的理论，从而窄化了马克思主义理论的适用范围。"西马""文化化"的一个重要表现，就是从政治的、经济的斗争实践日益走向学术文本，从集会场所和工会组织走向个人书斋和研究院所③，成为书桌上的"马克思主义"、文本"马克思主义"、课堂"马克思主义"。德里达也曾对中

---

① ［英］佩里·安德森：《西方马克思主义探讨》，高铦等译，人民出版社 1981 年版，第 96—97 页。

② 陈厚诚、王宁主编：《西方当代文学批评在中国》，百花文艺出版社 2000 年版，第 199 页。

③ 唐健君：《批判理论上的文学批判——西方马克思主义文论与西方哲学》，《西安教育学院学报》2003 年第 1 期。

立化的纯学术研究马克思主义的倾向提出过批评，他说："只要对马克思的指令——不仅仅要解释世界，而且要行动起来使解释世界转变为'改变世界'——保持沉默，人们就会乐意接受马克思的返回或返回到马克思。"①理论的"非实践性"，成为"西马"的一个明显个性，其理论家们将自己限制在理论的探讨上，形成了特有的"学院化特征"②。"学院化"的特质在于其知识性、中立性，在我国文学理论界，比如人们对文学意识形态性质的理解，就有学者认为意识形态是个中性化概念，剥离了意识形态与生活实践的联系，仅仅把它当作一个知识范畴。这是不同于马克思主义的原初命意。

第五，关于"西马"人本主义化的趋势问题。"西马"尤其是晚近"西马"，大都是以西方现代人本主义作为其哲学基础或理论背景的。正如我国已经有学者注意到的，以赖希、马尔库塞和弗洛姆为代表的晚期"西马"学者，"在接受马克思主义之前在不同程度上已经都是西方现代人本主义思想的信徒；也就是说，他们是在西方现代人本主义的思想背景上来理解马克思主义的，所关注的重点已不是社会革命，而是人的日常生活和个人心理"。他们"放弃历史唯物主义的观点，否定经济基础与上层建筑关系等宏观的、社会学的背景，对之完全作微观的、心理学的研究，那就必然走向与马克思主义的基本精神的背离"，"就思想性质和体系上来说，……只能属归于西方人本主义思想系统，而很难说是马克思主义的学说了"。③

确乎如此，挖掘《1844年经济学哲学手稿》中的人本主义思想，并将其奉为真正的马克思主义，认为这是对马克思主义的重新发现，这些"西马"的陈旧理论手法，在我国当代的一些学者那里，仍在不断地被重复使用。当然，坚持"人本主义"固然是研究者的自由，但将"人本主义"说成是马克思主义，把马克思处在从人本主义或空想社会主义向科学社会主义转变时期的某些言论当成马克思主义，就是值得商榷的了。把马克思主

---

① ［法］雅克·德里达：《马克思的幽灵：债务国家、哀悼活动和新国际》，何一译，第45页。文中引文略有不同，参见李西祥《〈马克思的幽灵〉中译本的意义与翻译问题指瑕》，《哲学动态》2006年第10期。

② 董学文主编：《西方文学理论史》，北京大学出版社2005年版，第362页。

③ 王元骧：《"文学意识形态论"的理论疑点和难点》，《高校理论战线》2010年第10期。

义人本化，有着理论家们以之抵抗和批判西方社会技术化进程中的"非人化"倾向和趋势的合理性。但这里有一个限度的问题。理论上可以挖掘马克思主义的人道主义思想，这不但没有问题，反而有着积极的学术和现实意义。不过，这种挖掘一定要在马克思主义的基本世界观和价值观的范围之内进行，倘若再向前迈出一步，那么真理就会变成谬误。实用主义地跨越这个边界，理论探讨势必会走向其反面。

第六，关于对马克思主义作为方法的认识问题。诚然，马克思主义是方法，但方法并非马克思主义的全部，并且在马克思主义那里，方法与世界观、方法与倾向性、方法与实践、方法与价值、方法与信念是统一的。可是，在一些"西马"学者看来，马克思主义只是方法，消解了其与世界观、倾向性、实践、价值及信念的联系。这样的方法，也就成了不代表任何方面利益的纯粹方法了。"西马"的代表人物之一卢卡奇明确宣称，"马克思主义只是一种方法"，"正统马克思主义……不是对这个或那个论点的'信仰'，也不是对某本'圣'书的注解。恰恰相反，马克思主义问题中的正统仅仅是指方法"。① 在这种视马克思主义为纯粹方法的思想的导引下，马克思主义实际上被实用主义化。这样，其辩证唯物主义和历史唯物主义的丰富性、深刻性、实践性、立场性和彻底性就都被打了折扣。这实际上又从一个方面使马克思主义中性化、普世化了。

既然马克思主义在这里作为中性化的知识，那它当然也可以被人们应用其他的方法论来加以研究。比如有学者就这样描述他的做法："在海德格尔对'关系'的这种'非实体主义'理解方式的启发下，笔者对马克思的经典著作进行了重新解读，进而发现……马克思对'关系'和'社会关系'范畴持有的（同样）是一种'非实体主义'的理解。"② 这个套路，可以说是把马克思主义"他者化"的典型做法。在我国学界近年有关"审美意识形态论"和"实践存在论美学"的讨论中，这一症候多有发作，在效果上起到了淡化或虚化马克思主义的作用。马克思的学说不是为少数精英的学说，更不是为资本说项的学说，而是为劳动大众的学说，是工人阶级或无产阶级的思想武器和行动指南，是普通底层劳动者的意识形态。放弃

---

① ［匈］卢卡奇：《历史与阶级意识》，杜章智等译，商务印书馆 1992 年版，第 47—49 页。
② 高云涌：《从关系思维层面重释马克思辩证法》，《光明日报》2010 年 4 月 6 日。

这一根本点，而只把它当作纯方法，显然是难以传承其要领和精髓的。

综观新时期以来我国马克思主义研究的发展，开放性显然已经成为一个最为重要的特征，成为马克思主义研究者的自觉追求。"西马"在其中起到了一定的推动作用，但也产生了某些如上所述及的问题。从发展的角度看，任何理论都是开放的，自我封闭的理论是没有前途的。对一个或一种理论的庸俗化或封闭性理解，将窒息其生命活力。然而，任何理论的开放性也都不是没有限度的，无限度开放的理论最终将会失去其自身的规定性，甚至走向其理论姿态或立场的反面。马克思主义的开放性如果使马克思主义失去与其自身不同甚至相反的理论的界限，使马克思主义成为"无边界的"或"无限的"马克思主义，那么这与取消马克思主义的做法是没有实质性差别了。现在有学者讨论"西马是马"或"西马非马"的问题，我想这些问题应该在不同的时期、语境、层面或范围去探讨，应该在一定的限度内去探讨，否则就不会有讨论上的交集。

需要加以补充说明的是，上面述及的问题不是匀质化地出现在每个"西马"学者身上的，甚至不是一个总体性的概括，它只是说明"西马"研究中存在的一些具体的倾向，它可能表现于个别学者，也可能是部分（小部分或大部分）学者。"西马"学者作为一片个性的丛林，是丰富复杂的，是多样多元的，是生长性的；真正理解他们，我们不能只是看客或过客，而是必须成长为跟他们一样茂密而异质的丛林，跟他们一起生长，一起争夺阳光和空气。我国部分"西马"研究者，只限于文本的转述和观点的搬移，他们甚至不舍得花大力气去研读马克思本人的文本（成为不懂马克思的"西马"研究者），也对经济全球化视域中的本土问题、本土现实缺乏敏感和洞见，因而形态羸弱矮小，也难以真正把握"西马"学者的文本意义及其对马克思思想与精神的损益。

参考文献

1.《马克思恩格斯全集》第 1 卷，北京：人民出版社，1956 年。

2.《马克思恩格斯全集》第 2 卷，北京：人民出版社，1957 年。

3.《马克思恩格斯全集》第 3 卷，北京：人民出版社，1960 年。

4.《马克思恩格斯全集》第 19 卷，北京：人民出版社，1963 年。

5.《马克思恩格斯文集》第 1 卷、第 10 卷，北京：人民出版社，2009 年。

6.《马克思恩格斯选集》第 4 卷，北京：人民出版社，1995 年、2012 年。

7.《列宁专题文集·论无产阶级政党》，北京：人民出版社，2009 年。

8.《列宁专题文集·论马克思主义》，北京：人民出版社，2009 年。

9.《列宁选集》第 1 卷、第 4 卷，北京：人民出版社，2012 年。

10. ［苏］列宁：《论文学与艺术》（2），尼·伊·克鲁奇科娃编，北京：人民文学出版社，1960 年。

11.《毛泽东选集》第 1—4 卷，北京：人民出版社，1991 年。

12.《毛泽东文集》第 2 卷，北京：人民出版社，1993 年。

13.《毛泽东年谱（1949—1976）》第 6 卷，北京：中央文献出版社，2013 年。

14.《周恩来选集》上卷、下卷，北京：人民出版社，1984 年。

15.《邓小平文选》第 2 卷，北京：人民出版社，1994 年。

16.《邓小平论文艺》，北京：人民文学出版社，1990 年。

17. 江泽民：《在中国文联第六次全国代表大会、中国作协第五次全国代表大会上的讲话》，《人民日报》1996 年 12 月 17 日。

18.《江泽民文选》第 3 卷，北京：人民出版社，2006 年。

19. 胡锦涛：《在中国文联第八次全国代表大会、中国作协第七次全国代表大会上的讲话》，《人民日报》2006 年 11 月 11 日。

20. 胡锦涛：《在中国文联第九次全国代表大会、中国作协第八次全国代表大会上的讲话》，《人民日报》2011 年 11 月 23 日。

21.《习近平谈治国理政》，北京：外文出版社，2014 年。

22. 习近平：《在文艺工作座谈会上的讲话》，《人民日报》2015 年 10月 15 日。

23. 习近平：《在中国文联十大、中国作协九大开幕式上的讲话》，《人民日报》2016 年 12 月 1 日。

24.《诸子集成》第 1 册、第 4 册，北京：中华书局，2006 年。

25.《鲁迅全集》第 1 卷、第 3 卷、第 4 卷、第 6 卷、第 12 卷，北京：人民文学出版社，2005 年。

26.《茅盾全集》第 20 卷，北京：人民文学出版社，1990 年。

27.《科学与人生观（一）》，沈阳：辽宁教育出版社，1998 年。

28.《贺敬之文集》第 3 卷、第 4 卷，北京：作家出版社，2005 年。

29.《艾克恩文集》，北京：中国文联出版公司，1999 年。

30.《柯岩文集》第 7 卷，成都：四川文艺出版社，2009 年。

31. 林焕平主编：《文学概论新编》，广州：广东教育出版社，1986 年。

32. 涂途、方家良：《新编文艺原理》，上海：上海交通大学出版社，1994 年。

33. 邢煦寰：《文艺理论浅说》，乌鲁木齐：新疆人民出版社，1981 年。

34. 董学文：《马克思与美学问题》，北京：北京大学出版社，1983 年。

35. 董学文：《两种文学主体观》，沈阳：春风文艺出版社，1992 年。

36. 董学文：《马克思主义文论教程》，北京：北京大学出版社，2015 年。

37. 董学文主编：《西方文学理论史》，北京：北京大学出版社，2005 年。

38. 赵文增、蔡毓荦主编：《文学概论》，沈阳：辽宁教育出版社，1986 年。

39. 金冲及：《一本书的历史》，北京：中央文献出版社，2014 年。

40. 潘梓年：《文学概论》，上海：北新书局，1930 年。

41. 陈厚诚、王宁主编：《西方当代文学批评在中国》，天津：百花文艺出版社，2000 年。

42. 陆学明、戴恩允主编：《文学原理新编》，长春：吉林教育出版社，1988 年。

43. 刘叔成主编：《新编文艺学概论》，北京：中央广播电视大学出版社，1996 年。

44.十三校《文学概论》编写组：《文学概论》，兰州：甘肃人民出版社，1984 年。

45.魏天祥、谢武军编著：《文艺理论基础》，北京：中共中央党校出版社，1986 年。

46.《蓦然回首——柯岩创作 60 周年座谈会文集》，北京：作家出版社，2011 年。

47.柯岩、胡笳主编：《与史同在——当代中国散文选》上卷，北京：华夏出版社，2011 年。

48.刘润为：《文艺批判》，合肥：安徽人民出版社，2008 年。

49.姚顺良主编：《马克思主义哲学史：从创立到第二国际》，北京：北京师范大学出版社，2010 年。

50.高放、高敬增：《普列汉诺夫评传》，北京：中国人民大学出版社，1985 年。

51.叶秀山：《哲学要义》，北京：世界图书出版公司北京公司，2006 年。

52.田心铭：《论学习马克思主义》，北京：中国社会科学出版社，2014 年。

53.《普列汉诺夫哲学著作选集》第 1 卷，北京：生活·读书·新知三联书店，1959 年。

54.《普列汉诺夫哲学著作选集》第 2 卷，北京：生活·读书·新知三联书店，1961 年。

55.《普列汉诺夫哲学著作选集》第 3 卷，北京：生活·读书·新知三联书店，1962 年。

56.《普列汉诺夫哲学著作选集》第 5 卷，北京：生活·读书·新知三联书店，1984 年。

57.［匈］卢卡奇：《历史与阶级意识》，杜章智等译，北京：商务印书馆，1992 年。

58.《葛兰西论文学》，吕同六译，北京：人民文学出版社，1983 年。

59.《别林斯基论文学》，梁真译，上海：新文艺出版社，1958 年。

60.《杜勃罗留波夫选集》第 2 卷，辛未艾译，上海：上海译文出版社，1983 年。

61.［苏］季摩菲耶夫：《文学原理》，查良铮译，上海：平明出版社，

1955 年。

62.〔俄〕谢皮洛娃:《文艺学概论》,罗叶等译,北京:人民文学出版社,1958 年。

63.〔苏〕鲍·苏奇科夫:《现实主义的历史命运——创作方法探讨》,傅仲选等译,北京:外国文学出版社,1988 年。

64.〔英〕希·萨·柏拉威尔:《马克思和世界文学》,梅绍武、苏绍亨、傅惟慈、董乐山译,北京:生活·读书·新知三联书店,1980 年。

65.〔美〕詹明信:《晚期资本主义的文化逻辑》,张旭东编,陈清侨、严锋等译,北京:生活·读书·新知三联书店,2013 年。

66.〔英〕佩里·安德森:《西方马克思主义探讨》,高铦等译,北京:人民出版社,1981 年。

67.〔法〕雅克·德里达:《马克思的幽灵:债务国家、哀悼活动和新国际》,何一译,北京:中国人民大学出版社,1999 年。

68.〔英〕特里·伊格尔顿:《历史中的政治、哲学、爱欲》,马海良译,北京:中国社会科学出版社,1999 年。

69.《古典文艺理论译丛》第 4 册,北京:人民文学出版社,1961 年。

70.《表现主义论争》,上海:华东师范大学出版社,1992 年。

71.〔白俄〕S. A. 阿列克谢耶维奇:《二手时间》,吕宁思译,北京:中信出版集团,2016 年。

72.于春泽:《论文学是"民学",即人学——高尔基文学论著学习札记》,《马列文论研究》第 11 集,北京:中国人民大学出版社,1991 年。

73.黄药眠:《论文学中的人民性》,《文史哲》1953 年第 6 期。

74.管林:《谈谈文艺作品的"人民性"》,《学术研究》1978 年第 4 期。

75.吴元迈:《略论文艺的人民性》,《文学评论》1979 年第 2 期。

76.朱光潜:《关于人性、人道主义、人情味和共同美问题》,《文艺研究》1979 年第 3 期。

77.蒋国田:《文艺的人民性与阶级性初探》,《学术研究》1980 年第 2 期。

78.陆贵山:《"文艺为政治服务"辨析》,《文艺理论研究》1980 年第 3 期。

79.程代熙:《人民性及其他——周恩来文艺思想学习札记》,《文学评论丛刊》第 6 辑，中国社会科学出版社 1980 年版。

　　80. 陆梅林：《马克思主义与人道主义》，《文艺研究》1981 年第 3 期。

　　81. 朱建良、周桐淦：《论社会主义文学的党性和人民性》，《扬州师院学报（社会科学版）》1983 年第 2 期。

　　82. 廖钦：《试论文艺的人民性与阶级性的关系》，《贵州社会科学》1983 年第 5 期。

　　83. 潘春葆：《普列汉诺夫社会心理学说述评》，《复旦学报（社会科学版）》1983 年第 5 期。

　　84. 董学文：《论毛泽东文艺思想的历史地位》，《北京大学学报（哲学社会科学版）》1984 年第 3 期。

　　85. 董芳、管俊明：《略论周恩来文艺思想的人民性》，《湖北教育学院学报》1994 年第 1 期。

　　86. 唐健君：《批判理论上的文学批判——西方马克思主义文论与西方哲学》，《西安教育学院学报》2003 年第 1 期。

　　87. 王音力：《德里达的"幽灵"——从〈马克思的幽灵〉看解构主义的政治》，《复旦学报（社会科学版）》2004 年第 5 期。

　　88. 陈晓明：《"人民性"与美学的脱身术——对当前小说艺术倾向的分析》，《文学评论》2005 年第 2 期。

　　89. 王晓华：《我们应该怎样建构文学的人民性？》，《文艺争鸣》2005 年第 2 期。

　　90. 冯宪光：《人民文学论》，《当代文坛》2005 年第 6 期。

　　91. 严昭柱：《关于文艺人民性的思考》，《文艺理论与批评》2005 年第 6 期。

　　92. 李西祥：《〈马克思的幽灵〉中译本的意义与翻译问题指瑕》，《哲学动态》2006 年第 10 期。

　　93. 孟繁华：《新人民性的文学——当代中国文学经验的一个视角》，《文艺报》2007 年 12 月 15 日。

　　94. 刘为钦：《"文学是人学"命题之反思》，《中国社会科学》2010 年第 1 期。

　　95. 张胜利：《从"人民性"到"人性"——新时期以来文学评价标准

转变之一》,《烟台大学学报（哲学社会科学版）》2010 年第 1 期。

96. 黎辛:《〈讲话〉的历史与命运》,《文艺理论与批评》2010 年第 2 期。

97. 刘同舫:《西方马克思主义的理论性质与中国意义》,《中国社会科学》2010 年第 5 期。

98. 王元骧:《"文学意识形态论"的理论疑点和难点》,《高校理论战线》2010 年第 10 期。

99. 唐德亮:《〈中国当代文学史教程〉的错谬》,《文学自由谈》2013 年第 2 期。

100. 周晓露:《马克思恩格斯文本中的人民与文学——兼及马克思主义文学批评中国形态的构建》,《当代文坛》2014 年第 3 期。

101. 李捷:《新文化运动与民族复兴的正确道路》,《北京大学学报（哲学社会科学版）》2015 年第 6 期。

102. 陈越:《"审美性"的偏至与"主体性"的虚妄——关于"重写文学史"的再思考》,《文艺理论与批评》2016 年第 2 期。

103. 刘润为:《文艺上的历史虚无主义思潮》,《红旗文稿》2016 年第 6 期。

104. 杨厚均、戴黄:《20 世纪 80—90 年代关于文学的人民性的再阐释》,《云梦学刊》2017 年第 1 期。

后 记

本书是在围绕"人民文艺"这一主题写作的系列论文的基础上撰写完成的。人民文艺是社会主义文艺的基本形态和主干形态，人民文艺的思想是马克思主义文艺理论的基础与内核。研究文艺理论为什么？我想，目的可能会有很多，不同的人可能会有不同的回答。我的一个理解是，研究文艺理论的旨归就在于通过文艺的介质来实现对人民心声的倾听和珍藏。本书想实现的或许就是这样一个目的。

每当写一本书的后记的时候，我总是会想起我的老师们。从小学到研究生，老师们的面目都清晰可辨，他们如一帧帧幻灯片浮现在我脑海，和蔼地微笑着，仿佛又要叮嘱我一些什么。特别是北京大学中文系的博士生导师董学文先生和南开大学文学院的博士后合作导师王志耕先生，他们的人品、学品和文品无时无刻不在影响着我。深深感谢他们和他们的家人对我的指导、教诲、关心和厚爱。

感谢《光明日报》《中国社会科学报》《中国文化报》《文艺报》《文艺理论与批评》《中国浦东干部学院学报》《湖南社会科学》等报刊的各位编辑朋友。你们不吝版面先期刊登本书中的一些文字，也给了我在这条研究之路上继续走下去的信心和勇气。

感谢教育部社科中心和求是杂志社，特别是红旗文稿杂志社的诸位领导和同事们。正是在与你们的思想碰撞中，深化和升华了我的一些思考和想法，使本书中一些文字表述得更为深入和坚定。

感谢中国文联出版社的有关领导和编辑同志，特别是责任编辑冯巍博士。你们先将拙作纳入国家出版基金项目"马克思主义文艺理论论著书系"，这次又重新收入"中国文艺工作者知识读本"系列；而你们在文字编辑上的用心，是我最终能够完成此书并在文字上更为严谨精准的重要助力。

最后还要感谢我的家人，我的母亲和妻儿，你们的默默付出和辛苦，同样体现在本书的字里行间。这是我永远不能忘记的。

马建辉
2017 年 3 月首次定稿于北京五芳园
2021 年 11 月再次修订

后记